筹算

云舒 著

花山文艺出版社
百花文艺出版社

图书在版编目（CIP）数据

筹算/云舒著. -- 石家庄：花山文艺出版社，
2024.3
　ISBN 978-7-5511-6510-5

　Ⅰ.①筹… Ⅱ.①云… Ⅲ.①长篇小说－中国－当代
Ⅳ.①I247.5

中国国家版本馆CIP数据核字(2024)第010264号

书　　名：	筹算
	CHOUSUAN
著　　者：	云　舒
策　　划：	郝建国　薛印胜
出版统筹：	王玉晓　韩新枝
责任编辑：	李倩迪　张　烁　王　磊
责任校对：	李　伟
封面设计：	陈　淼
出版发行：	花山文艺出版社
	百花文艺出版社
销售热线：	0311-88643299/96/17
印　　刷：	保定市正大印刷有限公司
经　　销：	新华书店
开　　本：	880毫米×1230毫米 1/32
印　　张：	10
字　　数：	200千字
版　　次：	2024年3月第1版
	2024年3月第1次印刷
书　　号：	ISBN 978-7-5511-6510-5
定　　价：	58.00元

（版权所有　翻印必究·印装有误　负责调换）

目录

序　　曲：珠流碧转... 1

钱世之一：井珠... 10

金生之一：估商... 38

钱世之二：带珠... 79

金生之二：试商... 109

钱世之三：实珠... 147

金生之三：置商... 192

钱世之四：盘珠... 232

金生之四：确商... 274

尾　　声：商珠伏影... 312

序曲：珠流碧转

九年前，女儿陈连珠大学毕业时，我前往美国参加她的毕业典礼。在她的导师波士顿学院钱念宗教授的陪同下，我们参观了位于美国纽约市曼哈顿区华尔街的美国金融博物馆。我在一块1857年从一艘失事的沉船中找到的、加利福尼亚淘金热时挖出来的重达六十磅的金块前唏嘘感叹时，女儿却被3D效果的美国最古老的银行（马萨诸塞州银行）当年的场景攫住了脚步。马萨诸塞州银行是波士顿银行的前身，它的历史可以追溯到1784年1月的第一个周四，尽管几家美国商业银行号称早于它成立，但它的创始人是搭乘"五月花号"最早登上美洲大陆的。成立一年后，马萨诸塞州银行资助了该州第一个美国贸易团前往中国，一艘排水量为八十四吨的"土耳其皇帝号"满载美国土特产漂洋过海，于1786年年初到达广州，与中国建立了商贸联系。在那个美国东部的港口城市里，还有著名的哈佛大学、麻省理工学院和我女儿就读的波士顿学院。

我觉得女儿在高科技的影像前停留太久了，看到她那专注的样子，我忽然有些心慌，恍惚间我和女儿都置身于巨大的算盘中，又仿佛我们中间隔着横梁。我想把票号拨拉上去提醒她，当年中国的票号可一点儿不逊色于外国银行，如今中国的银行市值在全球也可圈可点。但女儿依然沉浸在美国东海岸那古老的场景中。

钱教授像洞察一场经济危机一样发觉了我的焦虑和不安，他说："面对金融市场的起伏波动，或许我们都能从对货币更透彻的理解中受益，从而懂得金钱到底是如何推动世界的。不管是华尔街的大佬还是普通百姓，都能在这里取得自己的收获。"

确实我和女儿各有收获，从那些钱币、纪念章、股票和债券上，我们仿佛看到了一个个企业的兴衰，看到了云谲波诡的经济风云。但在微观个体上，我们却产生了严重的分歧，我更加坚定了让女儿回国，在我的羽翼下成长的想法。但原本答应回国就业的女儿却在博物馆改变了主意，她说她决定留在美国读博。女儿的突然改变让我措手不及，慌乱中我说了一句特别不得体的话，我说："那要找个算盘算一算，按照以往的规矩，你说个百位数，我加减乘除一百遍，如果归一，你留，否则你跟我回国。"女儿急了，她说："妈妈，我都是成年人了，我的事情自己做主。"

我说："虽然这是美国，但你是中国人，得按咱家的规矩来。"

女儿说："你也知道这是在美国，我们到哪里找算盘？"

我一时怔住了。

这时钱念宗说："我有算盘。"

我曾经是行里的珠算冠军，被称为"铁算盘"，女儿参加的唯一课外班就是珠心算。后来不用算盘了，业务比赛也取消了珠算项目，但闲暇时、烦恼时，甚至做某项重大决定时，比如是否让女儿出国留学，是选老陈家经商还是选我所从事的金融，我都会拨拉算盘，让算盘替我决定。多年来，那一颗颗算盘珠子为一个决定争吵得噼里啪啦，但它们九九归一后，总会给我一个数据指向，给我一个踏实的选择，也给我一个说服自己的理由。我好久没摸算盘了，巴不得在女儿导师面前露一手呢，也让他看看我们老祖宗留下的非物质文化遗产，说不定他就不再鼓动女儿读博了。我得意地对女儿说："在阿拉伯数字出现前，算盘就是世界上广为流传的计算工具了，不只是中国有。"女儿"喊"了一声说："钱老师也是龙的传人。"

是不是龙的传人、有没有算盘都不令人奇怪，但那天我见到钱教授的算盘时还是惊住了。那天傍晚我们回到学校，当钱教授拿出那个金算盘时，我不禁"啊"了一声。说实话，打了大半辈子算盘的我，还从没有见过这么漂亮的金算盘。金算盘不大，没有博物馆金块那样灼人眼球，但它的亮光却像冬日暖阳一样温润宜人。它的长度、宽度和我的算盘差不多，不同的是右下角是弧形的，也就是因为这一个弧度，它和四四方方的算盘比起来显得更加柔和。这时我突然想起我的客户德福钢铁集团董事长阎福海曾说过，他的第一桶金是拿金算盘换来的。莫非……我不禁又看了看钱教授，这位钱教授四十岁左右,眼睛不大,单眼皮,皮肤白嫩,虽然个子不算高大,但细细看,也颇有一副玉树临风的样子。钱教授看出了我的疑惑,他说:"这是我姆妈留给我的,可惜是依照我姥爷家传家宝贝仿制的。"说完他抚摸了一下算盘右下角,又说,"这个弧度是我们家独有的,当年是比照如意做的。"

听到"仿制"二字,我问道:"这不是金的?"

钱教授把算盘反过来,指着右下角,也就是如意底下的"阎"字说:"我们家的底下是'石'字,这个是表叔家仿制的,不过确实是金的。"

那个"阎"字勾起了我的好奇心,我又问了一句:"钱教授是哪里人?"我还想问下去,被女儿推了一把,她提醒我失态。钱教授应该看到了这一幕,他笑了笑说:"我是台湾人。但我……"女儿打断钱教授的话问我:"你还算不算?"

我说:"算,当然要算!"我先到洗手间洗了洗手,然后轻轻抚摸了一下金算盘,我本以为这就是个摆设,没想到那一颗颗珠子如一个个精灵般顺滑灵动,刹那间把一股热流传递到我的心里,让我不由得想起了那首算盘诗:

　　七子之家隔两行,十全归一道沧桑。
　　五湖四海盘中算,三教九流珠上忙。
　　柴米油盐小黎庶,江山社稷大朝堂。
　　八方天地经营手,六六无穷今古章。

"妈咪,你还算不算?"女儿又喊了一声,我赶紧把自己拉回来,快速拿起算盘,上下左右晃动一圈,让珠子全部归位。我定了定神说:"出个数吧。"

女儿说:"456。"她话音未落,算盘珠子就开始噼里啪啦上下翻飞。最后一颗珠子落定后,女儿笑了。看着归一的盘面,我一时间又恍惚起来。女儿拍了一下我的肩膀说:"老同志,放心吧,我们怎么蹦也蹦不出人生的算盘。"

四年后,我入职 H 行三十三周年纪念日那天,总行人力资源部发来贺信。这是总行近两年人性化管理的新举措,细分到每个员工,让你不得不感慨大数据的神奇。三十三年前别说电脑,就是计算器也用得不多,记账、轧账靠的就是一个算盘,啥事儿都得靠笔记录,挂在嘴边的就是"好脑瓜儿不如烂笔头儿"。感慨之余,我翻箱倒柜找到了入行时的笔记本,第一页规规矩矩记着报到那天石城分行中山路办事处主任石程锦的讲话。需要说明的是,当时的城市支行不叫支行,叫办事处,办事处主任也就是今天的支行行长。石主任是个圆脸大眼的中年女性,不苟言笑,但讲起话来却如算盘珠子噼里啪啦干脆利落,跌宕起伏后颗颗落在档位上。她是我们的主任,也是我的师傅。我在小学四年级就学过算盘,但真正练出彩来还是靠她的指导。她对算盘的理解和祖传的口诀就像武功秘籍,一下子就让我功力大增,也让我脱颖而出。三十三年后,想起那时的情景,我不由得再次心神飞扬。我拿起手机拍下照片给已在北京总行工作的女儿陈连珠发过去，女儿回了一个大大的表情"赞"就没了声息。我再次穷追不舍地把笔记本第二页的内容发过去，那是我自己要干出一番事业的决心和梦想。女儿又是回了一个大大的表情"赞"。我知道我和她没有"接上火"。是呀，我这样一个中年大妈的聊天方式一点儿也没趣味，而且自说自话由着自己的性子，跟一个年轻海归讲过去，和过去石主任在我耳边唠叨没有什么区别。不同的是，当年我再怎么不愿意，也要硬着头皮听完。如今呢，一个表情包就可以搞定了，那个表情可以是"好的"，可以是"赞"，可以是为你"鼓掌、加油"。是呀，都什么年代了，谁还愿意听这三十多年前都包了浆的琐事呢？

　　但世间的事情却是年该月值的。就在我低眉垂首、黯然神伤时，女儿用微信发来一个"玉算盘"。她问："您老人家拨拉了大半辈子算盘珠子，见过这样精致的算盘吗？"

　　我把图片放大了看，不就是个玉石算盘嘛，和我从玉石展上买回的那棵玉白菜没啥区别，那棵玉白菜我付出的价钱不菲，但懂行的朋友一看就说是玉石粉做的，付个零头都亏得慌。我把玉白菜从博古架上移到储藏室的角落，眼不见心不烦。玉白菜伤痛直接导致了我对玉算盘的排斥，我不屑地说："有啥稀奇的，不就是个算盘嘛，可惜如今人们都不用它了，想骗人也难。"女儿说："这可不是玉石粉做的，您老仔细瞅瞅，这是清朝年间的羊脂白玉。"我怕在微信里跟她说不清楚，也怕她把微信里的话当成耳旁风，就十万火急地拨通了女儿的电话,告诉她不要上当,一来家里不搞收藏,二来不懂眼,三来也没那个财力……女儿在电话那头哈哈笑起来,她说:"您老人家想多了,我想收藏也得够格呀,这是同事家的传家宝,已经捐献给金融博物馆了。"

女儿的电话放下了。我却怎么也淡定不下来,一遍遍把图片放大了看,从她的只言片语里梳理信息。再追问,女儿说要知道你这么麻烦就不发给你了,这玉算盘是我同事家祖传的,他是我波士顿学院的校友,是我们行新招聘的首席风险官。

事情到这里就该戛然而止了,但我对女儿说的另一条信息在意起来。首席风险官,年轻的海归,还是女儿的校友,这是多么重要的信息呀。于公,我们行大的贷款和并购项目要过他那一关;于私,女儿在国外漂了六年,有了一个护身的学历,却把婚姻耽搁了,这是不是个机缘呢?在美国时,我时时担心女儿跟了那个钱教授,天天召唤她回国。谁知她回国后一眨眼工夫就进入了大龄女青年行列,我发动北京的同学、同事为她介绍了一个又一个的对象,但总是入不了她的法眼。我又开始后悔,早知如此,还不如让她留在美国。我家陈新阁总是劝我少操点儿心,他说儿孙自有儿孙福,况且女儿在国外历练了那么多年,要相信女儿有获得幸福的能力,比如在回国和留在海外这件事上,不还是女儿自己的选择?我也知道女儿的事情我做不了主,但谁让我是当妈的呢?再说,女儿从来没有这样对我主动说起过单位的人和事,今天突然说这些,就不能不让我多留个心眼儿。

我迂回地问她："老妈拨拉了一辈子算盘，还真没有见过玉算盘呢！什么样的家庭还有这祖传的宝贝？"也许是为了断掉我"十万个为什么"的念头，女儿哈哈一乐说："山外有高山，总之，如果你想见那个玉算盘，改日进京时，我带你去看看啊。"

女儿去忙工作了，我却犯了魔怔，一边想心事，一边下意识地在笔记本上反复画着臆想中的算盘。

笔记本上的算盘，你说它是玉的它就是玉的，你说它是金的它就是金的，你说它是木头的它就是木头的。年轻时，我和算盘如影随形摽在一起，就像当时拼命学好数理化，为的是走遍天下一样。不怕你笑话，我就是靠着"铁算盘"这个本事，赢得了人生第一桶金——当上了石城分行中山路办事处的会计股长。那一年我才二十七岁。

这你就该知道我为什么对算盘那么感兴趣了，算盘在那个年代，在人们眼里可不就是今天的电脑、手机吗？我一直保留着拨拉算盘的习惯，在冥思苦想抑或举棋不定时，我总会下意识地拿出算盘，上下左右晃荡一下，让档上面的两行珠子和档下面的五行珠子各就各位，让出一片海阔天空，等待一场数字世界里的上下翻飞和思绪的尘埃落定。

也许是空置太久，也许是生活里纷繁的事情太多，我自己也很快就忘掉那个玉算盘了，就如同忘记那一棵玉白菜一样。我们行多年来的客户，同时也是我们扶持的企业德福钢铁遇到了政策和发展瓶颈，外资美浮集团趁机要收购德福钢铁，并且一反外资低价收割中国企业、套取国内红利的常规，提出了以PE（市盈率）两倍收购百分之五十一的股权，掌控德福钢铁。我和信贷员得知这个信息后一下就蒙了，因为在一个月之前，我们上报的德福钢铁的融资计划被总行否决了，钢铁企业限能、限产、市场饱和，已导致企业走下坡路，总行的回复是，没有产品更新换代，就不能支撑这个融资计划。国有钢铁企业沪钢集团，也是我们行的战略合作伙伴，开启了对德福钢铁的并购，却因为美浮的报价泡汤了。

对于德福钢铁我是有个人感情的，德福钢铁犹如当年的铁算盘，和我，和我们行，相互成就。我想用贷款再帮助德福钢铁渡过眼前的难关。德福的掌门人阎福海也明确表示，如果有资金支持，他绝对不会放弃德福的控股权。钢铁价格下滑，融资项目还在论证阶段，此时美浮集团却拎着两把板斧杀出来，一副势在必得要将德福钢铁收入囊中的样子。在这个时候，我是无论如何也没有追根溯源玉算盘的闲情逸致了。

两天后，我买了石城到北京的高铁票，去总行汇报德福钢铁项目的贷款情况，不巧的是风控专家到上海考察项目去了。女儿笑着对我说："蒋大行长，别急了，涉及外资并购的事情，你算找对人了。你猜，那个风控专家是谁？好了，好了，看你们基层老同志这么敬业，就免费透露给你吧。他就是捐赠玉算盘的石晓章。你怎么也是一个'等'字，不如就先换换脑筋去博物馆看看那个玉算盘吧……"

钱世之一：井珠

1

在京城金融博物馆，我看到了那个玉算盘。要不怎么说看景不如听景呢，也许是期望值太高，我看到那个玉算盘后并没有觉得它比我的玉白菜细腻多少，边框和那些算盘珠子的成色差别就更大了。讲解员把玻璃橱窗里的灯全部打开了，怕我不信，又拿着笔指向算盘。她一边指一边说："这块玉皮和玉长在一起了，巧雕成边框，真是天成。只是这个珠子，别看它白，它是后补上去的。"其实我明白，她是在变着法地告诉我，像算盘这么大的玉料太难得了，因为有瑕疵，才更真实。我不置可否地笑了笑。也许是笑容太过牵强，她把笔从算盘上收回来，然后指到旁边的简介上，那意思是说，你不信，看看。我想反正今天项目也谈不成了，看看就看看呗，没准儿明天还能借着玉算盘和总行的领导套套近乎呢。

"1948年9月，石前程烈士把石家玉算盘抵押给石城晋通商行，换回了一百六十支青霉素；六十年后，晋通商行后人无偿将玉算盘送还石前程烈士家人；2015年9月26日，石前程烈士家人将其无偿捐赠给金融博物馆。"我问讲解员怎么鉴定真伪，讲解员愣了一下，然后笑着恭维我是内行。她说："没看到鉴定证书吧？其实这个算盘的年代也没有那么久远，初步鉴定是真品，后续鉴定结果应该很快就出来了。"说完，她又笑着补充道，"咱们金融博物馆刚建成，目前还在完善中，玉算盘也许不是精品，但它背后的内容真是太丰富了。"我的目光跟着笔停留在了旁边的简介上。

1900年，石晓晚出生时，石达行票号已经走下坡路了。当时石晓晚的父亲石达成借着为石家传宗接代的喜庆，就壮着胆子跟父亲石嘉林建议"变革"。刚一张嘴，就被石嘉林给堵了回去。石嘉林让石达成跪在祖训前，大骂石达成被洋人洗了脑子，眼看自家的业务就要赶上日升昌了，却想着变革，想着跟洋人投机取巧。骂完后石嘉林狠狠瞪了一眼这个不争气的儿子，然后一言九鼎地给孙子起了名字——石晓晚。

儿子石达成和儿媳妇潘圣颐对这个名字实在不满意，这不满意表现在潘圣颐喷泉般的奶水忽然就断了流，急得石达成在房间里转磨磨，直到转得头磕在门框上起了个大包。吃饭时，石嘉林瞥了一眼儿子，嗔怒道："都当父亲了，也不知道稳重些，看来这一辈子是真的成不了大气候了。"石达成心里想，那还不给你孙子起个好名字，晓晚，晓晚，用潘圣颐老家的吴侬软语一说就是稍晚、稍晚，什么都稍晚，那就更成不了气候了。一直打腹语不敢与老太爷顶撞的石达成不敢吱声，但不吱声归不吱声，嘴角还是微微动了一下。石嘉林的眼睛只轻轻一抬,就从圆圆的黑边眼镜下方看到了那一动,声音配合着眼神从喉咙深处冒出来:"你在心里憋着啥臭屁呢?"

石达成盯着筷子头吭哧半天才从嘴边挤出一句:"还能有啥屁,不就是想让你孙子早早有出息嘛。"石嘉林把饭碗往桌上一蹾,声音不大,碗里的面鱼儿也没有蹦出来,但石达成的筷子却抖了一下,抖得他只好放下碗筷,去看父亲的山羊胡子。山羊胡子就像受了传染似的也抖了抖,然后抖出一声长长的"唉"。"唉"声鸣锣开道后,石嘉林的训诫就铺天盖地汹涌而来:"你连'晓晚'的意思都不明白,真是枉做石家子孙一场。晓晚,晓晚,就是大器晚成。你三岁背《诗经》,四岁诵唐诗,五岁读《论语》,京城学堂也进了,西洋风景也看了,却成了眼高手低的朽木。不老老实实守着祖训,守着票号,却总惦记着洋人的那些虚头巴脑的东西。"

石达成臊眉耷眼地说给潘圣颐后,潘圣颐软软地嘟哝了一句:"出头的橼子先烂呢。"是日,石晓晚就又被潘圣颐的"喷泉"呛得直打嗝儿。

一周岁抓周时,石嘉林把亲朋好友还有票号的掌柜、伙计都请了过来,他想让大家见证一下大胖孙子人生的第一次选择。为此,石嘉林把票号里的镇号之宝金算盘擦了又擦,直到儿子石达成又打腹语,再擦就掉分量了才肯罢手。笔墨纸砚、香脂红粉、金算盘,还有一个石达成带回来的小帆船、一个潘圣颐娘家陪送的玉算盘,都摆了上来。

玉算盘是潘圣颐的祖父潘之浩给潘圣颐的陪嫁，当时潘圣颐是不同意从江南水乡嫁到北方大山之西的，哭哭啼啼了许久，母亲陪着也有三天没进米水。但祖父潘之浩却一意孤行，不仅一意孤行，还对这桩婚事非常看重。他说："你们真是头发长见识短，嫁过去的人家是谁？是当年皇太后都高看一眼的石家，老太后吃过石家的鸡汁面，喝过石家的小米粥，还赞过石家的酱牛肉。我的老师就在太后身边，那个面的滋味，那个粥的香气，那个牛肉的软嫩，咱们这边是听都没听过的。若不是这次朝廷拨款和石达行扯上了关系，上哪里去结识石家？不结识石家，咱家阿囡就没有这当大少奶奶的机会。"

潘圣颐抹着眼泪说："都说那个地方刮的风是酸的，喝的水也是酸的，那个地方的人呼出的气也是酸的。阿祖知道，我是看见梅子都倒牙的。"

潘之浩把辫子一甩，眉毛一耸，怒目呵斥："何时轮到小囡囡自己定事情了？石家公子若不是去留洋五载，也早就妻妾成群了，你想去还没门儿呢。"话音刚落，潘圣颐就不哭了。众人以为潘圣颐是被老太爷恫吓住了，其实是潘圣颐听到留洋五载心就突突动了。她的二堂哥和大表哥都去留了洋，一个去了英国，一个去了法国，那个香脂就是大表哥给的，那香气别说抹了，只打开盖子闻一闻，都能让整条街的风香起来。

潘圣颐带着香脂和那个玉算盘从常州城来到了山西平

远，一路上像怀揣了只兔子般兴奋又不安，只是这兴奋很快就被越来越灰暗的景色遮蔽了。树木越来越稀少，尤其是下了船上了马车，尘土就争先恐后地从车帘缝里挤进来，在她的眼前跳舞。这还不算完，这些尘土还得寸进尺地飞到她的眼里、嗓子眼儿里。这些尘土像八辈子没见过这么娇嫩的人一样，拼了老命般地亲吻她，与她"耳鬓厮磨"。一个月后到达平远县城时，那个玉算盘在潘圣颐的怀里不知上上下下噼里啪啦过多少遍了。她不知道，如果没有玉算盘滋润着她，她还能不能熬过这一路。

那个玉算盘实在是精美，比祖父堂屋里的算盘小了一号，但依旧可以哗哗作响。玉算盘通身细腻白嫩，在阳光下微微透着光亮，手指摸上去滑腻腻的。虽然边框右下有一块烟袋油皮，但那油皮上的"潘"字就像祖父在她身边。颠簸中她仿佛看到祖父磕一磕烟嘴，告诉她："这是咱老潘家的宝贝，也是你曾祖给左宗棠大人收复新疆筹措军费的奖赏。"江南水乡的景色变成黄土荒山时，她把玉算盘抱得更紧，祖父的声音也就在熟悉的烟油里飘来飘去，一点点驱散她心里的慌乱，让她的一颗心安定下来。

离平远县城还有百里时，石家的轿子就来迎接了，而且来的是八个人抬的"万工轿"。潘圣颐眨了眨眼睛看了看，没错，就是他们那里也很少见的那个"千工床，万工轿"的"万工轿"。看着朱金漆木雕上的蝙蝠和麒麟，潘圣颐怎么也想不到酸得倒牙的地方会有这样的轿子。她来之前就听母亲哭着说，山西老醯儿抠搜，会挣钱更会省钱，到了夫家第一要学的是省钱，比如碗里的米一粒不敢再剩，吃完面要用汤涮一涮饭碗，然后再把汤水灌在肚子里。她想不明白惜财如命的石家怎么会花费这个银两。

这万工轿的出现又让潘圣颐把玉算盘往怀里搂了搂。她没见过这样的阵仗，她更没有想过自己还能坐上这样的八抬大轿。她后悔来之前没有和祖父好好说话，没有问问太后当年是什么样的阵仗，没有问问表外祖盛宣怀大人是什么样的阵仗。她从记忆里搜寻着关于八抬大轿的影子，依稀记得五岁那年祖母抱着她念《百家姓》时，祖父气哼哼地进来对祖母嚷："你那个表哥怎么可以这样给人使绊子？这真让人小瞧了，连我也跟着丢人呢。"祖母说："表哥做的都是利国的大事。"祖父被说得没了声音，气呼呼地把茶杯往八仙桌上一蹾，水花乘势就飞了出来，把她的哭声也撩拨出来了。祖父借着哭声又发泄了一句："知道哭就好，千万别学你那表外祖，即便是坐上八抬大轿也要让人背后吐唾沫的。"当时潘圣颐不知道祖父为啥这样讲，长大后才知道这是祖父挂在嘴边的话，更是祖父心里的一道坎。祖父原本是胡雪岩的客户，受过胡雪岩的恩惠，当然也是胡雪岩的朋友，祖父总觉得是表外祖和重臣李鸿章一起联手汇丰银行才导致胡雪岩破产。祖母说："鱼逐水草而居，鸟择良木而栖，我表哥如今不坐八抬大轿了，他让铁轨代替轿夫，让八抬大轿幻化成龙，从南到北、从东到西飞舞，那些唾沫星子怕是追也追不上呢。"

轿子晃晃悠悠过城门时，咚咚咚、咚咚咚，六声炮响把一棵老杨树的枯枝震落在轿子上，这时就听见有个怪里怪气的老翁念叨："一响荣华，二响富贵，三响如意，四响吉祥，五响石达行天下，六响枝繁茂千秋。"轿子在喇叭的"呜里哇啦、呜里哇啦"声中走了一程又一程，不知是因为一路颠簸、紧张，还是对环境改变不适应，潘圣颐居然晕晕乎乎睡着了。

第二天，潘圣颐哭着对送亲的潘家大少爷说，长兄回去一定要禀告祖父，他扔在大山之西的孙女一进平远城就被老醋熏晕了，往后指不定怎么活呢。

长兄说："妹子也不要太想家，女孩子哪有不出阁的。我看这老石家还真是不错，你看看这三进四合院，你看看这万工轿，不仅票号名不虚传，还治家有方。人家这才是有钱用在刀刃上。妹子的婚礼气派，礼数周到，再说妹夫也是儒雅文静的新派人，妹子暂且忍一忍这酸，也许过不了多久，妹子也能和表外祖家的孙女——那个洋行太太平起平坐呢。听说如今那洋行就像聚宝盆一样，种一两银子，就能长出一锭银子。"

说这话时，潘圣颐已经是涂了香脂的，涂了香脂的她嘴里的那些怨气也就透着香腻腻撒娇的味道，当然也透着幸福的味道。石达成出现在她眼前时，她就认定他是她闺阁里多年期待的那个江南才子，是从她喜欢的那个模子里刻出来的。更没有想到的是，石达成给了她整整两盒香脂。那两盒洋香脂足以让她感到石达成对她的宠爱。她不仅乖乖交出了自己，也把那玉算盘一并交了出去。事后石嘉林问石达成这玉算盘的意思，石达成眼都没眨就说："当然是黄金有价玉无价。"石嘉林气得胡子一撅一撅地"唉"了半天才说，潘家祖父这是叮嘱孙女婿要守住中国人自己的票号，不能人云亦云地学洋行那一套。石达成当时腹诽，真是一对老朽，因循守旧倒是一致得很。

玉算盘是石嘉林让石达成拿出来摆在石晓晚抓周物品里的。石晓晚先是用白嫩嫩的胖手摸了摸金算盘，然后又去摸笔墨纸砚。这是石嘉林在旁边意会了石晓晚的动作解说给众人的。解说完石嘉林的心就开始咚咚狂跳，因为那个砚台旁边就是洋香脂，别说香了，单是精巧艳丽的外观就有着巨大的吸引力。石嘉林本来是不同意放这个洋香脂的，但潘圣颐软语轻娇地说了一句："不放就不准了吧？"石嘉林才黑着脸把那个洋香脂放在了砚台后面。这时石晓晚的手在砚台上一划拉，就冲着洋香脂去了。石嘉林提着一口气瞪大眼珠子，心像老牛倒嚼般在那里翻腾着，心想就不该把洋香脂放上来，一定要放也应该放老佛爷当年赏赐的那个脂粉。石晓晚的手就在洋香脂旁挥动，左一下、右一下、右一下、左一下，伸直了又弯曲，弯曲了又伸直，眼看嘴里的哈喇子就滴到盒子上了，就在小手快要摸到那个美人头时，石晓晚突然头一抬往前爬了半步，然后以迅雷不及掩耳之势抓起了玉算盘。

众人哇的一声说："金玉呈祥，有出息，有出息，石达票号前程远大哩。"石嘉林哈哈大笑了几声，不去解释，他心里妥妥地想，明天就抱着石晓晚去票号开蒙。

2

为了避免石晓晚走石达成的老路，石嘉林给石晓晚请了私塾先生，并让二掌柜家的小儿子章十八陪读。石晓晚的生活简单而有规律，跟着先生读书，跟着祖父学习打算盘和管理票号。每年票号结转盈余出来，东家石嘉林和儿子石达成听掌柜的交账时，石晓晚就在祖父身边，从在祖父怀里听到站在一旁。后来，再长大些，每逢交账日，石嘉林就会拿出金算盘和玉算盘，石嘉林面前是金算盘，石晓晚面前是玉算盘。只有那一天，石嘉林才舍得拨拉两下金、玉算盘，而且那天，石嘉林总是让石晓晚随意说一组数字，然后石嘉林就在算盘上一阵加减乘除，等珠子各就各位、盘面归一时，他就会微笑着轻轻抚摸一下石晓晚的头顶。

潘圣颐又给石晓晚添了妹妹石晓楠和弟弟石晓北。妹妹的名字是潘圣颐起的。当时石嘉林正给大孙子石晓晚讲当年票号的创立，石晓晚听得津津有味，石嘉林讲得越发唾沫星子乱飞。听到石达成禀告生了个女娃后，石嘉林头都没抬地说："你就自己起个顺心的洋名字吧。"说完又和石晓晚讲："你都不知道，东街绸缎庄的李老板揣着咱家的汇票一步一回头问你太爷，真的可以在口外提现银？你太爷说真的。李老板还是将信将疑，为了保险起见，他自己又雇镖局押了半车银子。你猜猜，后来怎样？"

石晓晚说："怎样？用汇票兑出了银子呗。"

石嘉林摸摸石晓晚的头说："还是我大孙子聪慧，不过你没想到的是，他那半车银子在路上让人家劫去了大半部分，若不是还有一半汇票，他那百年绸缎庄就经营不下去啦！"石嘉林就这么手把手地教，石晓晚就这么饶有兴致地听。

石晓楠是个女孩儿，石嘉林不正眼看也就算了，偏偏石晓北出生后，石嘉林依旧把心思都放在石晓晚身上，满月酒没有，抓周更是省了。潘圣颐对石达成说："隔辈儿亲，可这也太偏心了，石晓北也是石家嫡亲的孙子呀。"

"一个石晓晚就够了，难道你想让晓楠、晓北都变成'之乎者也'的小大人儿？你看楠楠和北北多么快乐。"石达成没有再说下去，但潘圣颐已经读懂了他话里的意思——"用他们喜欢的西式教育教楠楠和北北。"想到这里，潘圣颐又怜惜起了大儿子石晓晚。石嘉林可以大门不出二门不迈，运筹于帷幄之中，但石晓晚应该见见外面的世界呀，三进的院子不算小，可跟平远城比呢？当时潘圣颐没有想到跟山西比，也没想到用她南方姆妈家到北方夫家的距离算，更没想到全中国和全世界。尽管他们的票号已遍布半个中国。

其实怜惜石晓晚的还有小他三岁的陪读章十八。章十八读书没有石晓晚好，再加上就是一个陪读，先生也就把他当成了摆设。先生说章十八一天到晚弄鬼掉猴，若不是石晓晚说情，这个摆设也要换的。章十八书读得不好，但章十八的话讲得好。他每天都给石晓晚讲外面的新鲜事，偶尔还带一把炒黄豆给石晓晚吃。那天上课前两人"嘎嘣嘎嘣"吃了一大把黄豆，还没等先生坐稳，"噔、噔"两个大响屁就从石晓晚的屁眼儿里窜出来。先生从眼镜缝里看了一眼章十八，然后清了清嗓子晃着辫子继续读《论语》。"噔、噔"，石晓晚的屁再次将老先生的句子断开了。老先生二话不说，拿起戒尺就给了章十八两下。章十八没有出卖石晓晚，反而冲着石晓晚做了个鬼脸。下课后章十八对石晓晚说："这叫个甚，刘家铺子的冰糖葫芦才叫好吃哩，明儿个我带你去看看。"谁知看门的比门神还厉害，看门的说没有老太爷的令，可不敢放大少爷出石家大院。石晓晚出不去，就只能让章十八替他出去，他也只能在章十八的嘴里、眼里看院外的风景。

石晓晚十岁那年第一次离开平远城，跟着母亲潘圣颐回了一趟常州外祖家。那年外曾祖母病重，石嘉林本来是想让票号的章二掌柜跑一趟送根老参的。潘圣颐搂着石晓晚说："就是你外曾祖一意孤行，天天让外曾祖母吊参，气是绝不了，但病也缓不过来。"石晓晚呆呆看了母亲两眼，就头也不回地去了祖父的堂屋，为母亲潘圣颐求情。祖父沉吟半天取出玉算盘后让石晓晚说三个数，那时石晓晚已经知道这数字的秘密了，他说完后紧盯着盘面，直到归一后，他才长长地舒了一口气。

临行前石嘉林对石晓晚说："听说南方洋务闹得厉害，

你千万不要沾了那个边。洋务就像大烟，只要一沾就会失了分寸，就会把家业败掉的。你要学你外曾祖的风骨、气节，再苦再难，也不沾洋务的边。"石晓晚听着祖父的话频频点头，但点归点，他在石家大院衣来伸手饭来张口，没有经历过苦难，那么祖父的话就等于是对牛弹琴。祖父"弹"得津津有味，石晓晚听得云里雾里，只是记住了关于洋务这一项。这一项石晓晚是耳朵里听出了茧子的。先是从父母嘴里听，父母嘴里的洋务如同潘圣颐的乳汁般香甜，也如石家大院外的风景般让他新奇。可是祖父嘴里的洋务就不同了，像腊月的西北风带着削铁如泥般的呼啸，让石晓晚不寒而栗。那风把积蓄了一个秋天的太阳吹得咧着嘴哭，直哭得冬天阴冷缠绵，然后变成雪花从天上抖落下来。每到这时，祖父石嘉林就在堂屋里把石达成骂个狗血喷头："让你和杂毛穿一条裤子！让你和杂毛穿一条裤子！人家杂毛把你卖了，你还在这儿帮着数钱呢！看看，看看，存放的官银被杂毛抢走了，看你还吃个甚？"

说到这儿时，祖父就会摸下石晓晚的头，然后长叹一声。石晓晚看看祖父的山羊胡，又看看父亲的嘴角，山羊胡像堂前的老槐树叶子在阴雨中抖动，父亲的嘴角紧紧抿在一起，憋得脸红脖子粗。石晓晚还没想明白这是怎么回事，祖父又一次在堂屋里把父亲训得只能低头看脚下的蚂蚁。

等潘圣颐翻着白眼用带着醋味的软语说："你就不能把大表哥前些日的来信抖给老太爷？"石达成也只是轻轻一叹：

"父亲和潘老太爷一样是认准了祖上铁规矩的。你若动了祖制，还不是要他的老命。"

潘圣颐的大表哥上个月从法国回来就进了上海外滩的通商银行，他在信中邀请表妹夫去上海共谋发展。大表哥说，票号的辉煌如同一江春水向东流，一去不复返了，西洋资本和民族资本才是未来之方向，并且再三叮嘱妹夫要尽快收缩、停止南方的票号业务。其实不用大表哥说，石达成也隐约感到石达票号已是强弩之末，这种感觉早在十几年前就有了。那时他在美国东部的港口城市留学，同学詹姆斯知道他是石达票号的少东家后，就带他参观了马萨诸塞州国民银行。外行看热闹，内行看门道，洋行的经营管理就印在这个石达票号的少东家心里了，那也是他心里最初的票号改革蓝图。他回到平远老家做的第一件事，就是兴冲冲地跟父亲提及自己的所见所闻、所感所慨，但他的话还没说到一半，就被父亲的雷霆之吼压进了肚子里，任凭那些话在他的肚子里翻覆，但就是没有再见天日的机会。为此，石嘉林唉声叹气了好几个月，天天在祖宗牌位前惩戒自己，也训诫儿子。他后悔自己听从了石达湖北分号大掌柜的怂恿，把儿子送到了美国。他对祖宗说，那个盛产黄毛的地方让儿子变了。

多年以后，石晓晚知道最初在中国境内开办银行的，不是中国资本家，而是外国资本家，他们为着对华贸易上的需要，为着对华实行经济侵略的需要，纷纷在中国通商口岸设立银行，办理国际汇兑及各种经济侵略事宜。他才明白票号在发展中始终面临外资银行的威胁，也正是因为银行业兴起，才使得票号走了下坡路。

3

石晓晚跟着潘圣颐出平远城时，他还是石达票号的少东家，到了常州潘宅，也是被外曾祖高看一眼厚爱一分的。外祖摸着他脑后的辫子，眼睛里浸满了光泽。外曾祖一边摸一边说："还是亲家教子有方，还是亲家教子有方。"

石晓晚想提醒外曾祖，是"教孙有方"，然而他嘴还没有张开，一封书信就把这份浓情冲淡了。信是石达成写来的，他禀告潘老太爷，因清政府将已归商办的川汉铁路收为国有，那些借给股东修路的银子就没了着落。闻此变故，持票人纷纷兑换现银，导致成都的票号闭号停业。成都这边的债权债务还没来得及清理，消息就沿着铁路线传开，累及长沙、武汉等地的票号接连出现了抢兑风潮。无奈之下，石达成这个票号的少东家只好跟着章二掌柜南行去关闭票号，处理相关债务关系。

石达成只是通报情况，说给潘老太爷添麻烦了，没有提潘圣颐母子是回还是留。但潘老太爷从延伸的字音里读出了石达成的意思，他前几天就耳闻是自己的那个表大舅哥盛宣怀又向朝廷出了"方案"，将铁路归为国有。当时听到消息后，他就狠狠地唾了口唾沫，然后大骂那个卖国求荣的表大舅哥，一边骂一边跺脚："你整倒一个胡雪岩也就算了，这一回是要整个票号的命呀，这是堵了清朝的血管呀！跟洋人签合同，洋人的钱是好借的？"只吊着一口气的潘老夫人若是在平常一定会和他唇枪舌剑一番的，实际上这么多年也是这么过来的，但如今她没了力气，不仅不顶嘴，还陪着他一起唉声叹气。她弱弱地问："山西亲家岂不是要受连累？"

潘老太爷说："不只是亲家，是所有的票号都要受连累，这是釜底抽了大清的薪呀。"

石达成的信虽然只是告知，潘老太爷却把责任都揽在了自己身上，仿佛表大舅哥所做的一切都跟他脱不了干系。他恨自己当年怎么就没有在岔路口上把他硬拽回来呢。看到石晓晚他就愈加自责，也就毫不犹豫地把潘圣颐和石晓晚留了下来，祈盼着危机过去后再送他们母子回山西。

这一留就留了三年，这三年里清皇帝颁布了退位诏书，天下也换成了中华民国。然而潘老太爷却不肯将辫子剪掉，不仅不让剪自己的，也不让剪石晓晚的。当石晓晚被锣鼓声引到街上丢了辫子后，潘老太爷摸着石晓晚散乱的头发楂哭得死去活来。他对着西北方哭诉："我对不起亲家，对不起亲家呀！"然后用自己的辫子吊死在堂屋里了。

石晓晚再回到山西时，家里的三进宅院还在，但祖父石嘉林已经不在了。石达成带着石晓晚给父亲磕了三个响头。石达成对着牌位说："爹，您就放心吧，您孙子回来了，石家的家业也会保住的。"

那天傍晚，石达成带着石晓晚召集李大掌柜、章二掌柜，还有入股的族亲们商议票号的去留。大掌柜的坚持关掉票号，他说："这兵荒马乱的，票号开一天就亏一天。"说完，大掌柜的就拿着算盘哗哗一通拨拉，报道："欠内（贷款）三百万，北上运茶的水道被堵，茶商运费增加，亏本经营，借款接二连三付诸东流；老王家运送瓷器的船被炮弹击沉在长江里，本息也都打了水漂；从南省回调现银，折损亏耗一成……欠外（负债）六百万，只要票号开一日，利息就要付一日。为了保住东家的这所宅院，趁着目前还能包裹得住，劝东家还是把票号关了。"

石达成看看二掌柜的，二掌柜的眼睛盯着脚下的方砖咳嗽了两声才说："也不能听蝲蝲蛄叫就不种地了。我们一边维持经营，一边组织伙计去催要欠款。"

不知李大掌柜是铁了心要关闭票号，还是认为自己的权威受到了挑战，他用力拨拉了几下算盘珠子，用响声打断了章二掌柜的话。然后他又清了清嗓子提高分贝说："章二掌柜的，如今兵荒马乱，经营怎么维持？难道还想让老东家的事情在少东家身上重演一遍？"

一向对大掌柜的言听计从的章二掌柜看了看石达成，然后沉下脸问道："当时我和少东家在南方处理关闭票号的事情，老东家被债主围在堂屋吐血时，你在哪里？"

大掌柜的手一哆嗦，算盘就滑到了地上，他叹口气说："在哪儿？我不是也被围在号子里出不来？"

那一天的事情家里人给石晓晚讲了一遍又一遍,石达成说是石嘉林一口气没上来,被追债的活活气死了。章十八告诉他,那天他看见追债的人一大早就去了票号,要提现银。大掌柜的又作揖又让茶,奉告库银不足,让对方稍等两天,等南方的银子一运回来就马上兑付。可债主们却不依不饶,说南方票号的银子都充了革命军的军饷,再等恐怕连这点儿库银也提不出来了。于是有人说没银子就拿宅子抵。被大掌柜的拦下的债主就在票号里喝茶等消息,没有被拦下的债主就去围了老东家。老东家也是说让众人等一等,调银的车就在路上,如果有闪失,就是砸锅卖铁也不能让大家的银子损失。人群本来开始松动了,章十八就是趁此机会钻到人缝里的。这时,就听后面一个债主说:"这应该是石老东家的缓兵之计吧?日升昌票号不比你家小吧,前天也是说要等一等,等一等就能提银,可昨天连个人影子都找不到,谁知道是躲到哪里了?石老东家如果不是儿子、孙子都在外面,估计也就躲出去了,到那时,我们连一两银子都拿不到了。"于是众人就又呼啦一下将老东家围拢起来,老东家还没说话,就被一阵咳嗽封住了嗓子眼儿,血液一时间就凝固在了脸上。章十八告诉石晓晚,他不敢看东家比猪肝还黑还红的脸,就盯着疾风中劲草般的山羊胡子,等着他像教育石晓晚一样用抖动的胡子开出一条明路。但路还没有开出来,石家老太爷的腿就直了。

十三岁的石晓晚,有了恍若隔世的感觉。过去祖父和大掌柜的、二掌柜的等交账也好，议事也罢，大家都是客客气气，恭敬有加。如今呢，他看见大掌柜的脖子上的青筋突突在跳，也看见二掌柜的倾着身子伸着头像只打鸣的公鸡，父亲石达成早就从祖父那把太师椅上下来驴子拉磨般不停转悠。大掌柜的弯腰捡起算盘又拨拉一遍说："关吧，此一时彼一时。"

石达成收住脚步问："难道没有其他的办法？"

大掌柜的叹口气说："如今兵荒马乱，号子开一天就亏一天的成本，不用细算，你大概瞧一眼都知道是咋回事，只出不进呀。"大掌柜的说完又拨拉了一下算盘。石晓晚不知道他是真的在算账，还是在用算盘定心。祖父在做重大决策时就总是这样拨拉算盘，只不过祖父拨拉的是祖传的金算盘。

石达成把手按在大掌柜的手上，又看了一眼二掌柜的，然后使劲吸了一口气才说："再试着开一段时间，兴许有转机呢。今天是八月初一，一来眼看地里就有收成了，二来年根是商家的旺季，往年一季顶半年的业务呢。在这个时候关号子，是不是可惜了点儿？"

石晓晚听到石达成的话后，揪着的心开始一点点舒展。尽管石达成的声音轻轻细细，但并不妨碍它飘进每一个人的耳朵里。石晓晚看了看一直闷着头吐烟的族亲们，但他们除了脸在烟火中一明一暗，就和牌位上的祖宗一样，一声不吭。他们的股份加起来也没有石家父子多，这些年除了拱拱手说声有劳了，还真没再发过声。章十八跟石晓晚倒是提过一嘴，那些闹事要提取现银的人中就有二堂伯的亲戚。章十八说这个二堂伯在挤兑的头一天去找过石嘉林，说是要把自己的股份退出来，当时就被石嘉林大骂一通，大意是那些股份都是祖上为了让族亲吃上饭给的干股，当然这些年号子业务在发展，干股也就跟着值了钱。石嘉林骂完就逼着二堂伯写字据，说是转天就和掌柜的商议，把他的股份顶出来。二堂伯看石嘉林这样说，犹豫了一下，抬手打了自己一巴掌，骂自己也是被谣传弄糊涂了。临走时二堂伯还说，再怎么着瘦死的骆驼也比马大。

就在石晓晚走神时，大掌柜的突然冲着石晓晚问了一句："少东家，您得了老东家的真传，您说呢？"

突然的诘问让石晓晚怔住了。他知道众人都在看着他，他像做错了事的孩子想钻进地缝隐遁，可所有的目光都把缝隙堵死了。一瞬间他想祖父当时应该也是这样被堵住的。想到祖父，他就想到祖父用算盘做决策的秘密。于是他取出那个金算盘，让大掌柜的把开一天要亏的银子数报给他，一阵噼里啪啦后，盘面归一。此时他仿佛看到祖父站在他面前说："你要让石家票号发扬光大哩！"于是石晓晚就说了一句："咋能不开哩。"

多少年后，石家票号的族亲们提及当年的那一幕，莫不是一副恨铁不成钢的样子。什么金口玉言，什么老东家真传，都抵不过票号一天天亏损的肉疼。

大掌柜的本来是坚持关闭票号的，但石晓晚那一声"咋能不开哩"像极了老东家石嘉林，那腔调、那语气仿佛就是老东家附在自己孙儿的身上说的。在老东家走前的那天早晨，也就是号子开门前，老东家还来了一趟号子，交代了两件事情，一件是不能停兑，诚信是本；一件是把号子里供着的玉算盘拿到银库里，他说那个玉算盘是传给孙子的，来不得半点儿闪失。大掌柜的知道自己说什么也于事无补，长叹一声，就以养病为由回了老家。

石家票号说是继续经营，但南方的分号关闭了多半，大部分业务只能靠着张家口、包头等北方的票号勉强支撑。

私塾是养不起了，为了节省开支，也为了让儿子多长些见识，石达成把石晓晚和章十八送到了县城的实业学堂。

4

石达成对二掌柜的人品和能力是信得过的。两人早已在关闭南方票号和处理债权债务关系的两年间慢慢达成了默契。说实在的，石达成尽管知道票号开下去风险很大，但心底里还是希望票号继续开下去。他再新派，也不愿意看到祖业断送在自己手里。但经营的事情是大掌柜的说了算，大掌柜的把账本一亮，在开一日赔一日的事实面前，石达成就没了主意。那一刻他也想关了号子，带着妻儿去上海投奔表大舅哥，在洋行里谋个一官半职。如果金算盘盘面不归一，如果石晓晚不冒出那一句慢悠悠的"咋能不开哩"，石家人的命运就会是另一个篇章。

"归一"的暗示让石达成的内心又开始江沸河腾。他和二掌柜的站在石晓晚搭建的这个用武之地上，想得更多的是扭亏为盈。他和二掌柜的算了一笔账，在目前业务萎缩的情形下，如果和城里的票号联合起来，不仅能降低成本，还能互通有无，抱团取暖。然而石达成的建议接二连三遭到几家票号的婉拒。章二掌柜的跟他说："你这样漫天撒网怎么能行，常言道，打虎亲兄弟，上阵父子兵。没有亲兄弟，拜把子的兄弟也行；没有拜把子的兄弟，也要先攀上亲戚。不然谁会平白无故地信咱们，跟咱们绑在一起。"

"天下熙熙皆为利来，天下攘攘皆为利往。"有利可图的事情比人情关系有时更吸引人。石达成对章二掌柜的说："东家之间不好沟通，掌柜的之间是不是更方便一些？"

章二掌柜的说："东家交给的差事我是头拱地也要做的，可是您想过没有，这是变革的大事情，这样的事情哪个掌柜的能做主？不过我倒是有个主意。"章二掌柜的停顿了一下，看了看石达成脸色没变才继续说，"大少爷今年十三岁，那是按着新派算法算的，其实在老东家那里，在咱众人的眼里，大少爷就是虚岁十五岁了，这个年岁也该娶妻生子了。"

石达成连忙摆手说："不不不，这怎么能行？他自己还是个孩子呢！再说也没有合适的女家呀。"

章二掌柜的问："东家还记得当年大少爷抓周时荣昌票号李老东家的话吗？"

章二掌柜的见石达成一脸茫然地摇摇头，也就不再卖关子了，他直言道："当时荣昌的李老东家看见咱家大少爷抓住那个玉算盘时，羡慕得眼珠子都要掉下来了。日升昌家的就在一旁提议让咱们两家结个娃娃亲，但咱家老东家只顾高兴了，就没接这个话茬儿。咱家和荣昌号李家是世交，这几年却生分了许多，人们背后都说是因为咱家小瞧人家荣昌号李家了。"

石达成也想起当年确实有这么一档子事。当时潘圣颐问他荣昌号李家是啥情况，下人们说老爷要给晚儿定下李家的女子哩。石达成当时还给潘圣颐解释："荣昌号的李家和咱家不仅门当户对，而且还是几代人的交情。李家是绸缎庄起家，咱家是染坊起家，老辈先人那个好就不用说了，后来咱家率先开了票号，李家看着票号比绸缎庄利大，也就跟着开了票号。他家的孙女比咱家晚儿大三岁，如果真能结亲那敢情好。"潘圣颐说："有啥好？是你图人家陪嫁一个分号，还是分一个干股？我是想给晚儿也从姆妈那里找一个女子哩。"石达成没有再说下去，他知道这些事别说潘圣颐，就是自己也做不了主的，石晓晚的汗毛动一动也要有父亲的旨意，更不用说婚姻大事了。

如今二掌柜的重新提及此事，石达成不免就动了心思。如果真能如二掌柜的所说和荣昌号结亲，两家结成联盟，让别人看到结盟的优势，这个联盟就不愁结不大。二掌柜的说荣昌号李家的孙女不仅人长得漂亮，还识文断字，能打一手好算盘呢。听人讲不只是打算盘,就是看一看账本,心算就能把账目轧平了。

石达成跟潘圣颐说起石晓晚的亲事,潘圣颐一来没有一点儿准备,二来还是坚持给石晓晚找个南方姆妈家的囡囡。她说堂哥家、表哥家的侄女子个个都水灵俊俏,尤其是住娘家那三年间,只有二表哥家的囡囡跟在晚儿后面时,晚儿脸上才看得见笑容。石达成说:"二表哥家的那个洋娃娃似的囡囡才多大?比晚儿小八岁呢。再说如果票号开不下去了,人家囡囡也不会千里迢迢嫁过来的。倒是荣昌号李家的孙女合适,'女大三,抱金砖'。都说这个女娃带着旺夫相,知书达理,将来能帮衬晚儿把票号开下去。"

做通了潘圣颐的工作,石达成就请了媒人去荣昌号李家提亲。谁知荣昌号李老东家眼毒得很,一口就回绝了媒人。他说:"俺们是稀罕石家那个抓玉算盘的大孙子,可这么多年都黑不提白不提,如今石家想搞联盟想起俺来了,这个亲俺不能结。"媒人劝着说:"李老东家多虑了,这确实是门当户对的好亲事,保媒和搞联盟是两码事。"

李老东家说:"咋是两码事,在这当口儿说就是一码事。你就回了石东家,娃娃还小,若是真心看上咱娃,就再等上一年,一年期咱作数呢。"

石达成想等,可票号不能等呀,开一天就赔一天。他算了一笔账,如果没有改观,撑上一年半载,家底就都抖搂光了。二掌柜的说:"那就回了他荣昌号李老东家,俺就是想结盟，想着把小船绑在一起，抗风抗浪，躲过这一波汹涌的海啸。荣昌不愿意，还有泽昌，到时候他家别像当年一样后悔就行。"章二掌柜的所说的"当年"指的是当年李家绸缎庄把进货的银子一半走票号、一半带现银，现银让人家劫走的事。

  媒婆两边把话来来回回学了个遍，最后还是荣昌李家松了口。有人说是荣昌李家想起了当年，用今天的话说就是人不能两次踏进同一条河流。其实这只说对了一半，更多的是荣昌李家的孙女李桂芝看上了石晓晚。李桂芝虽然是在富家票号里长大的，却不骄纵，而是像祖辈们一样知书达理、聪明善良。她跟着祖母和母亲学习管内务，从祖父和父亲的言语中就察觉票号的好日子越来越短了。她建议祖母裁减下人，能节省就节省。人们都说谁家娶了李家小姐，就是穷日子也会过富的。懵懵懂懂时，李桂芝就听说过石晓晚抓周的事，也知道当年李家是跟着石家开的票号。只是听闻石家祖父没有回应祖父的提议，心里也暗暗堵着一口气，譬如学家务、学算盘、背书、练字都要最好，仿佛有个石晓晚在身边和她比试一般。她想她不能输给他，她只要做得足够好，就不愁他们石家不来提亲。但石家再没来过，不仅石家没来，连家里人也不提了。家里人越是在李桂芝面前不提石家，石家就越像一棵树一样，一旦扎下了根，就不断地往横里扩，往纵里钻，在李桂芝心里盘根错节，越来越丰茂了。此时祖父的婉拒，等于是一把大斧头砍下来，李桂芝的气血突突地从茬口往外冒，没几天就枯萎了。

这时的李桂芝才知道她在心里早把自己当成石家人了，那么和石家切割就等于是和自己切割，当天她就疼得吃不下饭去了。三天后郎中对祖父说，这是心病，对症了，一服药就见效。祖父支开众人，问李桂芝是怎么想荣昌的前景的。李桂芝说："还能怎么想，不过就是硬撑着，关票号不忍心，开下去吧，又不盈利，这样下去肯定不行。"祖父是个聪明人，这几日说是辞退了石家，但心里也是一直不安生。面子争了，气也争了，可银子却不见多。两家联合也不是没有道理，何况还能成就一门好亲事。又僵持了几日，听说石家真就去找泽昌号了。传来的消息说泽昌号认可石家结盟的提议，只是库银已经不能维持经营了，就是想结盟也结不成，除非石家先垫付一些白银。石达成和二掌柜的商议，二掌柜的当然不同意，自己家都快没米下锅了，再背上一干人，想找条活路就更难了。泽昌号业务规模小，底子薄，说关也利索，还没等大家回过神来，就把票号的异地业务转了出去，把本地业务留在新开的钱庄里了。

一时间大家就又动了关闭票号开钱庄的念头。但也有不这么想的，像荣昌的李老东家就认定了但凡还能支撑，就不能轻易地丢掉这块业务。于是当石达成从荣昌号门前走过时，荣昌的李老东家就拱手出来让了让，这一让不仅让联盟水到渠成，也成全了石晓晚和李桂芝的亲事。

当时荣昌的老东家认为自己亏损的原因是票号多、成本高、市场饱和。他的如意算盘是和石家绑在一起，把城里的票号都熬倒，那样他们就柳暗花明了。多少年后，石达成想起这些就后悔，后悔自己的书白读了，自己的洋也白留了，后悔自己忽略了大势所趋。但那时的石达成正沉溺在自己的变革中，除了荣昌号还有几家票号也加入进来，成立了票号联盟。票号联盟约定，原则上一个重镇只保留一家的分号，比如说张家口只有荣昌号的票号，石家在张家口的业务并入荣昌号；京城里就只有石家的票号，荣昌号京城的业务并入石家。以此类推，几家按着当地业务优势只保留一家，其他家业务转入保留票号代为办理。票号联盟确实缓解了当时的窘境，虽然没有大的发展，但毕竟扼住了亏损的势头。

　　十三岁的石晓晚奉父亲之命和十六岁的李桂芝拜堂成亲时，只跟父亲提了一个要求：不能中断学业。几天后石晓晚背着书包去学堂读书时，章十八问他："当新郎官美不美？"石晓晚说："有啥美的？不就是晚上屋里多个人一同睡觉嘛。"章十八坏笑着再问："咋睡呢？"石晓晚不耐烦地说："还能咋睡？天一黑，吹灯，各人钻各人的被窝。"章十八摇摇头大笑："这么美的新娘子跟着你真是瞎了。"

　　当年章十八对着石晓晚说这些话时，石晓晚还一本正经地对章十八说："她眼睛亮着呢，一点儿都不瞎。我有天半夜里醒来，一睁眼就发现她那两只眼睛亮得像红灯笼。"

　　八年后石晓晚和李桂芝的儿子石前程过周岁时，李桂芝变着花样跟婆婆潘圣颐说抓周的事，潘圣颐总是阴沉着脸不接她的话茬儿。其实潘圣颐也不是不愿给孙子抓周，不喜欢儿媳妇归不喜欢儿媳妇，孙子还是自家的骨血，只是如今的年景已经让这个江南女子学会了一两银子掰成两半花。虽然口音里还带着吴侬软语的音调，但潘圣颐已经是一个纯粹的山西婆姨了，而且她比山西婆姨还会勤俭持家。石达成疼爱她，告诉她家业是挣出来的，不是省出来的，让她别太刻薄自己了。她也不想这样呀，也想和表姐、表嫂、堂姐、堂嫂一样，把头发烫出花来，穿着旗袍、抹上香脂、听听曲儿。可哗哗往外流的银子让她的心一直提着，她能做的就只有一件事：尽可能让银子少流一些。商贾之家出身的她，实在不明白为啥祖父看好的石家却一日日衰落，而且是越挣巴，跌得越狠，如今连翻本的机会都是那么渺茫。她忘不了孙子出生那天石达成下的决定。那天石达成说为了子孙后代也要把票号关了，不然真就连个瓦片也给孙子留不下了。潘圣颐对石达成是百依百顺的，在她眼里，石达成的每一个决定都是正确的。但她还是对关闭票号存疑，只是这疑问她没有说出口，而是归结到孙子石前程身上。她觉得是因为石前程才终结了票号，让她彻底失去了和姆妈家那些表嫂、表姐平起平坐的机会。

李桂芝不明白这些，她对石晓晚说："石前程是石家长孙，是要继承石家算盘的，怎么能不去求个吉利呢？既然婆婆没兴致办，咱们自己给孩子办。"于是两人把金算盘、玉算盘，还有笔墨纸砚摆在了石前程面前。石前程一点儿都没辜负李桂芝的美意，噌噌噌就爬到玉算盘前，一把就抓住了玉算盘。李桂芝激动地说:"看看,看看,这才是大有前程呢。"话音未落,石前程的手一松,算盘就磕到了地上,边框裂开一个口,一个珠子就飞了出来。

石晓晚一巴掌打过去,把石前程打得哇哇大哭。潘圣颐闻声进来,没有去抱石前程,也没有看吓呆了的李桂芝,而且径直朝玉算盘走了过去。她拿起那个玉算盘,黑着脸说:"大人作,孩子能好到哪儿去?"说完狠狠瞪了一眼李桂芝说,"哎哟,忘了你如今是这玉算盘的主人,委屈你们荣昌号了。"

石晓晚张了张嘴,想跟母亲解释两句,但潘圣颐已经丢下了玉算盘气呼呼地出去了。石晓晚安慰李桂芝:"就摔坏一个角,明天找人箍个铜板,不碍事的。"

李桂芝眼泪巴嚓地说:"这哪里是箍铜箍金的事,分明是婆婆又怪我们荣昌号了,可荣昌号当初还不是为了支持石家?"石晓晚知道李桂芝的委屈,如今母亲话里话外都是带着酸的。隔天李桂芝肚子不舒服,让厨房煮了一碗红糖豆面糊糊,潘圣颐就说:"还是荣昌家的底子厚呀,都这个时候了还能这么红火。"李桂芝没回应,低了低头,眼泪就吧嗒吧嗒落在了碗里,再也喝不下去了。此时的李桂芝叹了口气:"媳妇能熬成婆,可石家能再把祖业熬回来吗?"想到这里李桂芝就赶快抱着石前程去看算盘的裂纹,这一看,吓了一跳,说道:"怎么少了一颗珠子?一定是在裂缝的瞬间蹦出来了。"可是她找遍了炕上炕下也没寻到那颗珠子。

金生之一：估商

1

一下午的时间不知不觉就溜走了。讲解员提醒我，这里可以拍照。我明白他们要闭馆了，而我又在这里停留了很久。我没有拍照，我记起师傅的一句话，过程比结果更重要。我从阜成门内大街宫门口二条走出来，瓦蓝瓦蓝的天在楼宇间轻歌曼舞，仿佛和街上拥挤的车流、匆忙的脚步分属两个世界，亦如四合院和高楼，亦如大型计算机和算盘，亦如票号和今天的银行。它们或涓涓细流，或惊涛拍岸，用自己的方式书写历史的长河。

短短一瞬间，我有些伤感也有些迷茫，再有几年就要退休了，但自己一手扶持成长的企业——德福钢铁却要改换门庭了，就像手中的算盘一样。不，还不一样，计算机代替算盘，那是科技的发展，德福钢铁则不一样。其实我自己也不知道并购对德福钢铁来说是好事还是坏事，但从我内心来说，我是希望德福钢铁能留下来的，即便像算盘一样留在记忆里也好。

嘀嘀的电话声把我从漫无边际的神游中拉了回来。"蒋行长,方便不?"德福钢铁掌门人阎福海的声音一如既往地云淡风轻,仿佛在问"你吃了没",但话音的背景声是机器的轰鸣,声音不大,我听出来那是四号炼钢炉发出的,因为来之前我们也是在那里分手的。当时阎福海用胖手专门指着四号炼钢炉说:"你每天烧进去一百多万元,我们养不起啦!"他的话让我心里一酸,但从阎福海的脸上却看不出一丝焦虑。倒不是阎福海城府如何深,而是老天给了他一副笑面。他的眼睛细长,眼角自然下垂,再加上这几年越发发福,眼睛在饱满红润的脸上就越发下弯,像福娃,更像弥勒,仿佛天下的难容之事在他那里都是花絮和点缀。但我知道他们账户上的钱就要断流了,我也知道他们的贷款已经连续两个季度没有偿还利息了。我还是想给他一点儿希望,就像当年那样,冲一下,也许就迈过这个坎了。我说:"这是发展的必经之路,闯过去,就海阔天空了!"他拱拱手说:"那就借你的吉言和再次鼎力相助啦。"说这话时,他真正笑了笑。他真正笑时眼睛一挑,就像两颗悬珠,让听的人、看的人反而揪起一颗心。

"领导外出,还没有切入正题,先别着急啊。"我像安慰他,也像给自己打气。我知道阎福海这是在打探我到总行汇报的情况。与阎福海打了三十年的交道,他总是一副气定神闲的样子,但那是给外人看的,仅从他在细枝末节上不肯放手这一点来看,就知道他要的结果都是从他盯着的过程来的,我能感觉到在那过程中他心里的算盘珠子上下翻飞。

"景木株式会社的人来了，约了晚餐，辛苦蒋行回来给撑个门面？"阎福海如拉家常般向我抛出了一个重要的信息。我知道，景木此时来，应该是冲着美浮并购来的。并购是企业内部的事情，阎福海约我并不是真的想请我帮忙撑门面，而是向我施压，至少是向我传递某种信息。我一边嗯了一声应付，一边在心里估算，从西直门坐到西客站要半个小时，从西客站到石城坐高铁也要一个半小时，到了石城，阎福海的人会接，但进入晚宴也要八点了。我笑了笑说："晚餐赶不上了，还是餐后喝茶吧。"

"那就辛苦蒋行了，我给您留一盅燕窝、一盘生煎。"电话那头阎福海的声音明显高了八度，我知道这正是他要的。

我之所以答应阎福海回去，一是因为总行风险官石晓章还在外地考察项目，后天才能回来，尽管我还可以去金融博物馆消磨时光，但石城行还有太多的事情要处理，我实在舍不得再耽误一天；二是景木是我们追踪的潜在客户，把业务看得比什么都重的我当然不会放弃这样一个机会；三是最重要的一点，美浮的出现已经扰乱了我们和德福的共生方式，景木葫芦里的药就更不能大意了。

回到石城比我预计的早了半个小时，当德福的财务总监米永岩把我领进去时，我才发现一大桌子人都在等我。我确实有点儿受宠若惊，有些嗔怒地埋怨阎福海不讲信用。阎福海一脸委屈地说，是景木晚秋会长按下的暂停键，说着便把一位白胡子的长者介绍给我，长者站起来双手递给我一张名片,然后用一口流利的中国话说:"幸会,蒋珠砾女士。"

我双手接过名片并认真看了一眼,上面印着"景木株式会社会长:景木晚秋"。我兴奋地回了一句:"久仰!"

阎福海带头儿鼓了鼓掌:"这个我可以做证,下午蒋行还在总行汇报德福并购工作,听说景木会长来了,就急匆匆赶了回来。"

我知道阎福海这是抬举我,也是在变相抬举景木,但这种事只能是点到为止,于是我连忙打断阎福海说:"阎总言重了,你们都是我的衣食父母,这是给我机会,也是给我饭吃呀,只是让大家等着我有点儿不好意思。"

"咱们开餐,边吃边聊。"阎福海冲儿子小阎总挥了挥手。在服务员上菜间隙,阎福海又把景木晚秋身边的一个年轻男子介绍给我,他指着已经站起来鞠躬的小伙子说:"这是景木株式会社社长:景木子舟。"

我一下就愣住了,先前我还以为这是会长的陪同。连忙说:"没想到社长这么年轻,比三浦友和还帅。"

小阎总说:"蒋行,后生可畏吧!人家会长是董事长,社长是总裁,子舟社长只比我大四岁。"

我当然明白董事长和总裁的关系,也明白小阎总这番话是说给阎福海听的。我看见阎福海的脸瞬间阴沉了一下,心想我得给阎福海把这场圆下来,于是我笑着说:"嗯,当年阎总承包轧钢厂时也是这么个年龄,时势造英雄呀。"我本想再加上一句,你起点高、平台好,假以时日,会飞得更高更远，但阎福海打断了我。他说："今天咱就不说我那点儿光辉历程了，要说我还要感谢您呢，没有您，就没有德福的今天。"

我连忙挥挥手："不说了，不说了，有点儿互相吹捧的嫌疑。"

阎福海对景木晚秋说："不瞒您说，若不是当年蒋行牵线搭桥，鼎力支持，就没有今天的德福。今天蒋行去总行汇报，也是为了德福并购的事情，蒋行对德福倾注的感情一点儿不比我少。"说完，侧过脸对米永岩说："催催菜。"

米永岩说："糊糊提前煮，口味就差了。"这时服务员推开门端着一盆豆面糊糊进来了。阎福海说："饭前先喝汤，脾胃不受伤。"说着让服务员给每人盛了一碗。景木晚秋用羹匙娴熟地搅了搅，然后慢慢盛了糊糊放到嘴里。阎福海也学着景木晚秋的样子搅了搅，然后呼噜呼噜喝了起来，仿佛那糊糊是山珍海味。我被阎福海的吃相逗乐了，但没好意思乐出声，心想，这个阎福海今天这是唱的哪一出？我不好意思直眉瞪眼看阎福海，便也拿起羹匙，加了一点儿白糖，像搅拌咖啡一样搅了搅，然后慢慢往嘴边送，但糊糊就是糊糊，再怎么细致也没有珍馐的味道。

阎福海咂咂嘴，问景木晚秋："怎么样？这是我们老家那边送来的。"

说起这个豆面糊糊，我是有发言权的，我们过年过节回张家口的婆婆家时，婆婆总会给我们装一大袋子豆面。只要陈新阁在，我们家每天晚上就少不了这口吃食，以至于如今我宁可吃白水泡饭，也不愿吃豆面糊糊。我总拿这事挪揄陈新阁："吃了这么多年没吃腻？"他说："就喜欢那一口。"我和阎福海一起吃过的饭数也数不清了，当年他刚承包西郊轧钢厂时，我们做完贷前调查后在他们食堂吃过面条、吃过馒头和大锅菜，也吃过莜面窝窝，但是还真没喝过什么豆面糊糊。我祖籍虽然是江南，但在北方生北方长，除了对米饭偏爱外，生活习惯已全然和当地人融在一起了。女儿陈连珠和丈夫陈新阁看着我吃白水泡饭时总是一脸坏笑，我当然知道他俩憋着的那个意思：他们笑我故意强调自己的南方血统。也是在那个时候，两人就如同今天的阎福海一样，把豆面糊糊吃得呼噜呼噜山响。想到这里，我又偷偷笑一下，心想就是再难吃，人家景木也要说声好呀。

没想到景木晚秋还真不客气，他说："还真差点儿火候。"然后又笑了笑说，"不过这是我在国内喝的最好的了。"

小阎总插嘴道："难道国外还有比这好喝的糊糊？"

"当然，比方说茶吧，茶是从中国传到日本的，但日本的茶道也发展得十分出色。"阎福海快速截住小阎总的话头，又接着说，"等德福钢铁的事情尘埃落定了，把我们的厨子也派到日本学习学习。"说完他像想起什么，又说，"我们就是缺管理人才，论原料，论产出，我们都是一流的，但论管理就差多了，财务成本和各个环节的跑冒滴漏就像一个个瘤子，德福背着它累呀。如今赶上去产能、上环保，就有些力不从心了。"

"我们希望有机会和德福合作。"景木子舟顺势就接过了话茬儿。

此时那些我们常吃的菜品陆续上来了，阎福海指着生煎和燕窝对我说："这几天为贷款奔波辛苦了，先补一补，但是那个贷款有可能用不上了。"然后又推了一下转盘，一边为景木晚秋夹菜一边说："合作是好事，取长补短，我们先吃饭，如果你们有意，明天先做个尽职调查，然后再谈。"

"我们已经看过了，如果阎董诚心，我们愿以 PE 四倍收购百分之五十一的股权。"景木子舟直接把饭桌当成谈判席了。

2

大家都被这突如其来的标的砸蒙了。半个月前，美浮集团代表美籍华人万小方先是把德福捧上天，后又把德福打入地，一会儿说前景如何莫测，一会儿说现实多么残酷。我们整个德福团队没有一人能接住会计师出身的万小方的话。有几次阎福海给我使眼色，我俩先后到万小方办公室商量半天，可我们的回击总是即刻又被他弹回来。万小方不看德福的资产负债表，可那上面的数据他比我了解得还清楚、还准确，而且那上面没有的，比如股东代持的明细，他也门儿清。万小方说："德福产能二百万吨，但去产能要降三十万吨，管理成本不变，生产和销量要减少三十万吨，公司一年要损失多少利润？"我和阎福海都明白，就是因为去产能，德福已经连续两年没有盈利了，再加上环保技术改造新投入的资金，今年是必亏无疑了。但环保是一票否决，为了环保达标，如今一天一百多万元往里投，眼看着账面资金捉襟见肘。

银行和企业唇齿相依，而且技术改造是利国利民的好事，于公于私我都想帮一帮德福钢铁，可报告打上去，别说总行不给批，就是我自己也觉得有些牵强。如今德福的资产负债率太高了。虽然近几年钢铁行业不如前几年火，但德福的终端产品都是客户先交钱再拿钢材，反过来那些原料却是赊账，比如铁粉、铁矿石、煤炭、焦炭的回款期都在三个月以上。也正是因为这样，德福每年的银行承兑汇票给我们行贡献的收入就达两个多亿。

大家都说"二八定律"在石城行不存在，石城行是"一九"，石城行有德福一个客户就吃饱了，其实并不是石城行的其他业务不行，而是德福的业务太突出了。确实，这几年德福给我们行带来了可观的利润，但也给我们埋下了巨大的危机，德福晃一晃，不敢说石城行倒闭，至少业务规模打回八年前。不，要比八年前艰难。八年前，我们行的存贷规模虽然小，但没有不良贷款。德福的十年、三十年、五十年、百年规划就是一个蒸蒸日上的"钢铁帝国"，银行和这个"钢铁帝国"绑在一起是幸运的，也是危险的。但在顺风顺水时，别说我自己、我们行，就是上级行也都沉浸在发展共赢的征途美景中，忽略了那些本应规避的风险。发大愿者必有魔考，随着"去库存、去产能"和环保要求的提出，德福的利润在减少，投入却增多，直接导致企业资产负债率攀高。我们在德福投放的十八个亿贷款也进入了总行预警系列，每一次贷款到期，我们都像工兵排雷一样提着十二分的小心。过去，其他行对我们的贷款份额虎视眈眈，如今同行们都躲在一边感叹"塞翁失马，焉知非福"。

我和阎福海都坚信，挺着，挺着，等经济趋暖，等技术改造完成，德福还会再次回报给我们高额利润。但这一切都需要资金支持，可惜的是在企业效益好的时候，各家银行都来分一杯羹；市场一有风吹草动，各家银行就退避三舍。更可气的是，去年从我们手中硬抢走五个亿贷款的某银行，贷款一年到期后，竟然以先还后贷为幌子，诱骗德福把货款和流动资金都拿出来还了贷款，然后以行业政策变化为由，拒绝再给德福贷款。若是平时，五个亿就是现金流的一根毛细血管，但此时的五亿元是德福的动脉。这个银行一截留，德福就面临窒息的风险，直接后果是，把我们行和其他行的贷款都推向了风险之地。水堵住了，德福的贷款别说还本，就是付息也成了问题。德福从优质客户的序列被调整到风险企业名单。过去我们到企业是营销金融产品，如今变成了清理和化解不良贷款，维护我行的债权债务。摆在我们面前的有两条路：一是通过法律手续挽回一部分损失，比如对企业的设备、厂房等抵押品进行处理变现，归还银行贷款；二是为企业牵线搭桥，或者说引导企业资产重组，也就是开渠引流活水。阎福海和我们达成共识，变卖部分股权、引进资本，让德福度过眼前的低迷时期。这样对德福、对银行都不失为明智之举。

德福抛出了橄榄枝，我们也利用客户资源积极为德福寻找好的买家。大型国有钢铁企业沪钢给出的条件是，按现有资产市值一比一收购百分之五十一的股权，派驻财务总监和董事长，总经理由阎福海继续担任，对赌期三年，第一年利润持平，第二年增长百分之十，第三年增长百分之二十；前期先拨付银行利息、环保投入资金二十亿元，保证企业正常运转。沪钢这份并购计划书的依据是，钢铁产能过剩低迷期是三年，按他们的研究分析，明年要保经济增长，房地产、汽车行业的景气提振会给钢铁市场带来更多的需求，而且沪钢还可以给德福让出三分之一的非洲市场份额。最重要的一点是，可以保持企业名称不变，只在德福前面冠上"沪钢"两个字。

我比较赞同这个方案，总行和沪钢签有全面战略合作协议，德福摇身一变注入了国有企业的血统，融资就有保障，而且那些不良贷款要么债转股，要么被盘活，都能回归正常状态了。

阎福海也同意这个方案，却迟迟不肯签字。他的心情我可以理解，沪钢的人也理解，毕竟德福是他一手养大的孩子,如今名字前面要冠上"沪钢"的姓氏,多少有些舍不得,有一个消化的过程也在情理之中。然而谁也没有想到,犹豫期杀出个美浮集团来,而且美浮出了 PE 两倍的收购价格。

要不怎么说褒贬是买主呢。美浮的财务总监万小方对德福是又褒又贬,在谈判过程中,我以为他就是为了压低收购价格。他给出如此优厚的收购价格后,沪钢也开始重新做方案,但做来做去还是做不到两倍。在这期间我和阎福海认真谈过一次,我们都明白,美浮肯出这个价格,那么德福的价值就不止这些,把未来巨大的利益空间拱手送给外国人,心里总不是滋味。阎福海说:"但凡有丁点儿办法,我也不会出让德福股份。"

我知道他的言外之意是,我们银行如果能再支持一把,让他们挺过去,德福就还是原来的德福,不,德福会给我们一个更大的惊喜。我再次将德福的情况上报总行。其实在打报告时,我也知道无论是从目前的资产状况还是产业政策来看,德福都不满足扶持的条件。因为贷款已经不良,而且新来的风险官石晓章是海归,据说"教条得很",所有的业务都要放进风险模型进行风评,无形中希望更加渺茫。

但让我没想到的是,总行风险官石晓章竟然在 OA 上回复了签批。他虽然提出了一大堆问题,但我从那些问题中看到了希望。我没与这位新来的风险官打过交道,同事们都给我拨气门芯,说他的签批我可以理解为就是例行公事的一个程序，让我别当真，不要再做无用功。但我看着签批中他提出的一大堆问题，又不得不佩服他的专业。我想就按着这些问题对德福的整体情况做个梳理，如果确实要规避风险，我也只好心服口服，万一梳理出来个希望，也许情况就会有转机。于是我就和信贷员深入德福，对现场情况和理论数据一一比对、核实，把之前忽略的那些数据、那些情况重新充实到报告中。然后我就带着重新修改的报告来到总行，我想像以往做大项目那样当面讲一讲我们的意见和建议，为我们行，也为德福争取一下。可是石晓章没有见到，贷款的事情还没有着落，半路又杀出个志在必得的日本企业景木来。此时此刻，无论从哪方面来说，景木亮出的 PE 四倍的标的都让人无法拒绝。

从阎福海的专用包间出来时，我的脑子真是一团糨糊了，我在心里默默叹息："好好的一个企业就这样让人家拿走了。"和阎福海告别时我想问："你拿近百亿要干吗？"可我没有问，我知道我们和德福就像一对要分手的恋人，彼此尊重才是最好的选择。但令我感动的是，阎福海在 PE 四倍的诱惑下，依然像往常一样对我说了一句："我不着急卖，还是那句话，如果贷款能下来，我们就咬咬牙一起挺过去。"

晚上回家后，我第一件事就是给女儿陈连珠打电话。还好，她表现不错，电话只响了三声就接了，而且主动关心我："老同志风尘仆仆地回去有啥急事？"

我把景木的事情跟她说了一遍，然后又说："行了，就不跟你绕圈子了,我想问问石晓章的情况,做到知己知彼。"

"哈哈,你啥时候也学会这一套了?这不是你的风格呀。想百战不殆,还是……"

"打住,你不知道老同志敬业吗?再说我不愿看着德福嫁给外国人。"

"我知道,德福是您一手扶持起来的,但是引入外资也不见得是个坏事,只要它过得好。算了算了,看在老同志奔波一天的分儿上,我还是跟您说正事吧。只要企业景气指数好,哎,我就不说具体的了,这些方面您是前辈,是专家,我想只要企业是好企业,总行没有理由不支持。石晓章对项目要求确实苛刻,但真金不怕火炼。"

我打断陈连珠:"不要跟你老妈讲那些官话,我想问问石晓章喜好什么,比如偏爱哪些指标和数据,比如是喜欢喝绿茶还是白茶。"

女儿还没有回话,陈新阁就过来打岔,他说:"要我说你这就有些过分了,这又是跟阎福海学的吧?"

女儿在那头哈哈大笑起来,笑完她批评我:"老同志这是领了人家多大人情,还是好胜心太强,弄得晚节不保了,哈哈,哈哈。跟您说吧,您若真带了礼品,那可就成笑话了。石晓章是谁?是波士顿学院金融专业的高才生,是华尔街马丁风投的首席研究员。题库海量,但万变不离其宗,重要的是企业情况和发展都要经得起验证。"

我被这一对父女挤在了墙角。我瞪了一眼陈新阁说:

"人家的丈夫都是帮衬，你可好，每次都给我添乱。"说完我不给陈新阁回话的机会，就又冲着手机抱怨："你们总行的人都高高在上，知道基层行同志们的辛苦不？我们培养个客户容易吗？那些客户就是我们的衣食父母，没有那些客户，谁养活我们？谁养活你们？"

"老同志，别激动啊，客户重要，资产安全更加重要，安全是最大的效益。您不能拿着石城行身家性命与企业对赌，而是要有业绩、有环保、有市场支撑。但我可以再给您透露一个信息，那个石晓章是我导师钱念宗的师弟，这您心里就有底了吧。"

钱念宗的师弟？虽然仅有五年前的一面之交，但我对钱念宗教授印象颇好，他智慧、风趣、幽默，对经济问题的分析总是能深入浅出，而且在算盘上我们还有共同语言。五年前我在他面前展现了自己的珠算水平后，他拍手叫绝，然后他握着我的手说："多少年没看到这样的场景了。"说那句话时，我看到了他眼里的泪光。

他说我打算盘的手法和他的母亲很像，只是他母亲打算盘就是单纯地打，从来没有想到用它来"占卜"。他说我用数据来"占卜"挺有意思，这不失为在科学、理智无法解决问题时的一种弥补。他问我这是不是我自己的发明，我说这不是我的发明，是我的师傅教我的，我的师傅是跟着她的父亲学的。他一反儒雅常态，激动地竖起大拇指喊："太神奇了！之前我母亲就说她爷爷会用算盘占卜，只是她从来也没见过。"他说可惜他的母亲在台湾，有机会一定让我给他母亲展示一下。

那天我们从算盘谈到经济，从经济谈到人生。我感觉到他对陈连珠的欣赏，也感觉到了陈连珠对他的崇拜。说心里话，我之所以不愿意让女儿留在美国读博，更多的就是怕她嫁个美国人，而且是比她大十几岁的美国人。我总是旁敲侧击地说："丧偶的男人还不如离婚的男人，那种人命硬。"又说，"给美国小孩儿当后妈那代沟得有多大呀！"那几年我天天提着嗓子告诫女儿，不能把崇拜当成爱情。女儿当然明白我的意思，她总是哈哈一乐说："您想多了。"又说，"钱教授是很传统的人，你别再胡思乱想了。"后来钱教授休假时，还约我和陈连珠到台湾旅游，约我和他的母亲一起切磋算盘功夫，我总是以工作忙为由婉拒了。后来陈连珠回国后，我才发现是自己小人之心了。每次看到女儿郁郁寡欢的样子，看到女儿形单影只，我又后悔是不是自己干涉太多了，如今想想钱教授也不失为一个好的选择。有一天，我跟女儿谈起她的未来时，还故意问了问钱教授的情况，女儿话语里依然是崇拜，但眼神里少了激动。

在我电话还没有放稳时，陈新阁递来一杯红糖姜水。我接过水，算是给他一个笑脸。睡前喝一杯红糖姜水，养颜又安眠，这是我婆婆向我传授的经验。老太太如今已经八十多岁了，脑子清楚、脸庞红润，每天守着她那个小院子，春天种花种菜，冬天自己扫雪。我和陈新阁劝她跟我们一起住，可从十几年前直到现在，就没劝动过。她最疼爱的孙女陈连珠在京城落脚后让奶奶跟她做伴，老太太仍是不肯。老太太说自己不是怕给孙女添乱，而是实在不愿离开小院。我说："那您还能守它一辈子？再说您一个人在这里，我和新阁心里总不踏实，只要有时间就得回来看您。"婆婆说："我还能自己照顾自己，倒是你，成天脸色蜡黄，这儿疼那儿痒的。你们不用管我，我有糊糊、面鱼儿，还有红糖就行了。"后来婆婆又叮嘱我，"别老喝酒，要多喝糊糊，多喝红糖，那个养人。"我喝不习惯糊糊，却养成了喝红糖姜水的习惯，还真是挺管用的，喝了一阵，睡眠好了，气色也好了。

嫁给陈新阁的第一年，春节回张家口，一进门婆婆就给我倒了一杯红糖姜水。婆婆拉着我的手让我快喝了暖暖身子。晚上睡觉前婆婆又端来一杯。我皱着眉头对陈新阁说："你家是卖红糖的呀，喝这么多不胃酸不长肉呀？"陈新阁说："这个姜丝红糖水母亲喝了大半辈子，你看看老太太的气色。"听他这样一说，我就慢慢抿了一口，还别说，胃里舒服，身上也暖和。这时陈新阁又说："你可别小看这个偏方，当年我姥爷用它救过好多个战士的命呢！"

我知道陈新阁的姥爷牺牲在朝鲜战场上，是一级战斗英雄。婆婆说她就见过她父亲两次，一次是她五岁时，父亲从山西来转让了自家的商铺，然后带着银圆去部队了；一次是父亲来接她们母女进京，还没等她们收拾好，父亲就接到了部队的电报，然后急匆匆归队上朝鲜战场了。陈新阁他姥爷那次走时从家里带走的唯一物品就是姜丝红糖。

我问陈新阁，姥爷不是后勤部部长吗，后勤部部长还缺物资？陈新阁告诉我，就是因为姥爷是后勤部部长，才更舍不得多用一点儿物资。在去朝鲜的第一年，他还给姥姥她们写信，说朝鲜太冷了，比张家口还冷，让她们尽可能多地为志愿军筹集些姜丝红糖。

当年陈家商铺里的招牌产品就是姜丝红糖。早年间陈家祖上从广西贩运红糖茶叶途中染了风寒，就在姜汤中加了红糖，没想到两天后病就好了。后来陈家祖上就把红糖加姜丝重新熬制销售，生意一下就红火起来。陈新阁说，姥爷卖了铺子参加革命后，是姥姥靠着手熬红糖姜丝养大了母亲。

我后来总想，精神作用有时真的大过客观现实，听完老陈家姜丝红糖情结的讲述后，我就喜欢上喝红糖水了，以至于我跟陈连珠视频时还总叮嘱："波士顿天冷，记着每天喝杯红糖水啊。"陈连珠平常总是嘻嘻哈哈，在这件事上却是很认真："好嘞，放心吧！"

我喝完红糖水就该睡了，但陈新阁似乎并没有要休息的意思，他从餐桌下面拉出一把椅子坐在我的对面。他说："珠砾，我还是想和你谈谈德福的事情。"

我不想和他谈德福的事情，一来我还在生他的气，他本来可以代表政府再挽留一下沪钢，可他却说这是市场经济，政府不能干预。让他给环保部门打个招呼，也就是缓上一年半载，再继续改造，他还是不肯答应，他说环保是关系到子孙后代的大事,一天都不能耽搁。每每想到这些,我就气不打一处来,于是我说:"今天已经太晚了,而且德福的事情都过去那么多年了,你为什么要揪着不放?这是你的意思还是你们领导的意思?你是冲着我还是阎福海?"

"你不觉得美浮的收购有问题?抑或说阎福海已经把资产转移到了海外,就如同当年把国有资产变为自己的一样?"

"当年的事情有组织把关,如今的并购有美国人或者是日本人把关,我的任务是不管德福落入谁手,银行业务都在我行办理。"

"可是你在无形中帮着阎福海提高了价码呀,你不觉得你们行是德福最大的背书吗?"

"那又能怎样?让我看着德福垮掉?看着我们的贷款不良?对了,人家前几年效益好,向海外投资是正常的,怎么就叫作转移资产了?如今人家德福即便卖一百亿,钱也是人家的,人家想往哪里放就往哪里放。人家不是国有企业,不归你们管。"

"珠砾,事情不是你说的那样,他之所以卖掉德福,绝对不是资金链那么简单。其实上个月我们就收到了纪检委转给我们的德福问题核查批文,德福并购,也许是阎福海听到了重启调查的风声,也许有更深的原因。"

我说:"怎么德福一到重要关口,你们就收到举报信,你们自己不觉得是有人见不得德福好吗?"

3

虽然我表面上不屑于陈新阁的话，但那一夜我没有睡好，和阎福海、和德福的过往一幕幕在眼前浮现。

那一年我刚从营业室调到信贷科。我把贷款户和已经评级授信的客户过完筛子后，发现西郊轧钢厂的资产负债率高达90%，而且企业报表已经连续两年亏损，账面的现金流也面临枯竭。我问信贷员："对西郊轧钢厂有没有什么措施？"信贷员说："没有，我们和企业已经达成共识，不再给它新增贷款，但也不压缩贷款，该评级评级，该授信授信，我们正常贷款，企业正常还息，也就是借新还旧。"然后信贷员又低声提醒我，"蒋科长，西郊轧钢厂不能碰，它就是掉在灰堆里的豆腐，打不得，吹不得。"我知道他的意思，也理解他的好心，他是不让我触那个霉头。但我也知道这家轧钢厂就是一个雷，一个随时会爆炸的雷。我不想让这个雷在自己手里爆炸，更不能无视风险预警，于是我连夜把企业的情况写成报告，把问题反映给上级行。但报告在我的师傅，也是我们支行行长石程锦那里被截住了。

石行长说："你先别急着下结论，要先到企业走一走，看一看。数字是客观的，但也是冰冷的，我们要看活情况。"师傅的话就像当初她点拨我拨拉算盘一样，先定好位，再练起来就游刃有余了。于是，当天我就跟着信贷员去了西郊轧钢厂。

西郊轧钢厂是集体企业,也是计划经济的产物,但近两年陷入了原料和成品两难的境地。因为钢材紧俏,市场需求逐渐增加,他们原来的供货商石鑫钢铁自己成立了一家轧钢分厂,于是西郊的原料供应就处于断流状态。新的供货源虽然原料能保证,但价格偏高,利润空间被压缩,导致产销倒挂,这种状态持续两年后,企业亏损濒临倒闭时,一个叫阎福海的年轻人承包了企业。

当信贷员小李和轧钢厂会计小米介绍阎福海是年轻人时,我还在心里笑了笑,心想,多年轻,还能比我年轻?从能拿出三千万元承包轧钢厂这个壮举看,就不会是个年轻人。所以当我第一眼见到阎福海时,我有些不相信自己的眼睛。他和我心中的有为青年形象差距太大了。

阎福海个子不高,因为干瘦,国字脸在两肩上面犹如大头娃娃般滑稽,细长的眼睛在时时堆满笑意的脸上就愈显细长,若不是眉毛弯在那里,若不是那缝隙间的两道亮光,我真以为他是睡着了。在我发呆时,他礼貌地伸出了一双又白又嫩的手,只是轻轻一握,却暗含力度,开合自如。我不由得再看看他,那平和的微笑像春风轻轻从身边拂过,让我心生温厚之感,不知不觉进入他的话题。后来若干年间,我也问过他,是什么程序设定了那种笑容,他说哪有那么高深,就是娘胎里带来的。

那天我问了他两个问题,一是他如何让轧钢厂扭亏为盈。他说，轧钢厂本身就不亏，亏的是没有进货渠道，他在闯荡深圳的三年里结识了钢铁企业的上、下游客户，也就是说他有资源。我当时不知道资源能有那么大的威力，但我没有再在这个问题上纠缠，而是问了一个信贷员不该问的问题。我说："你年纪轻轻，三千万从何而来？再说有三千万就是吃利息也可以舒舒服服，为啥要赔钱的轧钢厂？"他说："我大学学的是矿业，二年级时，我的一个师兄没有服从分配，南下闯深圳。我跟学校请了病假，当时都没敢跟家里说，就跟着他跑了。"在他说那段历史时，我看到他的眼角透出一丝羞赧。他自嘲道："我不是个好学生，但我走对了。我跟着师兄倒卖钢材，那三年钢价从不到两千元涨到五千元，我们运气好，第一桶金就挣了两三千万。"

我不相信世上有这么简单的事情，就像别人羡慕我会拨拉一手好算盘一样，他们只是说天赋，不深究背后的付出，只有我自己知道那是苦练给我的回报。我问："这种运气不是谁都能遇见的，你既然这么幸运赚得盆满钵满，为啥要蹚这个浑水？"

阎福海说："你也知道，前两年是计划经济向市场经济转型，买钢材要靠指标，拿到指标就等同于赚钱。但如今是市场经济，市场经济需要建立新的秩序，重新配置、整合资源。我才二十多岁，我相信未来的路还很长，未来的市场空间会更大……"

我被他说服了。在后来的交谈中，我又问了他一个私人问题,我说:"如果你不介意,可以跟我说说你怎么拿到指标的吗?当然,你可以不说。"他笑了笑没有回复我,只是说:"各人有各人的机缘,只能说我运气好。"

那一日,除了那个第一桶金的疑问仍在我脑袋里盘旋,其他的似乎都不是问题了。在20世纪90年代初期,给一个企业贷款的权力就在支行,一个信贷员能做三分之一的主,再加上信贷科科长和行长的意见,就能决定一笔贷款的发放。我忽然明白了石行长让我去企业现场调研的用意,我看到了这个轧钢厂的上升空间。调研回来,我不仅没有否定借新还旧,反而为企业新增了两千万元流动资金贷款。半年后西郊轧钢厂扭亏,生产和销售如滚雪球般增大。

那年的12月31日,也是银行年终决算日,我们行灯火通明,算盘声比鞭炮声还长还响。那时行里刚配了几台"8080"计算机,但我们都叫它"电脑"。别看我也是大学生,但真不懂"电脑",我们行只有新分来的安科技员会操作它。计算器大家都会按,但对于我们来说还是更习惯用算盘。等我们噼里啪啦把账目轧平,和电脑里的数据一致时,"算盘王"石行长也不得不承认电脑比算盘更快更准。我们百十号人鏖战八个小时,竟然落后于安科技员的输入点击。那一天晚上,石行长第一次向大家宣布:"以后就换计算机。"

按照惯例,年终决算后,大家在食堂聚餐。那些结清手头账目的员工早就去食堂帮厨了。开餐时,阎福海像有内线通报一样，拉了一车烧鸡和橘子来慰问员工，我们以为他只是给聚餐加个菜，没想到他是大手笔，全行员工每人一只烧鸡、一箱橘子。事先他没有跟石行长沟通，也没有跟我和信贷员提起，就直接拉着东西过来了。大家都不吭声，我尴尬地瞟了一眼阎福海，心想，你这不是给我添乱吗？你逞能了，回头石行长该骂我了。我刚入行的那年夏天，糖烟酒公司弄到了一车皮市场脱销的冰糖，每天现金收款就有几麻袋，石行长就安排我们到糖烟酒公司上门收款。事后糖烟酒公司的经理送我们一人一袋冰糖，也让我给石行长捎了一份。当我给石行长送去时，石行长不仅没收，还把我臭批了一顿，最后她拿出一个月的工资为冰糖买了单。她说："咱们跟钱打交道，跟客户打交道，一是占便宜的口子不能开，二是记住客户是我们的衣食父母。"

阎福海的烧鸡、橘子和那几袋冰糖没得比，拒收吧，东西已经拉来了，依阎福海那个打太极的性格，既然拉来了就不会拉回去。没想到还没等石行长发话，阎福海就抢先说："我知道这些也不能表达我们全厂职工的感激之情，就借着新年讨个好的彩头。今年政策好、效益好，钢材价格一个劲儿地涨，我给工人们办点儿福利，也顺便给咱们行员工捎上一份。你们若不收，就是没把我们当成一家人。"说完阎福海就拱了拱手对石行长说："给员工的，又不是给您个人的，就一点儿心意。"我低着头，心想，阎福海呀阎福海，聪明一世糊涂一时，你就等着挨批吧。没想到石行长却说："既然阎厂长承认我们银企一家,我们就破例收下,但这是第一次,也是最后一次。"说完她笑着说,"既然是一家人,就留下会餐吧。"然后又对我和几位科长说她要到省行汇报,让我们陪阎福海喝几杯,也顺便沟通一下来年的规划。

大家就着拌白菜心、烧鸡、大锅菜、花生米互相敬酒,说着"辞旧迎新,再上一层楼"的吉祥话。阎福海毕竟是我们的贷款客户,虽然我们墙上挂着"银行企业一家亲"的锦旗,但对客户还是要敬三分的。一来二去,阎福海被一波波敬酒者围了个水泄不通,我觉得我有义务为他挡两杯,没想到会计科的王科长不乐意了。他端着酒杯说:"蒋科长你这是胳膊肘往外拐呀,你要挡酒也可以,咱们老规矩用算盘赌单双。谁敬酒谁出数,加减乘除后如果是单,我们喝;如果是双,你喝。"他这样一说,大家就跟着起哄。我知道王科长这是要出我洋相,若是平常我打算盘还不是小菜一碟,但此时不行呀,此时我已经喝得舌头有些不利索了,手和脑子就更跟不上了。我刚要推辞,王科长又将我的军,他对阎福海说:"阎厂长,我们蒋科长不仅是行里的珠算翻打百张传票冠军,还会算盘'占卜',灵得很哩。"

我们科的信贷员小李也不知道护着我,没等我同意就急匆匆地取来了算盘。他骄傲地把算盘往我面前一放说:"蒋科长,咱就给他们露一小手。"

大家都明白"算一算"指的是"算一卦",虽然是插科打诨,但在酒过三巡后这无疑是一支兴奋剂、一个小高潮。

于是大家就跟着起哄，连阎福海也鼓起了掌。在这样的氛围里，我还是想找条退路，于是大着舌头说："那是练功时练着玩的，不能当真的。再者今天有些喝高了，就不献丑了。"

王科长说："蒋科长别谦虚了。来来来，我出个数，你给解一下。"说完就报出了"一、三、五"。我虽然眼神有些迷离，但依然能感觉到大家都在看着我，于是只能一咬牙一闭眼借着酒劲在算盘上一通噼里啪啦。盘面归一后大家引颈问解，我笑了笑看着王科长，就像当年我给他当副科长时一样，把建议提出来，让他拍板。算盘的这个玩法是我师傅石行长的秘诀，我练功时她常常在一旁机械地拨拉算盘珠，就像一个人拿着一副扑克牌在那里摸呀摸的，后来我跟着师傅的指法还原数字，再推算，慢慢就悟出了门道。师傅告诉我，这是祖母背着父亲教她的，父亲不让她学这些。父亲对她说当年祖父用算盘做的两个决定都失败了，千万不能再迷信了。师傅的祖母却说："啥叫失败，出水方看两腿泥呢，没到最后，就不能论输赢。你祖父他们都到海外不一定是坏事，如果在平远，说不准就和你老丈人家一样呢。"石行长提及父亲的老丈人家就是母亲李桂芝的娘家，她的祖母又说："那家人别提多惨了，说没就没了。"石行长说她拨拉着"算"是习惯，也是自我安慰。数据是随机的，跟前途命运没有半毛钱关系，和"占卜"更不沾边。但我把它发挥了，像个算命先生一样让人家说个数，归一了，是一个说法；不归一，又是一个说法。起先是在宿舍里为刘晓璇算，刘晓璇和我同一年分到行里,她母亲给她介绍了一个对象,她自己却喜欢上了王科长,那时王科长刚当上副科长。刘晓璇让我帮她选,我说:"我哪里知道你的心思。"刘晓璇说:"那就抓阄儿。"她说那话时我正拨拉算盘呢,我说:"那你说个数,归一了,就选王副科长,不归一,就听你母亲的。"刘晓璇从她生日里取了末三位数报给我,我一通噼里啪啦后盘面归一。刘晓璇嫁给王副科长后一直给我脸上贴金,把我当成她的媒人。

但今天我不好解释,因为之前没有设定,也就是说王科长想怎么解释就怎么解释,再者我也不知道他要问什么。其实他也不是想问什么,他就是想看我出洋相。我说:"王科长最理解这个盘面了,这个和当年刘晓璇的盘面一样。"说到刘晓璇,王科长立马向四周看了看。大家哈哈一笑说:"刘晓璇在灶间帮着包饺子呢。"王科长自嘲道:"吉,挪个地,吉!"

说到挪地,大家都心知肚明。我们行新出台了三年岗位轮换制度,王科长任会计科科长两年,但若加上之前的"副"字就五年了,这样的情况动还是不动,王科长心里没有数。我忽然明白这是王科长又在和我较劲,其实我也习惯了,只要我俩遇到一起,他就要争个子丑寅卯,或者给我添点儿腻歪。他比我入行时间长,资历比我深,但我很快就和他平起平坐了。不,虽然我们都是科长,但在大家眼里,信贷科科长比会计科科长在权力、前途方面都更有优势。我成了他的假想敌,而且他这个人心里藏不住事,只要见到我,脸上、嘴里就不自觉地往外溢。

　　这不又来了。本来是游戏,王科长却要敬我三杯酒。他说:"第一杯敬神算之名不虚,第二杯敬我们三年愉快的合作,第三杯敬今天的答疑解惑。"当时我已经喝得有些高了,其实在我打算盘时几次脑子都没过数,都是下意识。我只能举手求饶:"谢谢老科长的栽培和鼓励,哈哈一乐,不当真的。"

　　王科长说:"也没人当真呀,今天大家高兴,喝酒、喝酒。"说完一仰脖,哧溜连干三杯,干完后把酒杯倒过来让我看。我只好端起酒杯,就在我拧着眉头张开嘴时,阎福海从我手里接过了酒杯,他说:"蒋科长的酒我代了。"

　　王科长哈哈一乐问:"这是几个意思?"

　　阎福海说:"就想让蒋科长保留一点儿清醒,让她也给我们厂算一算。"

　　那天散场后,我不知自己是借着酒劲还是心里那个疑问过不去,大着舌头问阎福海:"阎厂长,你说你没有高干背景,那你第一桶金的批条是怎么弄到的?"

　　阎福海说:"其实也是因为算盘,我家有一个祖传的金算盘,那个算盘是我奶奶压箱子底的。那些批条就是拿它换回来的。"

4

　　那一年我们行超额完成了上级行下达的利润指标。在年初全省行长工作会议上,石行长代表我们行上台领奖,我被评为省行先进工作者。全省行长工作会议之后,石行长带领我们定指标和考核办法,安排全年工作,没有一点儿要调离的迹象。春节放假前一周,我去营业室查看企业现金回笼情况,王科长神神秘秘地把我拉到一边问:"石行长是不是要调回山西老家?"我当时还让他不要道听途说:"你看石行长安排部署工作的劲头,像要走的人吗?"但说归说,我心里也藏不住事,下午汇报完工作后,我就问石行长是不是要调走。石行长脸色沉了一下,说:"是,这是我个人的事情,我父亲老了,非要回老家,一会儿闹着找玉算盘,一会儿闹着找金算盘。我哥哥姐姐们的话他不听,我这个老小也只能调回去了。"

既然是个人的事情,我就不便多问。石行长说起工作来精神抖擞,但说起家里的事总是叹气。我从入行起就被她迷住了,她圆脸大眼透着领导的范儿,讲话声音不高,但每一句都像石子投入湖心,泛着涟漪,我的心就跟着波动。让我没有想到的是,每天下班后,她都留下来陪我们这些新员工练功。

开始几天,我们特别感动,也特别受鼓舞,可时间一长,大家都吃不消。刘晓璇问王科长:"石行长不用管家吗?不用带娃吗?"王科长告诉我们说:"千万别提家,前年石行长的爱人在下乡的路上出车祸去世了,她的娃跟着她的父母呢。"我和刘晓璇被他的话惊得张大了嘴,我说:"石行长看着那么精神，没想到那么不幸。"王科长说："哪里有十全十美，石行长的老父亲是咱们总行的老领导呢。"

从那以后，我和石行长再没提过工作之外的话题，即便后来她收了我这个徒弟，把她的算盘心得和秘诀都传授给了我，我也没有再问过她的家事。所以当她说是个人原因时，我并不惊奇，而是说了一句"闲话"。我说："你们山西人咋那么有钱，好像家家都有金算盘呀！"

石行长猛然抬起头问我："还有谁家有金算盘？"

"阎福海，他是山西人，他说他家就有个祖传的金算盘。"

"阎福海？"石行长眼睛一瞪，突然从椅子上站起来。看着石行长严肃的样子，我有些紧张也有些后怕，不自觉地拍了一下自己的嘴巴，心想石行长该批评我背后议论客户的私事了。可没想到石行长不仅没批评我，还问我："他家有个祖传的金算盘？"

"嗯，他说他的第一桶金是用金算盘换回来的。"

石行长突然像泄了气的皮球，身子晃了一下又坐下了，她叹了口气说："可惜我家那个金算盘沉入海底了。"

欢送石行长那天，她悄悄塞给我一个信封，她让我把这笔钱交给阎福海，她说："好在烧鸡的钱我还拿得出。"并再次嘱咐我，"随着改革开放，我们必将迎来经济的迅猛发展。我们既要守土有责，也要迎变而变。银企一家没错，但要保持适当的距离。"

我知道，她指的是阎福海。只是我不明白她何出此言，过去石行长总鼓励我和阎福海搞好关系，她说随着经济发展，钢铁企业会迎来一次大的发展。对于石行长的提醒，我心中虽有疑惑，但还是认真地点了点头。

确实像石行长说的那样，我们行和企业都迎来了改革开放的春天。三年后，我被提拔为主管信贷业务的副行长。会计科王科长接替了我的信贷科科长职务。王科长说我运气好，说是轧钢厂给我铺平了道路。确实如他所言，这三年钢材需求和价格持续攀升，资金需求也就越来越大，对我行的贡献也就越来越大。这一年我还被总行列入百名总行级后备人才、千名分行级后备人才、万名支行级后备人才，即"百千万"后备人才，脱产到总行干部培训学院学习。其间，阎福海来干校看我，他说是来春城谈业务，顺路的。

我请他到学校食堂吃饭，他说进门前做了一下功课，干校侧门西边有个"运河人家"。我突然想起石行长临走时的那句话，就揶揄了一句："你这功课做得够深的。"他说："做得再深也得有呀，是碰巧，也是缘分。"运河人家是一家淮扬菜馆，馆子不大，但那狮子头和炒饭却很正宗，别说这几个月在大东北吃食堂，就是在石城我也好久没吃过家乡菜了。菜馆是碰巧有，但我不相信他来就是顺便看看我。那一阵厂子的经营情况非常好，虽然钢材价格不如前几年涨得猛，但市场需求还是稳中有升，那么他找我是为了贷款的事情？可是目前我们对他们的贷款都是有需必贷，也没有难为过他呀。于是我说:"我看过你们的财务报表了,效益增长得不错呀!"

没想到阎福海却苦笑了一下说:"但是再怎么涨,我们也不是市场主体,无论是资金还是市场都受到了一定的制约。"

我想说"你不能太贪心了,你在全市的民营企业里已经是数得着的了",但看着他踌躇满志的样子,我委婉地建议:"罗马城不是一天建成的,雪球已经有了,长坡厚雪就慢慢滚吧,我们都支持你。"

阎福海点点头说:"你们行确实是大手笔,给石鑫钢铁一笔贷款就是两个亿。"说完他眯着眼睛看了看我。我心想,这个阎福海,人看着挺大气,敢情是吃醋了,我本想说我们银行又不是给你一家开的,但话到嘴边还是换了个说法:"实体经济是经济发展的根本,支持实体经济发展是我们义不容辞的责任。"

阎福海像是看透了我的心思,他点点头,但还是追加了一句:"你说这么好的形势,石鑫怎么就亏损呢?"

我以为他还在变着法子阻碍我们给石鑫钢铁发放贷款,就解释道:"国有企业嘛,管理运营成本高,一时亏损应该也是正常的,长期还是看好的。比如热电厂,连续两年亏损,但是煤价在涨,暖气价格不让涨,财政只能补贴啦。"

"是呢。"阎福海点点头。

再后来,我问他有什么打算,他说:"我算看明白了,要么做大,要么赶早,市场经济越来越好,但竞争也越来越激烈,这半年业务越来越难做了。"然后他又说,"还是你们好呀,我真后悔当年书没读完,不然也找个铁饭碗。"

"你这饭碗又是铁又是钢,可比我们的好。"

"还行吧。"

我们俩有一搭没一搭,一边吃一边聊。他说他今天应该带个算盘来,让我给他算一算。我哈哈一笑问他算什么,他说:"前途呗,企业处在瓶颈期,上,上不去;下,下不来。"说完还叹了口气。

我突然想起金算盘的事,就开玩笑道:"不妨你拿金算盘再搏一次!"

没想到阎福海的脸色突然就暗了下来,他说:"其实我不该用金算盘去换第一桶金,对不住祖宗呀。"

我当时还以为阎福海这些话都是冲着石鑫钢铁两个亿贷款来的,觉得他是羡慕嫉妒恨,甚至还想,这样的胸怀,业务也就这样了。后来我们都没有再提及石鑫钢铁贷款的事情。阎福海走后,我想问问王科长石鑫钢铁贷款的事情,毕竟两个亿不是小数目,而且加上之前的五个亿,贷款余额就达七个亿了,如果真的没有盈利,那么仅财务成本就是一笔不小的支出。我在课间给王科长打了几次电话,他总是不在办公室。第二天终于打通电话时,他像打了鸡血一样兴奋地说:"你就安心学习吧,我就是按着当年你的路子走的,目前石鑫的情况和当年西郊轧钢厂的情况一模一样,只要有贷款支持，生产销售都不是问题。"我还想问一问具体情况，可他那边却着急要挂电话，他说："为了把其他行堵在门外，让钢厂的资金在我们行封闭运行，我们行要和石鑫签个全面合作协议，省行领导正等着我呢。我就不跟你多说了，下来拿业绩说话吧。"

王科长说完咔嗒一下就挂了我的电话，我愣了一下，但很快也就释然了。王科长虽然职务比我低，但人家入行早，还当过我的领导，他一直憋着劲儿要超过我。如今我人在外面，业务都交给了他，他抓住机会好好表现也是情理之中的。再说，我们这个班的学员都是进了万字支行行长级"百千万"人才库的，大家把我们这个培训班称为"黄埔一期"，学员毕业后的前途就可想而知了，我总不能吃着锅里的又看着碗里的吧。

离毕业还有两周，也就是那一年的春节前，省行特意给我放了假让我提前回石城。同学们都说："这是蒋珠砾有重任了。"确实，每年这会儿行长工作会议开过，就要紧锣密鼓谋划新一年的工作安排，这个时候让我回去，肯定是要让我挑大梁了。但当我兴冲冲回到石城后，才知道是年底我们行的不良资产严重超标，给石鑫的八个亿贷款全部不良了。

我回到行里的当天，就接到了上级行的处罚通知，让我和王科长、小李专职处置清收石鑫的不良资产。我想喊冤，我去学习后新发放的两个亿加上他们后来又放的一个亿跟我没有关系，之前的五个亿是长期滚动贷款，严格说跟我也没有关系。我给远在山西的石行长打电话诉苦，石行长说："你当了三年信贷科科长，一年多主管信贷的副行长，这本身就是责任，出了问题不怕，怕的是你和企业都破罐破摔。现在你需要的是放下包袱，深入企业，帮助企业盘活不良资产。"我点了点头不再争辩，但委屈的眼泪却像断了线的珠子不停地流，那时还没有这么多家股份制银行，如果有，我早就像个受了委屈的孩子离开 H 行出走了。

市场虽然不是特别景气，但也不至于这么快就到了破产边缘，王科长的三个亿就是砸也能听会儿响呢，但为什么忽然间就灰飞烟灭了？我盯着那些报告和报表，才发现石鑫的情况确实和四年前的西郊轧钢厂一样，不同的是阎福海运气好，赶上了价格上涨，再加上他们承包后工人有干劲，开源节流，很快就步入良性循环了。可是石鑫呢，盲目囤积铁粉，还没生产就严重倒挂，再加上吃闲饭的人多、管理成本大，于是生产一天，亏损一天。我调出贷款时的资产负债表，那些数据说不上漂亮，但绝对是能过贷款这一关的。只是细看存货和应收账款还是有问题。我逐项查看了一下存货，不看不知道，一看吓一跳，账面原材料多得和生产不成比例。那些应收账款就如涂了粉的老妇人站在账上充着门面，但走近了就会发现早已是花容失色，一些账龄超过五年的已然成了呆账、死账，虽然停留在账面上，却无法为企业增添一丝活力。其实对于企业在存货和应收账款上的这些小把戏，大家都心知肚明，如果想放贷款，就睁一只眼闭一只眼；如果不想放，那这就是风险隐患。当时王科长虽然刚刚就任信贷科科长，但以他的资历和经验，他不可能看不出这些问题。再说还有小李，小李一直跟着我做西郊轧钢厂的贷款，每次跟着我迈步量存货，跟着我审视应收账款，无论如何没有理由忽略这么明显的问题。那么原因就只有一个，就是说他们为了放款，故意淡化了这两项，抑或说这两项也许是他们给出的招数。也可以理解，这一年钢铁又开始涨价，那么为钢铁企业贷款，一旦企业扩大生产，资金周转迅速，想不盈利都难。但是王科长和小李没有想到，他们放出去的贷款挂在了天花板上，也就是说我们行的贷款是贷在了钢铁价格峰值的月份。企业高价抢了原材料，但还没有开足马力，钢价就开始下跌。按目前的情况看，市场下行的压力依然存在，亏损的缺口一天天加大，企业已经陷入赔钱赚吆喝的恶性循环。我第一次在企业报表面前束手无策，那些曾在我心海万马奔腾的数字好像堵住了血管。我几次拿出算盘，想着弄出一点儿声响，想给自己壮壮胆回回血，但我的脸色苍白，手指僵硬，我拨不动算盘珠子，就如同我对这个资不抵债的企业束手无策一样。八个亿的不良贷款包袱无异于宣布我的职业生涯结束。

那一天，我把自己关在办公室里想了整整一天，怎么也理不清头绪，想死的心都有了。王科长来敲门我没开，信贷员小李来敲门我也没开，最后王科长让刘晓璇来敲门。因为夫妻回避原则，刘晓璇已经调到农行了，她特意从桥东跑到桥西来找我。我问她："你家老王这是唱的哪出？他对我有意见也不能拿银行资产赌气呀。"

刘晓璇说："我家老王是羡慕你，但他放贷款就单纯是想把业绩做上去，他想复制你走过的路，可惜……不说了，既然事情出了，就想开吧，这都是命。"

我说："别怪命，就怪你家老王拎不清，尽职免责，他尽职了吗？"

刘晓璇说："你走后这一年，他白天下企业，晚上加班写报告，一个人干两个人的活儿，还不是为了把工作做好，只是他运气不好罢了。"

"不是他运气不好，是他太贪功冒进了，连累我们下岗，连累全行员工拿不到奖金。"

"事情已然这样了，埋怨也没用，你们就想想怎么化解吧，没准坏事变好事呢。"刘晓璇就像我们住单身宿舍时那样上来拍拍我，然后大咧咧拉着我往外走。

我甩开她的手说了声："还坏事变好事呢，变个屁。真让你家老王坑死了。"

晚上回家后，我把行里的情况跟陈新阁说了。我以为陈新阁要臭骂我一通，他之前总说我脑子不够使，被人卖了还帮着别人数钱。没想到陈新阁说这个情况他知道，他说他们之前就给石鑫下了整改通知，石鑫也说要自救，但是市场形势不好，管理又出了问题，厂长和副厂长一个往东一个往西，谁也不服谁，企业不亏损才怪。我说："那你们国资委为什么不提醒我们？你们为什么不干预他们？"说完我才觉得有些咄咄逼人，国资委那么多企业，只能政策指导而不能事无巨细，这样说确实有些过分，再说我要清收和化解不良资产还需要他们的帮助，于是我的口气又缓和了下来。我问："以你的了解，还有清收回来的可能吗？"

"当然有，石鑫是国企，基础好，家底厚，只是管理不善。这几年靠天吃饭，市场好了，钢价涨了，也赚了一些钱，尝到了甜头就飘飘然，在有关政策前景分析面前盲目自大，丝毫没有峰值之虑，没有创新之举，反而无序扩张。前几天我们国资委刚研究完石鑫的问题，明确提出打破原有四平八稳的管理模式，用市场机制重组。目前正在寻找合适的企业，资产重组后，企业有了活力，银行的债权也就得以保全了。"

我兴奋地拍了他一下："还是政府站得高看得远。"

"如今是市场经济，政府不能搞拉郎配。兼并重组要靠市场而不是靠政令，不过你们银行倒是可以从上下游客户里找找有能力有意向的对象，从源头上帮着石鑫盘活。"

陈新阁的话点醒了我这个梦中人，我们清收小组按着这个思路，把石鑫的上下游客户捋了一遍，有的一听资不抵债就摇头；有的虽然想兼并，但给的条件都差得太多。正当我为寻找合适的买家焦头烂额时，王科长突然拍了一下脑袋，他说："咱们是不是可以问问阎厂长？"小李把头摇成拨浪鼓说："阎厂长怎么会接这么个破厂子？再说他也没有那么多的资金呀。"他俩这一提，倒让我想起阎福海为两亿贷款告状的事来了，如今回想起来，他应该是来给我提醒的。我仔细回想那日他说的话，虽然他没明说，但他对市场的预判还是正确的。

后来我找到阎福海，我刚想跟他介绍石鑫的情况，他就拦住了我。他说，石鑫的情况他比我清楚，如果是一年前他去学校找我时，企业只有七八个亿的负债，他倾其所有还能接，但如今是十几个亿，他背不动。但是如果有政策支持，未来的前景还是值得算一算的。那天我俩算了三笔账，一是随着改革开放，经济建设需求大，未来钢材市场长期看好；二是财务账是个变量，也是最重要的，虽然要承担十几亿的负债，但如果工厂规模扩大，产能从十几万吨提高到几百万吨，负债比例是可以下来的；三是目前轧钢厂效益不错，但是租赁没有长期、稳定的事业平台，如果和石鑫重组，应该能上个台阶。阎福海说："明人不说暗话，我确实想并购石鑫，盘活这些不良资产，尽管我的家人、朋友都不支持我这样做，但这都不重要，主要是我的资金实力不够呀！"

我当时知道他说的是实话，就在我再次失望时，阎福海又说："其实也不是做不到，关键是看怎么运作，看国资委、银行、石鑫能给予什么样的支持。"

"快说，你有什么建议？"

"比如说你们银行减免利息，比如说把钢厂员工的退休金折合进来，比如说在折旧上让让步……总之，如果在我们的能力范围内，事情就可以做。"

我不得不佩服阎福海的分析，清晰又透彻，我说："那我回去就向行领导、向国资委、向石鑫汇报。"没想到阎福海又追加了一句："首先是人事制度改革，从上到下要实行双向选择，不然这兼并没法谈。"

我说："有道理，你再多做做市场分析，咱们争取做到三赢。"

两个月后，在国资委、石鑫员工和银行的支持下，阎福海倾其所有并购了石鑫钢铁厂，兼并后的企业更名为德福钢铁实业股份有限公司。

阎福海持股57%；国资委持股15%；原来轧钢厂的管理层三人和石鑫管理层两人，每人持股1%，合计持股5%（其中石鑫管理层两人，主管财务的副厂长米永岩和主管采购的副厂长赵树林的股权资金由阎福海垫资，三年利润增长达到50%后，资金从利润计提）；车间主任、科长等三十名中层管理人员每人持股0.1%，合计持股3%；员工持股20%，按自愿原则认购，每人最多一万元，最少五千元，股份由工会代持。

兼并后的德福钢铁，从领导班子到员工实行双向选择，高层人数由原来的十几人降为六人，中层由原来的一百多人减到三十人，就连原来的班组长也都只保留一名，用阎福海的话说，在德福就没有副职，都是主人，没有混饭的，都是干事的。米永岩是财务总监；赵树林是采购总监；原轧钢厂销售主管高庆肖是销售总监，他的秘书吴莉莉兼任董办和公关部主任；原轧钢厂会计马凤鸣任行政总监兼工会主席。

我看到阎福海的股份构成、组织架构、发展规划和措施后，不得不佩服他的手段高。连陈新阁也连连赞叹，他说："如果都这么搞，企业没有搞不好的。"说完他甚至有些后悔促成了石鑫钢铁的改制，他说如果石鑫再挺一挺，再派个有魄力的干部，应该还是大有发展的。我说："民进国退是当下的选择，黑猫白猫抓住老鼠的就是好猫，别后悔了，银行资产不损失，职工饭碗有保证，就算没错。"那一天陈新阁还问了我一个问题，他说："你说赵树林占用你们贷款，高价压了三亿元的铁粉，他分管采购也这么多年了，怎么能犯这种错误？"

我说："马有失蹄，就像王科长放贷一样。"陈新阁又问："他连市场行情都看不准，阎福海怎么会用他呢？"

"失败是成功之母，有了教训，以后就谨慎了。再说，石鑫班子十几个领导都走，不是给你们添麻烦？只要愿留，阎福海就高看一眼呗。"

"也许吧，但是在兼并方案的股份说明里，没有括弧的解释，那些高管都已经半年发不出工资了，哪儿有钱入股，不走也得走呀。阎福海明里说欢迎各位领导留下，暗里就不是这么回事了。比如方案落地时却括弧加了个资金垫付，这应该早就在他的考虑范围内。反正这个人看着憨厚，其实小算盘打得蛮精明。"

我说:"你这就有点儿瞎猜度了,执行过程中遇见困难解决困难,我们当时也是参与了的,也是变相激励吧,如果不垫付,高管怎么能拿出那么大一笔资金?这个事就做不成。"说完我发现陈新阁的眉头还锁着,为了让他从牛角尖里钻出来,我就顺着他说:"阎福海确实精明,这点你看得准。不精明他能拿着算盘换回批条?不精明能小蛇吞大象?人家算盘打得好呀,国家高兴,银行高兴,他自己也能按着自己的意志打造他的钢铁帝国。"

陈新阁"嗯"了一声,但嗯声过去半天了,那余音还在我耳畔回荡。

一年后,德福产能增加了一倍,三年后就提高到了百万吨。当年选择离开的员工蓦然间看到这个钢铁帝国的雏形,看到那些高管、中层,甚至每个工人手里都持有真金白银,不能不为当年的离开而遗憾。在遗憾的同时,有关德福的传言也随之而来,陈新阁也对我说:"德福在并购中存在侵吞国有资产的嫌疑。而且原来的老厂长说那些高价储备的铁粉就是阎福海和赵树林伙同客户挖的坑。"

我说:"不会吧,如果是蓄意,那么米永岩呢?资金也是其中一环?当年的兼并我们都是参与者,这些人就是眼红。"

陈新阁说:"但愿吧。"

钱世之二：带珠

1

两天后，我再次来到总行，见到了首席风险官石晓章。我简明扼要地把我的报告以及报告上没有的情况向他做了汇报。在汇报过程中，他看了两次表，中间还有一个科员催促他开会，我连忙说让他先开会，我在会客室等。我以为石晓章会烦我，没想到他态度特别好，他满怀歉意地说这个会要开一天。他看了看手表说，如果我能等，让我明天上午九点过来，也好给大家一个消化报告的时间。风险部的小吴送我出门时笑着说了一句："你的项目有门。"我说："何以见得？"小吴诡秘地冲我挤了挤眼说："你没发现石首席今天没有绷着脸？"我不无担心地想，这位海归不会也懂越要否定的项目，越要笑脸说这一套吧？

小吴无意中的恭维让我又情绪低落下来。其实在来之前我就想借钱教授跟石晓章套套近乎，可他没有给我这个机会。我进去时他就在看表，他说他只能给我一刻钟的时间。我反复回味这一刻钟，才发现自己对项目太投入了，以至于都没有认真看看他的长相，更别说拉拉家常，恭维一下那个玉算盘了。但事情已经过去了，没法弥补。我想我还是去博物馆看一看吧，说不准会从中发现什么玄机呢。

金融博物馆的玉算盘旁边，有一本线装版《票号兴衰反思录》。我在算盘前仔仔细细看了个遍，仿佛眼睛里的光能鉴定它的真伪虚实一般，但那本书却提不起我的兴致，我只是瞥了一眼就匆匆收回了目光。我是学经济的，中西方银行史是必修科目，当年山西票号的兴衰史我都快背吐了。此时玉算盘也看过了，那个珠子为何被镶了金也有了出处，玉算盘无疑是一件稀世珍品，尽管它只有三分之二的白玉加身，但能找到这样一块玉石，无论是在当年还是现在，都是可遇而不可求的。兵马未动粮草先行，由此可见，潘家当年在左宗棠大人收复新疆时确实立下了汗马功劳。是呀，历朝历代都离不了经济，大到庙堂之高，小至百姓民生。想到这里，我不由得惦记起德福的融资问题，那个捐出玉算盘的风险官会给出什么建议呢？

金融博物馆本来就是冷门，没有团体参观，再加上是工作日，馆里就愈加冷清，和我们红红火火的银行营业厅简直有云泥之别。讲解员说出口处有这本书的影印件，不妨带上一本。我不置可否地笑了笑，心想现在买这个也没什么用。金融博物馆也颇费心思，出口服务处的货架上摆放着一些仿制纪念品，算盘就有金、银、玉石、木质的，还有大、中、小不同型号的能拨拉动珠子算数的、不能拨拉只可当摆设的等几十种，还有各种门类的纪念币。纪念币提不起我的兴致，那些算盘在我眼里就更是小儿科，我家至今还保留着当年一个普通黄杨木算盘，那是婆婆送给我的结婚礼物。婆婆从立柜里拿出那个木算盘给我时说："这个算盘虽然普通，却为解放军后勤补给立下了功劳，这也是我父亲的遗物。"我接过那个有些笨拙的算盘，刹那间仿佛进入了悠长的时光隧道，看见它边框榫卯间的纹路和婆婆脸上的皱纹浑然一体。枣红色的珠子沉静内敛，幽幽透着自然温润的光泽，我忍不住轻轻拨弄了一下，没想到珠子就像精灵一样一飞冲天又稳稳落地。那些被岁月磨平了的珠子不仅手感舒服，而且能让我定下心来。后来我就是拨拉着它获得了技术比赛的冠军，没多久就被提拔为会计股副股长。那年我才二十七岁，是行里最年轻的股级干部。

"新上限量版书籍、光盘和玉算盘，先到先得。"售货员比讲解员精明，他适时吆喝了一声，这声音像极了当年在学校模仿当铺兜售绝当品。吆喝声和金融博物馆的定位极不搭调，就像一个身穿华服的人沿街乞讨，但显然这混搭成功了，我忍不住停下了脚步。售货员热情地介绍道："这位老师好眼力，这本书是石家票号后人回家探祖时带回来的，原本在橱窗里，这是刚出的影印本。"我翻了翻影印本目录，和之前课堂上讲的大同小异，但序言里的一段话却让我当即付了钱。

"彼祖业之盛，惠及华屋、田地、粮仓、商贾，通衢南北，光芒万丈；此海啸山崩，祸及祖制、骨肉、山川、草木,椎心泣血,黯淡无色。每念于此,上愧对先祖,下痛惜子孙……山西票号的兴衰是时代所趋,荒凉的口外踽踽独行的脚印踩出了一条路,江南的青山绿水浇灌了这条路,这条路上的大漠风沙、大江大河,创造了汇通天下的奇迹,但几千年的封建意识、自家的高大院墙、心中自以为是的井底眼界终究挡不住历史红尘。三百年前背着包袱可以闯一条路,三百年后就要靠汽车轮子,再往后也许要靠飞天的本领,总之,跟上时代的步伐,才能不被光阴甩下来……"

书的作者是石达成,写于 1960 年。我掐着指头算了一算,哦,写这本书时石达成应该是八十五岁的高龄了。若不是白纸黑字清清楚楚写着,我绝对不相信一个八十五岁的老人还能写出这样一手蝇头小楷。这本书虽然没有正式出版,书中石达成老人跟祖宗和后辈的轻声絮语却留下了山西票号的第一手资料。如今,其子石晓北老人也早已辞世,但三十年前,八十三岁的石晓北带着父亲的遗愿从台湾回到老家平远西大街石家大院时的情景却触动了票号后人的泪腺。

1990 年,身患绝症的石晓北终于卸下了石德集团董事会主席的担子,他带着这本《票号兴衰反思录》回到了祖堂。石晓北把这本书放到条案上,上了香,然后双膝落地跪了下来。

"母亲,母亲。"石晓北对着梦中的母亲千呼万唤,他多想把那个江南女子从照片里唤醒,沐浴在她清浅的微笑里,沉迷在她身上的淡香中,听她软软地唤一声:"北儿,北儿。"他告诉母亲她的北儿回来了，也告诉母亲，父亲没有辜负母亲，父亲临终胸口上放的是母亲的照片。

"哥哥，哥哥。"石晓北把目光投向母亲右边的哥哥处。对见不到哥哥他是有心理准备的，毕竟哥哥石晓晚比他大七岁。让他不能接受的是父亲嘴里的长孙石前程和孙女石前锦也都早早离开了人世。尽管哥哥的养女石程锦从北京机场接上他后就一直陪着他，但那剜心的痛楚还是挥之不去。虽然从小接受的是西方教育，但他骨子里还是传统的，在内心深处他更看重的是石家的血缘。他不敢想也想不出母亲和哥哥失去至亲骨肉后是怎么熬过来的。

他拍打着自己的胸口不停地喊着"哥哥，哥哥"，像个顽皮的孩子追着哥哥要他答应自己的要求。哥哥没有答应，石晓北委屈得涕泪滂沱。这是八十三岁的石晓北第一次这样动情地叫"哥哥"。小时候他总是羡慕嫉妒哥哥，甚至还有一丝恨意。那时的哥哥吃饭时跟祖父一张桌子，学习也在祖父的眼皮底下，就连大人们议事，哥哥也像后院的那只大红公鸡般骄傲地站在祖父身边。在他眼里，哥哥的神气劲儿都超过了父亲，有几次他也想学哥哥的样子，可别说靠近祖父了，就是从门缝里瞧一眼，也会被祖父训斥半天。他恨哥哥，恨哥哥把祖父的宠爱都占有了，恨哥哥把石家子孙的希望也都占了，就连母亲陪嫁的玉算盘也在哥哥抓周后传给了哥哥。就像母亲抱怨的那样，他石晓北也是石家的嫡亲子孙，石家的家业也应该有他的一份……此时他撕心裂肺地喊着哥哥，活到这把年纪再和哥哥比较，他才忽然明白了父亲的话。父亲临死前说："是你大哥替我们石家顶了雷，是你大哥为我们石德集团铺了路呀，石德集团有一股是你侄子的……"

石达成晚年一直在诘问自己，他对石晓北忏悔道："我一个留过洋的人怎么就糊涂到把存亡大事交给算盘，把石家票号倒闭归结到你哥哥身上呢？千不该万不该，把你母亲和哥哥留在家里。"但是石达成并不后悔票号联盟，他对石晓北说："联盟的思路是对的，只是不适合当时兵荒马乱的世道呀。"

说起当年的票号联盟，平远的老人们都是摇摇头、撇撇嘴，议论道："没有金刚钻，瞎揽瓷器活儿，唉，自家头上的虱子还挠不清呢，非要拉上另三家。"

当年第一家响应的是荣昌号李家。当时荣昌号也是经营一天就亏损一天。李老东家在孙女李桂芝的劝说下生出了扭转乾坤的希望，但希望虽然有，下决心依旧难。尽管孙女嫁过去，两家成亲家了，可李老东家却明白，别说亲家，就是兄弟俩还有个伯仲之分，一旦联盟，谁当主事的？谁又能保证不对自己的票号偏爱一成、厚爱一分？这也是当初石达成游说众多票号而没有效果的根本原因。众票号虽然认识到了竞争的威胁和世道的变化，但谁也下不了改弦更张的决心，最后还是李桂芝劝动了祖父李老东家。

李桂芝在婆家听了公公石达成的想法，心里一盘算，也觉得可行，便回家游说祖父："无非就是谁当主事的那个人。主这个事，也不能一个人说了算，两家一起商量，如果再有号子加进来，也是一人一票，求同存异。联盟只是联盟，不是合并，石家的票号还姓石，李家的票号还姓李，银子不合在一起，票子也不合在一起，谁家替谁家兑付了，当月厘清，兑方给代兑方让一些手续费。"末了又说，"只不过是抱团取暖，互相行个方便，守住祖宗的这点儿家业罢了。"

李桂芝本来就是李老东家的心肝儿，书比儿子读得好，算盘比孙子打得精。平日里话虽不多，但一句是一句，都能说到李老东家的心坎里。她的话就像一阵春风，让李老东家看到了一丝希望，他想，与其看着家业一天天折损，不如和石家票号绑在一起，搏一个未来，于是就第一个加入了联盟。石达成让李老东家出任联盟主席，石达成说，论资历、论辈分、论威望，李老东家都当之无愧。李老东家没有推托，心想，你敬我一尺，我敬你一丈，便好上加好去赊自己的脸面，劝说隔壁的德裕号王家和西街的泰丰号毛家加入了联盟。

主事的是荣昌号李老东家，议事的地点在石家大院。石达成把他当年跟父亲石嘉林说了一半的话讲与众人听，众人咂摸，确实是这么回事。石达成说："我们的当务之急是以联盟遏制住亏损的态势，等稍微缓口气，有了好转，就成立股份制银行。其实这也不是什么创新之举，早在十几年前，清政府就允许和鼓励开办银行了，如今的'南三行'和

'北四行'日渐壮大，体制优势和管理优势都是我们票号无法比拟的。"他还鼓励大家，等来年春天，他们到京城和南方走一走，到那些银行去看一看，跟着人家学经营变革，更好地守住家业。

说这些话时，石晓晚是在场的，他第一次发现父亲石达成那么能讲，那些他闻所未闻的话从父亲嘴里说出来仿佛就不再是话，而是一道道光。那光一道道从父亲的嘴里喷出来，照在堂屋的每一个角落里，也照在祖父的牌位上，更打在石晓晚的身上，让他不自觉地打了个激灵。

这时只听到李老东家咳了一声打断了石达成。李老东家摆摆手说："以后的事以后再说吧，咱们还是说说当前该怎么办。既然联盟了，也就是绑到一条船上了，看看同舟共济能不能在惊涛骇浪的时局之中闯出一条活路来。"石达成点点头，他知道对于改革，李家、王家、毛家甚至自己家的二掌柜的都是一头雾水，他必须要把绳子绑在那些票号身上，拉着他们往前走，才有可能从云雾里走出来。

于是他把自己之前的具体想法又说了一遍，除本地总号外，外地的票号都是四家留一家，留下的这家代理其他三家的业务，也就是说管理成本一下减去四分之三。四家按着各家的优势认领了裁减和保留的分号，商议了代理押印的具体细则。

这些措施确实起到了立竿见影的效果，联盟初期，各家都出现了扭亏为盈的好势头，陆续又有几家开始谈联盟事宜。但就在石达成准备修改章程，再进一步完善和扩大联盟时，一张假汇票的出现瞬间就击溃了票号联盟。

那年深秋的一个上午，毛家在恰克图的泰丰号刚刚开门，一个穿灰色大褂披着狐狸毛镶边黑色坎肩的中年男子走了进来，他从袖笼里掏出德裕号王家保定分号的汇票要提现银。毛家在恰克图开设分号已经几十年了，南来北往的客户大都知道，即便不是自己家客户，也有所耳闻，于是就多看了这个人几眼。这人似乎看明白了伙计的心思，就豪爽地笑了笑说："看着面生啊。"他说自己一直做包头、张家口那边的生意，如今生意越来越难做，就想着到恰克图来寻寻机会，没想到这个地方受军阀混战影响小，还真是有商机。

这几年因为洋行和本土银行的设立，大一点儿的客户都流失了，票号联盟维护的基本都是老客户。老客户来了，号子里的伙计自然是先拱手寒暄，再高声报一下客户名号唤掌柜的出来，掌柜的在那边核押验印，伙计在这边倒水沏茶。一壶茶的工夫业务就基本办完了，这时客户若有闲情就会和掌柜的攀谈几句，若急着起身就可以拎着银子去办货品了。

皮货商的话让伙计眼前一亮，他颠颠地跑进去跟掌柜的报喜。毛家分号的掌柜的听说以后生意要往这边转，就更怕失去这样一个潜在客户，于是一边让伙计看茶，一边摸票子和主人的底细。票子是联盟的王家开出的，他左折右折验票，再细细核对密押，核了三遍后怕不保险，又让大徒弟核了两遍，都严丝合缝。掌柜的觉得银票的金额也不是太大，就留了票子，兑了现银。临走还不忘跟皮货商拱拱手，等着他下次光临。

谁知几天后轧账时，王家说根本就没有开出这张票子，为了证实自己的清白，还拿出了有编号页码的空白汇票簿。那么是不是毛家看走了眼，让人骗了？联盟从四家各抽一人对着票子看了又看，却也没有看出一丝破绽。王家和毛家各执一词，都觉得自己冤得慌，都不愿意分担损失。石达成就跟李老东家商议，这笔银子从四家盈利里计提，也就是说损失均摊，并且为了防止再出现这种事情，提出了重新更换密押、增加电报互通、推迟一天兑付的建议。

王家和毛家犹豫了一下，同意了石达成的提议，但李老东家却不同意。他说事情没那么简单，必须查清楚事情原委，票子的纸张可以伪造，那押印是谁家透露出去的呢？

李老东家这么一说，王家人和毛家人就坐不住了，两家人都委屈地说，各家用各家的密押从没出过错，如今四家联盟用一套密押，也不能把密押泄露的责任全推给他们两家吧？言外之意就是李家和石家也脱不了干系。

局面发展到这一步，大家就开始找各种泄露密押的环节，越找关系就越僵，关系越僵说话就越伤人，最后毛家和王家竟然联手说是李家和石家给他们下的套、布的局，也亏他们发现得早，损失有限，不然将来还不知道要捅出多大的窟窿呢。撕破了脸皮的毛家和王家就退出了联盟。石达成埋怨李老东家因小失大，四家联盟本应该同舟共济，如今退出两家,业务无法完全覆盖,票号经营就彻底没前途了。李老东家头一扭,留下了一声长长的叹息。

2

石晓北回到故乡平远后才明白当年父亲石达成为什么坚决反对自己投资澳大利亚的美特斯克矿业公司了。他清楚地记得他们父子俩的激烈争吵。父亲说福寿禄是一定的,他不希望石德集团盲目扩张,更不允许其涉猎不熟悉的行业。

联盟解体后,业务迅速萎缩。1923 年,石达成做出了他一生中最难的一个决定:关闭石家票号。业务清算和结转后,石家的家底彻底被掏空了,能留下的只有石家大院、六十亩田地、远在张家口大境门下客户抵押未到期的一个粮店,还有那个镇号之宝金算盘和潘家陪嫁的玉算盘。石达成和潘圣颐商量,卖一部分田地筹集部分银圆再开个钱庄。消息放出去后,却没有人来问津。石达成明白,如今兵荒马乱的,没有谁愿意买房置地,可不开钱庄只种地怎么能保证这一大家子的开销?再说自己也不会种地呀。潘圣颐说如果在她老家就好了,她可以请表姐、表哥出手盘下她家的田地,换来开钱庄的本金。这句话提醒了石达成,他忽然想起一个人,这个人是山西银行的股东、祁县原德源票号的东家阎德禄,也是石家刚出五服的表叔,石家人无论辈分大小都叫他阎表叔。按说出了五服,红白喜事就不再通禀互动了,但阎表叔平日里和石家走得近,尤其是逢年过节,表叔都会来拜拜石家的镇号之宝金算盘。

阎德禄的太奶奶是石家人,当年是带着三车嫁妆嫁到阎家的,那三车绫罗绸缎金银细软的陪嫁多少年后都没人能超越,但阎家老奶奶再没回过娘家。石家人都知道这女娃是对金算盘的事耿耿于怀。

当年老奶奶出生时,她的祖父完成了第一笔汇兑,也就是说之前做生意的银子都要雇镖局的人来回押着,每年带一车银子到口外,来年再带一车银子回山西,利润的一半都给了镖局。据说老奶奶在娘肚子里时,她祖父做了个梦,梦见一个小女孩儿在他面前噼里啪啦把金算盘珠子拨弄得上下翻飞,当祖父眼花缭乱时又瞬间九九归一,各就各位了。隐约间就有个小女娃说:"你不用来回押着银子跑,算个押差,开个票子结算不就行啦。"他们那里有个说法,梦见女娃是贵人,梦见男娃是小人,那个梦给了老奶奶的祖父开立票号的灵感,不久之后老奶奶出生,石家票号开张。老奶奶一周岁时,她的祖母就想着给老奶奶打个长命百岁的金锁。但祖父说,好钢得用在刀刃上,还是打一个金算盘吧,给咱们票号请个护身符。在祖父心里,那个金算盘是保佑石家票号千秋万代的,但老奶奶的祖母和母亲都误认为那个金算盘是给老奶奶的。她们就天天跟老奶奶念叨:"金锁锁福,银锁锁福,不如算盘如意福;金锁锁禄,银锁锁禄,不如算盘吉祥禄;金锁锁寿,银锁锁寿,不如算盘平安寿。算盘一响,黄金万两。"

耳濡目染的老奶奶在歌谣的熏陶下喜欢上了金算盘,在心里也认定了这算盘是给她的。她弟弟,也就是石达成父亲的太祖出生后,老奶奶才感觉到了危机,祖母和母亲不再给她唱福禄寿了,甚至连金算盘的事也不提了。更让她生气的是弟弟抓周时,祖父还把金算盘摆在了弟弟面前,弟弟三爬两爬就把算盘抓到了手里。等她噘着嘴和祖父理论时,祖父说:"那就给你打个金锁,一个女娃要算盘做啥。"她不同意,祖父又说:"那就再加一个金如意,女娃、女娃,终究是要嫁人的。女娃不能分房产,不能继承祖业,只能分柜里的珠宝。"祖父祖母心里也觉得亏欠老奶奶,除了金算盘,啥事都依着老奶奶,就连婚姻大事也是让老奶奶自己做主。媒婆把一个个富商子弟带到石家大院,她站在绣楼上看了一个又一个,就是不愿离开石家,直到十八岁那年,才选中了祁县阎家德源票号的长孙。

带着三车陪嫁过门的老奶奶是人们嘴里的有福之人,在娘家旺娘家,在婆家旺婆家。她出生后,石家的银子就像地里的庄稼,一茬茬地长成金黄。如今带着三车粟去了阎家,来年要收多少颗子呀。老奶奶确实是个有福之人,到了阎家,德源票号的生意就像小牛犊一天一个样,转眼就膘肥体壮了。在外人眼里,老奶奶是个有福之人,但老奶奶心里却苦楚得很,拧巴得很。一是进门没多久,丈夫跟掌柜的去包头设分号,票号刚开张,人就被风寒夺了命。算命先生说,是因为号子新设，没一个镇号的物件，让妖魔鬼怪占了上风。好在老奶奶当时已经为阎家添了一个大胖小子，也给德源票号留下了希望。丈夫去世后，有个老客户听了算命先生的话后，担心阎家再生差池，就把生意往别家票号里转。一个转，就引起一群人转，阎家的生意就开始下滑。阎家的老太爷一着急也中了风，嘴歪眼斜的不能再主事。老奶奶把自己的嫁妆换成银子，一部分去填票号的亏空，剩下的让银匠打了十几个银算盘，一个分号一个，镇号辟邪。说来也怪，慢慢地，阎家的生意真就又红火起来了。老奶奶八十八岁生日时，重孙阎德禄已经掌管了德源票号，他请了金匠比照石家的金算盘给老奶奶打了一个金算盘。老奶奶晃了两下说："不成，不成，你这个和那个不能比。"

"克数比那个大，成色比那个纯，工艺也更精细。"阎德禄很为自己的得意之作骄傲。

"太纯了软，太大了笨，石家那个才是刚刚好。可惜，可惜。"老奶奶长叹了一声。

那时阎德禄是初出茅庐的小伙子，虽然和老奶奶隔辈，但无论是长相还是心智都得了老奶奶的真传，生意做得风生水起，票号业务勃兴，盈利日巨。当了三十年德源号的东家后，他在德源出现第一笔亏损时，就感到时局动荡给票号带来的风雨，于是在票号受到冲击前就果断关了分号，把业务转给了其他票号，一部分银子攥在自己手里，一部分用来买下了德福铁矿。1918年，祁县老乡阎维藩集股组建山西银行时，阎德禄又变成了山西银行的股东。

阎德禄以为石达成来攀亲是为了在山西银行谋个差事，当下就在心里盘算了一下，虽然石达成留过洋，也开过票号，但从搞联盟的事就可以看出他是一根筋。因此就是业务再好，也抵不过时局之变，何况如今的山西银行听命于军阀阎锡山，资金的动用、货币的发行和兑换就不能按常规办理。也就是说，山西银行有位置，但不适合石达成。两人见面后寒暄了几句，阎表叔也不再多问，石达成张了几次口也说不出卖地的事情。他总是反复强调，票号关闭了，但他们还是想再做一些和票号相关的买卖。阎表叔不接他的腔，而是绕着弯子跟他讲老奶奶当年对金算盘的看重，阎表叔说："石家有金算盘'镇着'，做钱的生意没问题的。"

石达成没听出来表叔这是往外推自己，反而听到了鼓励的声音，眼睛一闭，就把想再开个小钱庄，把六十亩田卖出去或抵押出去的打算说了。

阎表叔一下子就反应过来了，心里又开始重新盘算，如今生意不好做，风险也大，自己资金也富裕，买地是划得来的，而且石家的那六十亩地是挨着汾河的好田，若不是对方急着用钱，他想买还买不到呢。于是便说："都是亲戚，能帮我一定帮，只是，只是……"说到这里，阎表叔心里就冒出了那个金算盘。石达成见表叔一副为难的样子，就拱拱手起身告辞。

此时，阎表叔已经把石家的情况在心里盘算了几遍，他连忙拉住石达成说:"老话说得好,姑舅亲辈辈亲,打断骨头连着筋,石家作了难,我不能不帮呀。只是手里的银子有限,再者若是盘下石家的田地,老奶奶也不答应呀,不如,不如……"阎表叔停了一下,看了看石达成又说,"大侄子可别怪老叔说话不中听呀,你可以把金算盘押出去,我帮你押个好价钱,争取能凑个开钱庄的本金。"

石达成愣了一下,摇了摇头说:"那是祖宗留下的,给票号看门的,不敢动的。"

阎表叔点了点头然后苦着个脸说:"是呀,可是票号都没了,还不如换个本钱开钱庄呢。"

石达成吸了一口气说:"也对。我家还有一个玉算盘,是当年左大人赏给我内人家的,不如我把它抵押出去吧。"

阎表叔拍了拍石达成的肩膀说:"黄金有价玉无价呀,盛世藏玉乱世藏金,说玉算盘好,它便可以价值连城;说它不值钱,它就是一块石头。"阎表叔说完又叹口气说,"我让管家给你先拿二百两银子救救急,抵押金算盘的事你再想想吧。"

石达成没有拿那二百两银子,他谢过表叔,垂着头出了表叔家的门。

大街上虽然没有以往人多,但铺子并不见少。原来的票号大部分都改成了钱庄和当铺,他走进他家的老客户杨记药材铺旁边的刘记当铺寻价。伙计一听要当一个玉算盘,当下就把头摇得像拨浪鼓。他又问金的呢,伙计说金的可以拿来。他比画了一下大小，伙计说如果成色好，大概是这个价钱，说完和他握了一下手。石达成明白了，那个金算盘应该能换回小半个钱庄的本金。

第二天石达成就拿上金算盘再次来到阎表叔家。阎表叔把金算盘捧在手里，才知道老奶奶当时为啥摇头说自己的金算盘不中了，真是不比不知道一比吓一跳。那成色，那响声，那光泽，都比自己的那把让人眼睛舒服、心里妥帖。他当即就出了比刘记当铺高两倍的银子。

这个数正好够开钱庄的本钱，石达成安慰自己这应该是祖宗给的翻身的机会，是老祖宗要救他呀。再说只是当，并不是卖。金算盘暂时放在表叔的当铺里，等将来钱庄赢了钱，就再赎回来。他和阎表叔签了两年的当期。

3

石达成知道钱庄本钱小、业务少，跟票号不能比，也用不了那么多人手，但是想到当年因为自己的坚持，掌柜的也亏了股息，如今自己重新敲锣打鼓开张，就要跟大家通禀一声，愿意加盟的他也欢迎。他先是去了一趟大掌柜的老家沁源，把金算盘抵顶和开钱庄之事说与大掌柜的，大掌柜的听完后以年岁已高为由，谢绝了石达成的美意。二掌柜的这些年一直跟着他清欠账务，人从未离去，也就谈不上请。大掌柜的不来，二掌柜的就名正言顺变成了大掌柜的。他拍着胸脯说:"放心吧,咱们有老客户,有票号的底子和口碑,一年后保证把算盘赎回来。"石达成和章掌柜定了个规矩:业务就限定在山西境内,北方的、南方的业务再好,咱也不做。

开业那天,石达成把阎表叔也请了过来。阎表叔站在石达成和章掌柜的中间,剪开了横在钱庄门前绾着大红花的绸缎。石家那些老客户当然都知道阎表叔的身份,无不佩服阎表叔看得远看得准,在众多票号倒闭前独善其身,将银子入股官办银行、入股矿产。有了阎表叔给石家站台,他们将业务放在石家也就吃了一颗定心丸。石达成从心眼儿里感谢阎表叔给石家钱庄站台,他对阎表叔说:"关键时候还是靠血亲呀。"

章掌柜也连忙点头应声附和,又感谢和夸赞一番后,趁着阎表叔高兴就问阎表叔能不能给钱庄介绍一些客户。阎表叔眯着一双细眼点了点头。章掌柜似乎受了鼓励,愈发大着胆子问:"听说山西银行要先保证军费支出,资金紧张时就会错过一两个商业客户?"阎表叔没有回复他,而是说了一句"在商言商"。章掌柜点了点头继续说:"是呀是呀,在商言商,咱们也不是抢山西银行的客户,只是让表叔把那些错过的客户给咱们介绍过来,大家都能行个方便,也都有利可图。"

石达成知道场合不对,他看到阎表叔眍了眍眼,嘴角也往下耷拉了一下,就不自觉地把话咽了回去。随即阎表叔眼睛又眯成一条缝说:"如果是自家的银行,这个忙肯定要帮的,但这是股份制,他不能损害股东的利益。"阎表叔的一席话让石达成和章掌柜的脸上火辣辣的,也让石达成和章掌柜对阎表叔更加敬重。阎表叔细长的眼睛看得很清,仿佛看到了石达成的心里。他拍了一下石达成的肩膀说:"三步没有两步近,以后银行之外的客户,我一定先想着咱们石家。"

钱庄开业后,石达成和章掌柜改掉了之前开票号好大喜功的毛病,资金量入为出、量出吸存。虽然没有大宗借贷,但半年一算账,居然收回了一半的成本,如果乘势做下去,一年后就能稳稳地赎回金算盘了。更让他们高兴的是,石晓晚和章十八这小哥儿俩也能做业务了,而且还总有不俗的表现。

石晓晚爱静,章十八爱动,这一静一动绑在一起,还真是一个非常好的组合。石达成总觉得这个大儿子跟着父亲的时间长,人保守得很,也固执得很,但如今让章十八带得也活泛起来了。票号也好钱庄也好,铁款、铁账、铁制度是一定要遵守的,但并不是说业务方式、管理制度一成不变。经过票号的关闭和钱庄的开办,他更加坚信,只有应势而变才能立于不败之地。但潘圣颐不这么想,她总对石达成唠叨:"章十八算盘没石晓晚打得好,书没有石晓晚读得多,天天就像个野孩子,跟他绑在一起能有啥长进呢?再说石晓晚毕竟是东家,这样下去将来怎么能镇住钱庄呀?"

石达成多数时候不吭声,实在躲不过去就嗫嚅一声:

"没事,有玉算盘镇着呢,出不了大差池。"潘圣颐就不再提章十八一个字,她总是叹口气说:"已经莫名其妙地丢了一个珠子了,它可再也禁不起磕磕碰碰了。"

金算盘抵押给当铺后,玉算盘就取代了金算盘的位置,在条案上陪着石家和客户来来往往。石晓晚本来就不爱动,没有客户时,他就会用手不自觉地拨拉几下算盘,更多的时候,他在心里复原着祖父金算盘上的数字。比如那天谈一笔粮食收购款,石晓晚已经把利息让到最低了,可对方依然在那里不松口。石晓晚知道钱庄两天没有业务了,他差一点儿就答应了客户,签下一笔赔本赚吆喝的业务。他输入利息数,加减乘除后,横梁下方留下了四个珠子,于是他摆摆手满怀歉意地拒绝了客户,没想到客户反过来答应了。章十八问石晓晚他怎么做出选择的,石晓晚晃了晃算盘说:"它提醒我的。"

章十八依然像当年在私塾时那样坐不住。当年有老先生有老东家镇着,他只能抬抬屁股,如今只要得空,他就带着石晓晚到街上转,有时搭讪买一点儿小东西,有时就是站在门外看一看。石晓晚问他:"在这儿像个二流子一样站着干啥?"一边说还一边拽着章十八要回钱庄。章十八甩甩石晓晚的胳膊说:"你发现没有,每天进出人员多的,生意一定好。生意好就想着更好吧?更好就需要进更多货吧?进更多货就需要更多银子吧?这更多的银子就需要从钱庄借吧?"石晓晚一想,他说的还真是那么回事,但那又怎么样?无论是之前的票号，还是如今的钱庄，都还没有这样上赶着做生意的。他说："老话说得好，上赶着不是买卖。"章十八却不认同，他说："如今不比从前，你不上赶着，咱家钱庄的生意就清淡。这些小业务虽然挣不到多少银子，但总能攒个人气吧，再说，既然来了，有枣没枣总要打上一竿子，麻雀虽小也有半两肉呢。"说完，章十八就进去厚着脸皮给人家递上石家钱庄的帖子。没想到半个月后，还真就有人陆陆续续拿着帖子来借周转用的银子，这些小业务加在一起还真就攒成了一盘肉。

这天晌午，石家钱庄刚为干货调料铺子放出去一笔小钱。为了奖励章十八，石达成支使章十八去买二斤酱牛肉。章十八刚一蹦三跳地出了门就又一阵风似的跑回来了，他大老远就喊："阎表叔，阎表叔来了。"

章掌柜看了一眼石达成，那意思是你约的？见石达成也摸不着头脑，就瞪着大眼问章十八："青天白日的你说啥胡话？阎表叔那么忙，咋有那闲工夫呢？"

还没等章十八开口，就听门外传来阎表叔的声音："自己的事当然要赶时间啦！"众人赶忙出门迎接，等把阎表叔迎进堂屋，看了茶水后，石达成拱拱手说："表叔，那银子，那银子还要等一等。"

阎表叔细眼一眯，嘴角一翘说："银子你尽管用着，我今天来是给你介绍单生意，你呢，愿意做就做，觉得不合适，就当我没说。"

阎表叔说:"昨天一个在阳泉开矿的胡老板来找,想借些银子赎买股权。胡老板原本和另一个朋友在阳泉开矿,可他的朋友爱赌博,大赌一三五,小赌二四六。胡老板知道人一沾上赌博就没治了,他劝不住朋友就想借款把朋友的股份买过来,再说那朋友也急需大量的现银。"阎表叔说:"那个矿刚出了一年的煤,开采个十年八年不成问题。"阎表叔问石达成是愿意入股投资煤矿,还是给胡老板贷款。

多少年后,石达成才醒过味儿来,那天本可以有第三种选择的,他不去碰触不熟悉的行业,也不急于求成,而是按着原有计划稳扎稳打做好钱庄小生意,两年后就能如期赎回押在阎表叔那里的金算盘。但当时大家谁都没有想到第三种选择——不做这笔生意,争执的是直接入股还是贷款的问题。石达成和章十八想着入股,石晓晚和章掌柜觉得还是贷款吧。阎表叔在一旁不偏不倚地说:"各有利弊,大主意还是你们拿。"石达成说:"我们把钱借给人家生钱,不如去掉中间环节。"

章掌柜说:"我们不懂矿产的经营管理,也没有这样的人员呀。"

章十八拍了一下胸脯说:"我呀,我不就是挖煤卖煤的吗?"

阎表叔看了一眼章十八然后竖起大拇指说:"你就是那个跑街做买卖的少掌柜吧?了不起,了不起呀!"

石达成拍了一下手说:"就十八了,十八的身体壮,脑子灵,最合适不过了。"

那天阎表叔把胡老板也请了过来,给双方引见后就回太原了。胡老板和石家钱庄签订了合作意向书,然后石达成带着章十八去了阳泉矿。收购非常顺利,因为他们到的当天,就遇到有人上门讨银,那个朋友急需用银子还赌债,也就没有再提额外的要求。收购后,胡老板占六成的股份,石家占四成的股份,胡老板是股东也是总经理,章十八代表石家钱庄配合监督开采和资金运行。一切就绪后,石达成提了一个小小的请求。他说:"我们钱庄也是刚刚缓过口气来,入股矿产后,流动资金就紧张了,能不能提高开采量?"

胡老板说:"我们试一试吧。"

胡老板也不是没有想过多开几口井,多出几车煤,但他更想稳妥些,他更希望细水长流。他想如今的世道不看好,但只要手里攥着资源就能踏实些。他告诉章十八:"开矿是把脑袋别在裤腰带上,风险大得很哩。挖煤更是个苦差事,比不上你们开钱庄,风不吹,日不晒,长袍马褂一穿,算盘珠子一响,银子一进一出就下了小崽。"

章十八年轻,不服这个理,就在记账空闲时跟着当班的下了一次矿井一探究竟。升井后,章十八一点儿没觉得害怕,反而觉得挖一锹煤比他跑一个铺子容易多了。三个月后,阎表叔和石达成来矿上看胡老板和章十八时,章十八说:"那些银子丢在那里不捡太可惜了,不如咱们加大开采。"石达成也表示赞同,他再次劝胡老板说:"挣了钱您也可以入股我们钱庄。"

阎表叔也在一旁连连点头说:"好主意,好主意呀,拿到银子入股到钱庄利生利,也就等于给子孙后代留个金饭碗。"胡老板的激情就被大家鼓动起来了,第二天就开了一眼新井。

但让他们没有想到的是,新井出煤没两天就遇到了坍塌,二十几个人全被拍在了里面。这其中有一个是省府官员的远房亲戚,平日里应该是也不怎么走动的,但出了事,这亲戚就不干了,把大旗一拉、虎皮一扯,就张着口漫天要价。章十八年轻气盛,就和人家理论起来。一言不合,人家家属就动手打了他,他毕竟觉得理亏,并没还手,但还是在招架时把人家撞了个跟头,家属摔断了一条腿。这下章十八更是有口难辩,当天就被带到了警察局。省府一参与,事情就越闹越大。为了赔偿和把章十八保出来,石家只好卖了股份。一来一回,投资打了水漂。不用年底算账,石达成也知道两年也无法赎回金算盘了。

章掌柜一见章十八就骂:"你个丧门星,拿你当人,你还真是人呀。"石达成说:"这是命,怪不得十八,参股是我的主意,让十八督促胡老板开井也是我的主意。"

石家不怪罪,但石家钱庄的生意却比不了从前了,章十八更像个霜打的茄子蔫头耷脑。过去那个跟在石晓晚身边的话篓子一句话也没有了,用章掌柜的话说,如今章十八就像个闷驴,三句话砸不出个屁来。章掌柜越发看章十八不顺眼，就不停地指责章十八。章十八不吭声，章掌柜就说："你丧着个脸，把客人吓跑了，财神也不愿理你了。"章十八咧一咧嘴，章掌柜又骂道："你这嘴一咧，比哭还吓人，滚一边练你的算盘去，啥时把心性定下来，啥时再去跑客户。"

这日上午，做货运买卖的陈老板来兑年前存放的现银。陈老板是老客户了，按他的话说，是吃黄河饭的。他将宁夏的枸杞、甘草和皮毛转运到天津和长治，再将天津的绸缎和日用百货转运到山西、宁夏一带，靠着一条水路挣点儿辛苦钱。陈老板是张家口人，据说是小时候家里穷，吃不上饭，就跑到黄河边上的碛口当物资转运的伙计，船上船下装卸货物。因为舍得出力，他受到掌柜的喜爱，后者教他算数记账。没几年，陈老板就能一边装卸，一边盘点账目，货物搬完了，账目也结清了。后来掌柜的子孙嫌这营生太苦，谁也不肯接班，掌柜的就把这宗买卖交给了陈老板。每年黄河封冻，陈老板把货物出清后，就将银两放到票号，开春黄河解冻再取出银两。

陈老板进来时，石晓晚跟着石达成出去谈买卖了，钱庄里就只有章家父子。章掌柜让章十八给客人结账，然后又轻声嘱咐一句，手脚利索点儿，不要丧着一张脸。这边章掌柜和陈老板一边喝茶一边等候，那边章十八三下五去二把算盘打得噼里啪啦响。章掌柜笑着跟陈老板寒暄，夸陈老板肯下力气，把生意做得这么好。陈老板说："如今世道不好，做什么也难，倒霉的是老百姓呀。"陈老板往世道上说，章掌柜往民生上引，他可不愿妄议时局。清政府也好，民国也罢，买卖亏了，亏的是银子，若话说得不对付，丢的就是命呀。这个跑水路的陈老板话在理，可在理有啥用？脑袋别在裤腰上挣辛苦钱风险已经够大了，千万不能再往时局上沾。于是就催了一声章十八："银子兑出来了吗？"

"兑好了，您查一下。"章掌柜这才发现章十八早已站在他身后等着了。他埋怨道："这孩子，白长了个大个子，榆木脑袋，兑好了不赶紧说，耽误客人时间。"

在章掌柜复核的时候，章十八问陈老板他那里还缺不缺人手。陈老板说："当物资转运的伙计可比不了当钱庄伙计，那是吃苦的营生。"章十八拍了拍身子板说："如今钱庄生意不好，用不了这么多人手。我有的是力气，也不怕吃苦。"

等章掌柜把银子交给陈老板时，陈老板已经同意收下章十八这个伙计了。陈老板说："你跟家里人商量一下，如果同意，明天就可以跟我到碛口去。"

章十八没有跟章掌柜商量，也没有跟石晓晚商量。第二天留下一封信，说是让家里人别惦记他，也别找他，他要去挣银子，等挣够了赎回金算盘的银子就回家。

4

章十八走后，章掌柜嘴里说不管那个混小子，但人的精气神却差了很多，有时跟客人说着话就分了神。钱庄的生意熬了一个春天没有起色,夏天到了,也只能勉强维持。石达成从阎表叔当铺里借的银子还了一小部分,但大头还欠着,金算盘自然是赎不回来。阎表叔也不逼着还银子,他总是宽宥地说:"咱是一家人,肉烂在锅里。算盘押在我这里,就当押在你自己手里。"

这话听着贴心贴肺,但石达成知道阎家是阎家,石家是石家。亲兄弟还明算账呢,何况这一表三千里。钱庄半死不活是他的心病,算盘回不来更让他心疼。从章十八走后,他就想自己是不是也该出去闯一闯。但他还是放心不下钱庄,往年秋天是业务旺季,但今年秋天丝毫没有往日的景象,街上的铺子生意清淡,钱庄就更加冷清。

潘圣颐看着愁眉苦脸的石达成,偷偷给上海的大表哥写了一封信,没多久大表哥就来信邀请石达成到上海共事。大表哥说:"上海的银行业如雨后春笋,不管是从大清银行转身的中国银行,还是咱自家参股的通商银行,业务发展、分行设立都需要你这样的人才。"石达成本以为到上海去投奔表哥是件大好事,也遂了潘圣颐回故土的愿,就准备把钱庄关闭了,带着老婆孩子到大上海闯一闯,没想到家中三个能主事的有两个反对。

那一年的中秋夜,云彩一会儿把月亮藏在身后,一会儿让月亮露个头,月光在石家大院里的八仙桌上蜻蜓点水般一跳一跳,从西飘到东,也偶尔飘进祖堂,落在潘圣颐和李桂芝蒸的面花上。月光中石达成忍不住伸出一双手,下意识地要接住那个跃起的鲤鱼。潘圣颐打了一下他的手,打完又不好意思地看了看石晓晚和李桂芝。此时石晓晚正低头想心事,李桂芝拿着石前程的小手在高墙上投下一个小鸡的影子,石前程傻呵呵笑着。

一抹红晕飞上潘圣颐的脸颊,她记不清多久没有和石达成这样亲昵了。那个鲤鱼跳龙门的面花是她花了整整三天才做好的,黑豆点的眼睛,红枣泥、胡萝卜汁和面做的鲤鱼,莜面在腿上搓成河水,玉米烫面、白面、鸡蛋和面,醒了又醒才捏成的龙门,在笼屉上蒸了足足一个时辰。出锅时,李桂芝惊得下巴都要掉下来了,她是土生土长的山西人,见过上百种面花,那带着红尖的寿桃、捏着嘴巴的小老鼠出锅后,祖母总会让她变着样地选,但她从没有见过这么大这么活灵活现的鲤鱼跳龙门。这不是面花,应该叫面山了。她不得不佩服婆婆的巧手,婆婆半路学做的面花比她祖母做了一辈子的还要好。只是如今家中已不比从前,虽然勉强开了钱庄,但还有一些欠内和欠外没有理清,时不时就有人拿着票子来兑现银。她纳闷的是如今石家每一天都如履薄冰,在这个时候婆婆怎么还有这样的闲情逸致?

晚饭后,按照规矩请祖宗赏月,也是一家人团圆的时候,石前程一来就伸着手要去抓那个鲤鱼,李桂芝及时攥住了一双小手。为了防止一不留神石前程又去抓挠,她就攥着他的小手摆弄成小兔子的样子。月光照在小手上,高墙上就映出了一对活蹦乱跳的小兔子。虽然她的目光投在儿子的小手上，但余光里却把婆婆和公公的举动看了个一清二楚，那一瞬间她的脸上也流露出一丝笑意。她来石家也七年了，这是她第一次见到这样温馨的画面。那时她想，什么票号，什么钱庄，都比不上月光下的温柔一瞥。

要跳龙门的石达成带着全家在祖堂里拜了祖宗，此时已是午夜时分，月亮彻底从云朵里钻出来，不再吝惜地照在石家大院每一个人的脸上，也照着他们的心事。

提出去上海投奔表哥的是潘圣颐，第一个出来反对的也是潘圣颐。潘圣颐没有说反对的理由，但石达成还是从她委屈的眼神里感到了决绝。她说："当年你们石家用万工轿把我娶进了门，我就要好好守着这个家。"说到当年石达成就明白了，潘圣颐在娘家那是人尖儿，所以才有机会嫁到她祖父最看重的石家，昔日同族姐妹羡慕的眼神还没退去，心高气傲的潘圣颐怎好意思巴巴地去受人怜悯？

第二个反对的是石晓晚。石晓晚说得直截了当：自己没有父亲的眼界和学识，就是一个井底之蛙，尚不能经营好票号、钱庄，如何能去洋行里混饭吃？自己已成年，有妻有子，还有这个钱庄，若父亲信他，就把钱庄交给他，他定当以命相守。父亲尽可放心去施展雄才，进，可为石家再挣一份家业；退，祖宅还有一席安身之地。

此时石晓楠已经嫁到上海潘圣颐的远房表姐家，当了一个小经理的太太。石晓北也已从铭贤中学毕业，在读留美预科。潘圣颐反对全家一起去上海，但并不反对石达成去上海搏一搏。她说："你要学识有学识，要经验有经验，如今的状况怎么也比当年祖上背着包袱在黄土地里走好多了，等你再创下一个石家银行，就回来接我们。"

石达成看着高大的院墙，才知道人到中年的他早就不是那个青涩的毛头小子了，当年他离开家去美国的东海岸留学时恨不能立刻就飞上天，如今他连出走的勇气都没有了。他跪在祖宗牌位前说："让玉算盘给支个着儿吧。"

他说出 815 后，就屏住呼吸看石晓晚在月光下一通噼里啪啦，在那一瞬间，他看见孙子石前程的小兔子也都不动了，那一瞬间，晃动的只有算盘珠子。等盘面归一时，石达成重重地呼出一口气，他说："那我就真的去大上海闯一闯吧。"

金生之二：试商

1

那天回到行里，我处理完手头的事务，就再次调出德福的报告，我把景木的并购意向附加上去，又撤了下来。犹豫一下再次附加上去，又觉得不妥，剪贴板反反复复如算盘珠子跳上落下，但最终还是归了零。一是这些意向只是口头协议，还没有正式文本。说有要挟总行的嫌疑，不说又怕汇报不全面。过去为项目我多次进京向领导汇报，但都没有这一次这么紧张。王副行长笑我："是不是怕海归风险官用英语提问？"我说："我不怕他说英文，我怕他出幺蛾子，怕他和我女儿陈连珠一样出一些我接不住的招数。"

正当我绞尽脑汁琢磨总行有可能提出的问题时，一封总行风险评估部的邮件就蹦了出来。看着屏幕上首席风险官石晓章的名字，我的第一感觉就是项目被否掉了。但当我打开邮件时，看到的却是工作提示。一个首席风险官直接给基层项目负责人发函，这在我三十多年的从业生涯里还是第一次。我定了定神，仔细阅读提示内容：一项是对德福资产负债表几个数据的核实，一项是德福在印尼投资现状的补充，一项是美浮和景木并购框架协议的数据支持。其实前两项我在报告里都已经写清楚了，我实在想不出哪里还有纰漏。最后一项更是我无法拿到手的，阎福海每次谈判都让我参与其中是给我面子，具体的文本协议是商业机密，不会透露给我。尽管我脑子里有并购的几个关键数据，但拿这些上报总行，对德福和我们行好像都不合适。

我把王副行长叫来，让他帮我分析分析如何回复这些问题。王副行长不以为意地说："这有啥难的，你拿着算盘算一算呗。"我沉着脸没理他，心想这会儿了还有心思开玩笑。他看了看我，又说："这就是人家总行领导的高明之处，想否掉你的项目，但又不直接否。"说完他咧咧嘴又补充，"还有一种可能，就是我们的数据确实有问题。"然后他又强调，"我是就事论事地瞎分析啊，我手里可没依据。"

"你就别卖关子了，你肯定掌握什么活情况了。"我从他两个"我"的强调里已经读出他有料要爆。王副行长总是这样，虽然爱故弄玄虚，但也总能自圆其说，是行里公认的"王大明白"。他这绰号倒是名副其实，在每个问题、每件事上没有他插不进接不上的话，没有他不知道的事。刚入行时石行长就为这事批评过他，当年石鑫钢铁出现不良贷款时，他蔫了几年，这些年他和石鑫钢铁一样早就缓过来了。缓过来的王科长升任了副行长，对客户的情况比我还清楚。用他的话说，野史正史他都门儿清。刘晓璇每次说起他时也都是崇拜的口气："以我家老王的能力，当个省行行长也富余，只是……"我也会及时接住她的话："只是我挡了他前进的道路啊。"其实我是不太喜欢听王副行长分析的，但今天看到这个工作提示后，我却想也没想就把这个"大明白"请来了。

王副行长笑着看了看我："我只说听到的，不一定准确啊。"

"进正题吧。"我知道如果任由他发挥，戴个帽子就要从纺线开始，一个上午也不一定能起头。

他立刻说："好好，就你脾气急，先说好啊，这不是行长之间的谈话，这是看在你是晓璇闺密的面子上透给你的。"然后又清了清嗓子，才压低声音说，"半年前，我和德福的赵树林喝酒，你知道那天赵树林喝多了说了啥？"我想说赵树林能说啥，他今天好赖也是资产百亿公司的副总，如果当年不是阎福海留下他，不是阎福海给他垫资入股，他就会跟那些调到其他企业的老总一样，也许官位还能大一些，但腰包里的钱可是差多了。但我没说，我装出好奇的样子看着他。

王副行长得意地笑了笑："他说他想自己出来单干，让我给他鼓捣点儿贷款。我也是好奇，心想他还差钱，没想到他说，阎老板的摊子越铺越大，他又爱听信别人的，总觉得那些外来的和尚经念得好，动不动就被人家坑一笔，我那些钱没准哪天就成负数了。"

我突然就插了一句："那他们这些副总、这些董事，就不能给阎老板提个醒?"说到这里才发现王副行长偏着头看我像看天外来客。我没有理会他,接着说:"这就是赵树林不厚道了,有意见可以提嘛!背后搞小动作可不好。"其实我说这些是有针对性的,一是就赵树林的事论事,一是借机点王副行长,王副行长也有这样的小毛病。

王副行长却浑然不觉,他得意地说:"还是咱们国有企业好,至少我们这些副职能说句话,有意见可以保留。你猜赵树林怎么说,他说阎老板表面看着包容宽厚,实际上听不进一点儿不同的声音。他说你以为我没提呀,我和老米他们私下里都对他投资印尼公司有看法,人生地不熟,而且自身翅膀还没硬,遇到个风暴不就麻烦了。老米那个坏东西让我挑头说,他说我管着采购大权,说话有分量。谁知我在会上提出反对意见后,阎老板损我鼠目寸光。阎老板说海外投资是发展战略需要,他一定调,老米他们瞬间倒戈,最后只把我一人孤零零扔下了。如今可好,采购也分出去了,我就管个不咸不淡的环保,天天就一件事,盯着擦屁股。"

我打断了王副行长跑偏的话,往正道上拉他,我说:"我们不参与他们内部矛盾,我们只关心他们的报表数据和生产经营情况。"

王副行长说:"就是想跟你说说原因嘛,估计是被架空了,赵树林才起了二心。他说,钱都让阎福海鼓捣没了,后来他才明白,投资印尼公司就是为了往他自己家里鼓捣钱,为了让小阎总练手,但小阎总真不是那块料,所以他不能不留个心眼儿,自己私下里也鼓捣点儿事。"

我说:"这说不通呀,每年的报表有事务所审计,还能把钱鼓捣到哪儿去?去印尼投资是明智的,一是印尼有煤炭资源,二是印尼有矿石资源,成本低,市场前景也好,他就是为了再造一个钢铁王国。"

"也许吧,赵树林说阎老板要么是被人家忽悠了,要么就是有更大的谋划。海外投资建厂是好事,但为什么这么好的市场却是亏损呢?其实实际数据比咱们看到的数据还糟糕。赵树林去年去印尼,无意中看到质检员把焦煤的等级提了一级,那些铁粉也是这样,一车验过后只卸下半车,剩下的再到外面转一圈,回来又过一回秤。你想,这是之前国企亏损的原因,如今民营企业也这样,就说不通了,是管理有漏洞,还是有意为之?赵树林说他查过了,那些关键岗位都是阎总的人,也就是说,要么是这些人骗阎总,要么是阎总有意为之。"

我盯着王副行长,想从他眼睛里看出这是讲故事还是确有其事,我说:"那赵树林为什么不反映,这企业他也有份呀。"

"赵树林已经被排挤了,再说他也没证据呀,他只是根据多年的经验从蛛丝马迹里分析出来的。你以为他老实,他才不呢,他管了那么多年采购,这里头的道道儿门儿清。赵树林也往进货渠道里安插了自己的人,暗地里提成,他说这半年挣的抵得上他一年的年薪,所以他才想另立门户呢。"

"那这笔贷款我真要重新考虑了，最起码要再做一次尽职调查。"

"哎呀，你看看，我跟你说这些就是让你别太认真，但这些也许就是一点儿微瑕，不影响咱们贷款，也不影响咱们业务。其实在这些企业里，德福是不错的了，它的问题咱不管，咱只看它能不能给咱们行带来饭碗。人家把报表做好没错，如果报表有问题，咱们还会给人家贷款吗？"

我说："那不行，如果发现'瑕'，就必须弄清楚。你把你知道的情况都跟我说说。"

"其他的我也就不知道了，赵树林酒醒后对说过的话都不认了，不过你倒是可以顺着德福在印尼投资这条线查一查，亏损肯定是事实，是小阎总管理不善还是其他原因就不得而知了。前些日子刘晓璇的表弟回国时跟我们说，德福印尼的用工成本低，税收也低，等于生产一吨盈利一吨，但愣是亏，你说阎福海这么精明的人为啥亏着还做？是不是为了让美浮知难而退？听说美浮一直想加大投资份额，阎福海好像不同意。都说阎福海要卖掉国内德福，就是为了保德福印尼。"王副行长又说，"其实我也是胡乱联系，你别当真啊，咱们干银行的不管他们那么多，只要能正常还款还息就行了。对了，听说美浮和景木给德福钢铁的报价都不低，让他卖个好价钱，贷款转股，只要企业在，咱们银行就有盈利，何必还要冒着风险去总行争取贷款呢？如今贷款是终身负责制，万一出了差池，你就是退休了都不能安生。"

我看了看王副行长，不能不说这是这么多年来他说得最有人情味的一句话，但这话我不愿意听，我更愿意听的是德福靠着我们银行的贷款能自己走出困境，能再创辉煌。

王副行长走后，我从抽屉里拿出算盘，像以往想事那样一边下意识地拨拉着，一边想那封邮件和王副行长的话。但算盘噼里啪啦响了半天，脑子里却依然理不出个头绪。

好不容易熬到中午，我给女儿陈连珠打电话，让她给我分析分析石晓章是什么路数。

"老同志，不带这样的，人家在食堂吃饭呢，一会儿啊。"陈连珠说话时声音又轻又柔，像是换了个人。我被她的声调逗乐了，心想，她在众人面前还挺会装，要是总这么淑女早就脱单了。果然，二十分钟后电话再打过去时，她又是那副刁钻小公主的口气。她气哼哼地问："咱们能不能公私分开呀？你的贷款走你的正常程序，再说如今都是规范管理，人家就是正常提醒，你们正常核实，咋到了你那里就生出那么多问题来呢？我能提醒你的是，你们的数据总行也会核实，这个你应该比我清楚。"

我说："这个我当然明白，可他为啥要人家的框架协议？"

"想看看这框架协议里有没有猫腻呗，再说既然有更优惠的条件，德福为什么还要贷款？"

"他们想保住自己的品牌，自己养大的孩子舍不得卖给别人。"我没等她说完就赶快解释。

"但愿吧，不过你跟总行汇报时要拿数据说话，石风险官只认数据不认人啊。"

我说："我也没想让他认我，他认我们的报告就行了。"

没想到女儿扑哧一乐说："他还真想认你呢，他挺敬重像您这么敬业的老前辈的。"

通话时，我满脑子都是德福贷款，没有注意到女儿的语气，更没有读出背后的意味，只是把那句话当成了她耍贫嘴。

放下电话，我才发现在陈连珠这里啥便宜也没捞着，反而让这个小丫头给教育了一通。我又看了一遍报告，为了稳妥起见，也为了打发时间，我开始用算盘试算各个数据，再核对印尼公司的投资时，才发现确实缩水严重，其中铁粉一项就因保管不当被洪水冲走了两个亿。两个亿对德福来说不是大数目，但接二连三的跑冒滴漏就成了大坑。我又仔细核对了一遍，发现这个海外公司确实像王副行长说的那样，是一个烧钱的主儿。我想这解释不通呀，德福印尼还有美浮集团等其他股东的股权呢，企业搞不好，小阎总没法跟大家交代呀。

解铃还须系铃人。我准备约阎福海见个面，但他的电话无人接听。如今阎福海身价高了，派头也大了，见一面没有那么容易，但对我是例外。用他自己的话说，没有我就没有他，我是他的贵人，这也是他为什么放着几倍的并购不做，而是选择等着我的贷款熬过寒冬的原因。正当我再次拨打电话时,一个陌生的号码打了进来,我毫不留情地挂断了。这个骚扰电话更让我心烦意乱,我决定还是当面跟阎福海说。刚坐到车里,手机又是一响,一条短信在屏幕上闪过:"蒋女士,冒昧打扰,如果方便,请到国际大厦面叙。景木晚秋。"短信内容很短,却让我着实一惊,这个景木是什么目的?是要更多了解德福的情况,还是……直觉告诉我这是一个潜在客户,于是我毫不犹豫地回复:"约午餐?"对方秒回:"好的,中午见。"

来到德福集团后,办公室的王秘书把我让到阎福海的小会客室,他一边倒茶一边说,阎总和米总一早就飞印尼了。我的脸沉了一下,心想昨晚还在一起吃晚餐,要出门也应该说一声,而且在谈判的关键时刻怎么说飞就飞了呢?

王秘书看出了我的不悦,他说:"昨天傍晚德福印尼镍业工业园爆发了印尼工人骚乱事件。"

真是一波未平一波又起,这场骚乱对贷款和并购无疑又成了一个减分项。我正要起身时,小阎总进来了。他说:"你是不是为印尼的事来的?没事,没什么大事,就是几个工人嫌工资低,欺负我们是中资企业。再说厂子刚建成投产,还没盈利,怎么可能给他们加薪?要我说就该从国内多带些工人过去。"

我想,在这个时候,身为德福印尼总经理的小阎总不仅没有回去,反而说出这样的话,也难怪阎福海要卖掉德福。过去说富不过三代,现在是富不过二代呀。但我还是想鼓励他一下，也顺便用大道理结束谈话："德福印尼有那么丰富的镍资源，有世界上顶级的焦煤，钢铁生产优势得天独厚，这个厂子还是有发展前景的。"

谁知小阎总没有像我女儿一样一听大道理扭头就溜掉，反而坐下来说："蒋行，目前钢铁市场就像股市一样到了高位，我老爹听了那个洋鬼子的话，非要建钢厂。如今行情不断下探，这就是打肿脸充胖子，赔本赚吆喝。要我说，正好日本人愿意接收，就快卖给他。"

我说："你老爹就你一个儿子，还不是为了给你留下一个铁打的江山。再说你卖那么多钱干什么，还是有个实业踏实。"

"干什么，开银行，做金融呗。我喜欢资本市场，您知道我学的是经济，前几年钢铁市场好，我们赶上了好时候，如今不行了，就是行也不如开银行来钱快，我志在资本帝国，而不是钢铁王国。"

我看了一眼小阎总，从小锦衣玉食，心高气傲也可以理解，但没想到他还有这样的雄心。这倒是我小瞧他了。不过我还是想给他泼泼冷水，我说："你以为银行的钱那么好挣？收益大，风险也大，比如你们德福，如果出现风险，银行也跟着要晃悠的。"

小阎总笑了笑说："蒋行，你别怕，我不跟你抢饭碗。我老爹说了，坑谁也不能坑你，你是我家的贵人，就如我家那个传家的宝贝金算盘一样，要供着。"

我怎么听着这么不对劲呢，供我干啥？但我不愿跟一个年轻人掰扯这些。我更想劝他和阎福海一样把精力用到实业上，于是我说："不是有句话很流行吗，'理想很丰满，现实很骨感'。其实隔行如隔山，做银行也不容易，如今国有、股份制、合资、外资、民营银行满大街都是，业务竞争白热化，产品同质化，热点归热点，但涨得快也跌得狠。你不能放弃手里的价值股，去追逐那些风险投资。"说完我就后悔了，别说小阎总，就是我家陈连珠也不愿听这些呀。

没想到小阎总倒没觉得我唠叨，他说："蒋行说得对，但我想做的是新金融，是P2P。我做这项业务有得天独厚的优势，上游我有那些供铁矿石、供煤炭的客户资源，他们需要资金，下游我有购买钢铁的客户，中间还有那些运输公司，只要梳理好链条，就可以封闭运行。"

"看似很完美，但我对这些还真是不了解。"我不想跟他讨论这些问题，我说服不了更左右不了他。我当时也没当回事，心想他就是年轻人脑子一热，或许阎福海会拿出几个亿让他试着做一做，成，多个挣钱的领域；亏，就当交学费了。

"所以我想请蒋行帮我们促成并购。"小阎总看着我，眼里写满了希望。

"并购的事我可帮不上忙。"我摇了摇头，避开了年轻人灼热的目光。

"连你们大行都抢着给贷款，这不就是对企业最好的背书？有了你们背书，我们的德福就能卖个好价钱，你们的贷款也不会受损失。"

"看来你对金融比对钢铁熟悉呀。"不自觉中我的语气就变了味。我想我贷款扶持德福是看好德福的未来，而不是为了他们能卖个好价钱。说心里话，那一刻我特别悲哀，为阎福海也为自己，这些年轻人真是太不靠谱儿了。

"当然，我的基因里流淌的都是银行家的血脉，哦，我爷爷、太爷爷往上追五辈都是做银行的呀。对了，那会儿不叫银行，叫票号，就是山西的票号。"小阎总自豪地说。

"哦，那你真应该接祖宗的班。"我想这孩子不仅不靠谱儿，还吹个没边，不然德福印尼怎么会亏损？说完我就逃跑般地赶快离开了。

我赶到国际大厦时，景木晚秋已经在四楼餐厅的卡座等候了。他先给我倒了一杯茶，然后指着菜单说他已经点了两个菜，剩下的让我点。我笑了笑，也没客气，加了一份我最喜欢的大煮干丝、一份白灼菜心。面对他礼貌式的微笑，我想我们见面不过就是为了德福，对德福的情况实话实说怕坏了德福的好事，如果不说日后难免还要合作，而且不仅限于兼并后新德福的业务。我也是为了这个潜在客户才赴的这个约，可真到了这里，分寸却不好拿捏了。这时我忽然想起豆面糊糊，就找话道："可惜这里没有豆面糊糊。"

景木晚秋笑了笑说："我有一半的中国血统，我父亲是山西人，豆面糊糊是传家的手艺。将来有机会，我请蒋女士吃糊糊。"

我怔了一下看了看他,想从他的身上找出中国人的影子,但我还是没有找到蛛丝马迹。我说:"我婆家是河北张家口的,按我婆婆的话说,他们祖上也是山西的,是在口外做买卖留在那里的。这样算来,我们还是半个老乡呢。"

景木晚秋兴奋地说:"是呀,是呀。我也经常听父亲说,当年他家的买卖也是做到了口外,在那个大境门下。可惜前些年我陪他去,除了一个大境门,记忆里的那些景物都变样了。"

其实来之前我一直嘱咐自己要少说多听,可说着说着我就忘了,我问他:"敢问祖上是做什么买卖的,怎么就把买卖做到日本了?"

景木晚秋的手抖了一下,明亮的眼神也瞬间黯淡下来。他叹了一口气说:"一言难尽呀。"

茶气带着无声的叹息在眼前翻转,仿佛时间也惆怅起来。他将茶杯轻轻转了几圈后才说:"我听阎老板说蒋行反对外企并购德福?"

我一下没反应过来,就"嗯"了一声。他继续说:"如今全球经济一体化,只有共同的利益、共同的市场,其他的都不是障碍。"

"我不是针对景木,也不是针对美浮,我就是觉得德福目前的困难是暂时的,其市场前景巨大。"既然景木晚秋把话挑明,我也就没有必要隐瞒了。我有些不悦地说:"我只是给他们做贷款、做融资的银行，对企业经营只有建议权，没有决策权。最后卖不卖企业还是德福自己说了算。"

景木晚秋说："这是当然，其实我今天找蒋女士，就是想问问你为什么这么看好德福，为什么力排众议为它融资。"

"经济周期，目前经济周期在底部，德福完全可以借此机会主动限产，按环保要求完成技术改造，市场回暖指日可待。我想景木和美浮应该也是看到了这一点。"

"蒋女士好眼力，佩服佩服。不管兼并成功与否，如果以后在石城有业务，景木都会首选你们行。"

我笑了笑说："其实在某种程度上，我们是竞争对手。"他听我这样说时，头摇得像拨浪鼓，他说："我们会成为好的合作伙伴。"话说到这里，我只好以茶代酒，结束了关于德福的谈话。临别前我问："有美浮的价格在那里做参考，你们为什么还要出那么高的价格？"

他笑着说："因为德福值那个价钱。再说，不是有句古话叫'舍不得孩子套不着狼'吗？"

其实不管是德福印尼，还是景木，这里面都有文章，可是一门心思沉浸在贷款业务中的我，当时真是忽略了那些因素，我就记住了"德福值那个价钱"这句话。我决定带着这句话再次进京。

2

两天后我在总行见到了石晓章。我想按以往惯例在汇报前先去打个招呼沟通沟通，加一些印象分，可刚敲开石晓章的门就遭遇了下马威。他沉着脸说："我这里有个急件要处理，你在会议室等，二十分钟后我们开会。"

我不知道自己当时是怎样的窘态。关上门后，脑子里除了那张严肃的脸，什么印象都没有。来之前在心里演练了若干遍套磁的话不仅一句也没用上，士气就像气球被他冷冰冰的面孔戳了个洞，一下就瘪了下来。坐在会议室里，我的心还是耿耿的。如今的年轻人太不懂礼貌了，好歹我也是全国劳模，是总行树立的典型呀。他还是钱念宗教授的师弟呢，没有一丝钱教授的温和。想着想着，又想到那个玉算盘，能把祖传玉算盘捐赠出去的人，一定是个教条的人？如果那样，他怎么会考虑指标之外的多种因素呢？抑或他心里早就对德福持否定态度。这样一想，一丝委屈就攫住了我。以至于在后来的汇报中，我突然间就有些语无伦次，等我好不容易陈述完贷款报告，又赘述德福的发展和目前的困境时，石晓章打断了我。他说："我们发放贷款是看企业的现状和未来，而不是企业的过去。"然后他让大家都发表一下意见。

大家都低头看眼前的电脑，偶尔滑动一下鼠标，似乎在比对一组组数据。石晓章说："那我问几个具体问题，一是这笔贷款的投向是国内德福钢铁，但目前德福印尼也是亏损，而且为了平息骚乱已经答应增加工资，也就是说管理成本进一步追加，资金缺口怎么弥补？是德福考虑从其他行融资还是我们未来仍需要追加贷款？二是环保技术改造需要投入资金二十亿，而你们申请的贷款是十亿，当然可以理解为从应收账款或其他行贷款解决，也可以理解为市场行情看好，钢材价格上涨。但这些都是不确定因素，一旦都无法实现，技术改造升级如何完成？三是美浮和景木都提出溢价收购，这又是因为什么？是看好未来市场还是有其他原因？"

我做了半辈子贷款，这是第一次被一个年轻人问住。我们通常都把这些叫作企业的活情况，这些量化之外的情况没有标准，更多的是看审批者的风险偏好。比如我们要成就一个企业或一个人，是"说你行，你就行，不行也行；说你不行，就不行，行也不行"那种。石晓章这一问，真把我给问蒙住了，尽管这些问题对我来说真不是问题，我可以冷静下来一一作答，比如对德福印尼我可以解释为开源节流，加大产量，以量换价；比如我可以把技改资金缺口解释为企业一有起色，我行可以追加贷款，其他行也循声放款。事实上我行就是其他行的风向标，只要我们向某企业投入资金，其他行就会马上跟进。但就跟考试晕场一样，我当时却一个字也答不上来。我的思维一下就偏离了轨道，我忽然想起来以前李伟司长的提醒，委屈地认为这些问题就是为了否定贷款而提。我想说，你们如今镀了海外留学的金，就坐在总行研究这些吗？你们应该到基层看一看，如果用这些条条框框去框，我们的业务还怎么发展？但我还是忍住没说。我不说话，但是我眼里的泪水却不争气地流了下来。我听见石晓章旁边的李伟司长向他耳语："蒋行长是我们基层行的老行长，也是劳模。"我明白李伟司长是在为我搭台阶，也在为石晓章搭台阶。

此时大家虽然眼睛依然盯着电脑屏幕，但余光齐刷刷扫向我这里，因为我的泪水越发止不住了。

"蒋行长，我就是就事论事提几个问题，你这是何故呢？"石晓章的声音有些缓和，但脸色越加难看了。

我站起来说："实在对不起各位领导了，德福就像我自己的孩子，我看着它一天天成长起来，目前企业遇到困难，于公于私我都愿意帮着它走出困境。但我也知道个人感情不能替代行业政策。对于石风险官的提问，我之前确实没有量化数据，所以也不好信口开河，但有一点我能回答，前天我和景木会长见面，我也问过同样的问题，为什么要出这么高的溢价并购德福，他说，因为企业值那个价钱。"

我汇报完就走出会议室，李伟司长在后面喊了一句："蒋行，您留步。"但我没有停下脚步，我也不知道自己为什么那么激动，这是我从业三十年来第一次流眼泪，之前若干次我低声下气解释过，也高门大嗓争执过，但从未像今天这个样子。我像个受了委屈的小女孩儿，人家刚刚发问，自己就泪流满面。这突如其来的举动和我的经历、阅历、年龄、职位都不相符，但它却实实在在发生了，成为一个笑话。

那天我从会议室出来后，李伟司长追了出来。他说："石风险官就是这个风格，他也不是针对谁。"我说："我都明白，就是这一段时间压力太大了，看着要卖掉企业心里不舒服，希望领导别在意。"

　　会上的一切像电影在眼前闪，闪得我神情恍惚。下电梯时看到珠珠的背影我也没有停下来，而是想像风一样地逃离。我使劲掐了自己一把，责问自己，明明是为了争取德福贷款而来，怎么突然间就乱了阵脚，还没亮牌就缴了械。于公，我放弃了希望；于私，我丢了女儿的人。女儿还要奔前途，还要找对象，这样一个不成熟的妈妈无疑是减分项。这不是我想要的，但它却鬼使神差地发生了。我逃命般迅速赶往火车站，上了回石城的火车。

　　珠珠的电话打过来时，我没有接，落荒而逃的我不愿再被数落，被嘲笑。我和电话铃声对峙，不得已在邻座的白眼中我摁了拒接键，但信息还是顽强地蹦了出来："妈妈，你别太激动了，石晓章让我代他向您问候！"女儿以另一种方式快速追了过来。我原本可以发现这问候、这关心里隐藏的信息，女儿为什么要代石晓章问候？但沉浸在自己世界里的我，再次将这些信息忽略不计了。

　　我简单回复了一句："看来妈妈真是老了，一着急就激动了。"

　　汇报会后，我就像被抽了筋骨一样，没了精气神。王副行长说："这是何苦呢，项目被否是意料之中，也是多方都乐见的结果，目前我们唯一要做的就是和景木搞好关系，让贷款平稳着陆。"小李更是一天三趟地问我需要做哪些前期工作，我挥挥手让小李他们准备资产保全的事情。接下来我拨通了阎福海的电话，但手机里传来阎福海的声音时，我又挂断了，我在微信上发过去一句话："抱歉，贷款没戏了。"发完后，我关了手机。

3

周末下班后，在小区门口遇到了刘晓璇，她拽住我说我瘦了，又劝我什么事别太较真，德福被外资并购也不见得是坏事，她问我在总行会上唱的是哪一出呀。我知道又是王副行长跟她嚼舌了，就白了一眼刘晓璇说："我是劳碌命，比不上你。"刘晓璇甩开我的手说："怪不得老王不让我劝你，就知道你是狗咬吕洞宾，跟我也比上了，告诉你，我比不上你，我们都比不上你。"

我和刘晓璇是同一天报到、在一个单身宿舍住过的好姐妹，过去刘晓璇时不时就会掰着手指头把我们宿舍的五个人比较一下，我总是揶揄她，没想到今天自己也比上了，不得不承认这些天心确实乱了。前些天刘晓璇和我去看我们宿舍的王玲时又说："跟她们比，我俩简直太幸福了。"我回她："人家咋就不幸福？你这幸福的定义咋来的？"她说："你不用装，我就不信你没在心里比过。咱们不说别人，就说王玲，人家学校比咱们的不差吧，长得也是要个儿有个儿，要样儿有样儿，当年咱们都羡慕她嫁给了局长家的公子。如今局长退休了，她家老公混了半辈子就是普通公务员不说，还爱喝酒、爱打牌,王玲要照顾老人要照顾孩子,心里能舒服?这乳腺癌就是给气出来的。还有李梅,仗着自己眼睛大,挑来挑去找了个房地产商,钱倒是不愁,可全石城谁不知道那个房地产商养了房小的,那房小的生了仨儿子,她除了守着钱还有啥?不过她也是真有钱,前几天我们行要存款任务,我给她打了个电话,她居然让房地产商给存了五千万。事后我和行长请他们吃饭,房地产商还买了单。你没见买单时李梅那个嘚瑟劲。"当时刘晓璇还要继续盘点,我打断了她,我说:"不是我们比人家好,是你。"刘晓璇并不接我的话,继续沉浸在攀比中,她说:"我就奇怪,杨敏怎么还是柜员?真是白瞎了她的那个注册会计师证了,是不是像李梅说的那样,高分低能?当初当了一年客户经理,她说啥也不干了。"我说:"追求不一样呗,不是所有人都有你这样的好命。"她撇了撇嘴说:"我命还行,但没有你命好。"我笑了笑说:"可别跟我比,我是劳碌命。"本来我是自谦,没想到她真就借着梯子往上爬,她说:"也是,那天老王还夸你有战略眼光,把珠珠安排在总行。"我说:"快别提总行了,若是在石城,咱们都给珠珠张罗着,珠珠不早就结婚了。这可好,上哪儿找跟咱珠珠般配的?"还没等我说完,她忽然拍了一下脑袋说:"其实我看着小阎总那孩子也可以,虽然不是名牌大学,可人家有家业呀。我回头让老王给说说。"

当时我不置可否,说实在的,小阎总我也想过。在珠珠等待入职空档期那几天,我还真带她去德福见习过,一是为了向她炫耀一下我作为银行工作者的自豪感，二是创造她和小阎总接触的机会。回家后她居然不屑地说："扶持是真的，阎福海能干也是真的，但更重要的是他赶上了好的机会，他挣的是国运钱。"

我说："你怎么跟你爸一个鼻子眼儿出气？那这么多人怎么就人家能成事？"

"我也没否定你们，我只是客观地说，他是赶上了国家发展的好机会，享受了更多的发展红利。"然后她狡黠一笑，"老同志，不要再想和他攀亲了，你不怕他拉低下一代的基因呀？"

我说："那你要抓紧，不管是在北京，还是在石城，美国也行，总之尽快找个能提升下一代基因的。"如今两年过去了，珠珠还单着，在独身和下一代基因之间，我觉得小阎总也是个不错的选择。前些天，牛氏房地产老板就带着女儿来了，说是谈合作，其实就是看看有没有机会联姻。那天我也在场，说实在的，人家都说孩子是自己的好，但我觉得牛老板的女儿一点儿也不比珠珠差，人家是美国常春藤名校毕业，更重要的是人家并没有靠在老爹身上，而是自己创立了一家投资公司龙海。只是两个人没有眼缘，至于是小阎总没看上牛小姐，还是牛小姐没看上小阎总就不得而知了。

所以当刘晓璐提及要给珠珠牵线小阎总时，我就没了脾气，因为珠珠的婚姻大事确实是我的软肋。人就是这个样子，有些事情明明知道不行，但还是抱有一丝侥幸，特定的时间侥幸还会无端放大若干倍。那天就在我准备出门去找刘晓璇时,刘晓璇就跑到我家来了。她说:"昨天我家老王吃饭时碰到阎福海,刚想说说小阎总和珠珠的事,你猜阎福海说啥?"我说:"你们老王怎么也不问问我就说呀,再说这种关系若不慎重,将来见面多尴尬呀。"刘晓璇说:"有啥尴尬的,我家老王说,阎、牛两家已经联姻了,哦,也不是联姻,应该是为联姻打基础吧。德福出资一个亿,龙海加盟两千万,注册了一个小额贷款投资公司,这样的组合不就是奔着成全两个人的婚姻去的?"此时我对婚姻不感兴趣,我想知道的是那一个亿是从哪里转出来的。

刘晓璇瞪大眼睛像看个怪物一样看着我:"怪不得老王说你一根筋,人家上百亿身家,一个亿不就是九牛一毛。对了,我劝你啊,不要太清高了,尤其是跟总行领导,该认错认错,该求人家还得求人家,最起码把这件事圆过去,对你、对珠珠、对石城行都有个交代。"

我知道她还在说审贷会上的事,那件事我做得确实出格,我自己也说了是自己不好,说不上把一手好牌打个稀巴烂,但至少把自己和石晓章都推向了沼泽地。我在后来多次解释是自己失态,可越描越黑,传来传去就成了石晓章刁难我。大家都愤愤不平地说他教条、刻板,不懂得尊重基层同志。还有人说,他那套从西方银行搬来的理论不适合我们行的发展,这样下去,全行不知要损失多少客户……声音开始一边倒了,倒向了不利于石晓章的一边,连珠珠也反复问我那天石晓章到底说什么了。

我说:"没有呀,就是我自己有些激动了。"珠珠说:"怎么可能,总行都传遍了,说你到石晓章办公室后,他就质询你了,说你连企业底数都没摸清就敢来要贷款,还给你扣帽子说那些不良贷款都是这么放出去的。"

我像祥林嫂一样开始跟她解释,说:"本来就没什么事,就是一激动掉了几滴眼泪,真没那么复杂。"珠珠不信,她说:"这个石晓章就是成心的,因为你是我妈妈,是我连累妈妈了。"

她这样一说,我感觉到事情越发地乱了,忙问:"跟你有什么关系?"

珠珠说:"可太有关系了,其实从他到行里那天起我就担心,好在我俩工作没有什么交集,再者我想我俩都是受过高等教育的人,过去的事就过去了,没想到他那么小肚鸡肠。"

我最不愿看到的事情还是发生了,我的一时冲动给女儿带来了麻烦。再说事情并不像女儿说的那样,我又开始解释,我说:"石晓章确实没有刁难我,他就是古板了点儿、严肃了点儿,我呢,也不知道那天哪根筋搭错了,明天,不,今天我就去总行解释。"

"我跟您这样说,这件事情不怪您。根源是在我这里,您就别太自责了。"

珠珠的话一下把我弄得云里雾里:明明是我给她惹了麻烦,现在怎么反过来了,再说这件事过去就过去了。我说:

"珠珠，你知道维护妈妈了，妈妈高兴，但这次确实是妈妈失态了。"

"哎呀，怎么跟您说不明白呢，是因为我。我昨天找他去了，我问他为什么那样对您，你猜他怎么说？"

"怎么说？"与此同时有个念头在我心里突然闪了一下，前些天我在珠珠嘴里听到的还都是对石风险官的褒赞呢，对，那语气还带着些许娇嗔。莫不是两个人……

"他说他就是故意刁难呢。那天中午你打电话时，我俩就在食堂一起吃饭呢。他当然知道你关心这个项目了。项目批不批是审贷会多方论证的结果，但还没研究，他就带着大家往偏里走，这就是态度问题了。"

"你们？"

"他毕业那年我入学，没想到就几个月交集，我却惹了他。第一个学期，钱教授验收我的风险评估报告时，石晓章也在场，钱教授就留他一起点评。那是我第一次独立完成的报告，我花了半年时间到马萨银行实习，调取了上百家客户数据，分析了资金流向偏好，验证了收益和风险度负相关这一公认的铁律。报告上交前，马萨银行公司部的经理看后还给写了评语，同时还作为资料留存。你想这是多高的荣誉呀，要知道我是实习学生中第一个因为报告完成度好而被存档的。我满心欢喜地等着表扬。没想到石晓章却跳出来泼了一盆冷水。他说我的数据和客户都是一年前的，如今是什么年代，资本市场瞬息万变，我应当把这些客户的最新情况再补充进来报告才有意义。他说的也有道理，但我就是一个学生，交的就是一份答卷，他这样一定调，我第一个学期的学分就会降格。钱教授也说，报告无可挑剔，但数据的时效性更为重要，做投资既要了解历史渊源，又要明晰最新动态。"

"哦，怪不得他一直较真印尼和并购呢。"我自言自语了一句。

珠珠并没有接我的话，她那边的语速越来越快："后来，我利用暑假又做了一份报告，其实我更想替换掉分数。我在提交报告前先找了他，他也认可了我的报告，还表扬我有潜力，说钱教授没有看错我。那天谈得比较愉快，交谈中一个红丝线穿着的白玉珠子从他脖子里蹦了出来，那珠子虽然不大，但白润细腻，只是那条挂绳太简单了，仿佛是顺便系上去的。再后来我们彼此有了好感，圣诞节那天，我用丝线给他编了个中国结，替换了那条已经掉了色的挂绳。没想到我好心却办了坏事。"

"你知道金融博物馆玉算盘上少颗珠子吧？"没等我回话，珠珠继续说，"他脖子上挂的就是算盘上少的那一颗。你说，他妈妈也是，既然是宝贝，干吗让他戴在身上，应该放在保险柜里才对呀。"

"当母亲的就是愿意把最好的给自己的孩子！"

珠珠叹了口气接着说："可是，唉，你说也真见鬼了。三个月后，我陪着他去马萨银行面试，面试结束后，我俩在银行前的草坪上发生了激烈的争吵。原因之一是马萨银行面试官的傲慢激怒了他，他说面试官对我们华人的轻慢忍也就忍了，但他对我们票号的嘲讽我不能容忍，别说现在我们穿洋装，就是脑后梳着辫子也不能否认我们的历史和我们的智慧呀。"

"一个外国银行面试，谈什么中国的票号？"

"那个面试官我知道，他是带我的老师，他的祖上就是乘坐'土耳其皇帝号'漂洋过海到达广州，第一个与中国建立商贸联系的人。他不仅对世界金融史如数家珍，而且专业水准高，他经手的项目就没有一笔是存在风险的。能在他手下锻炼几年就等于是给自己镀了一层金。我批评他不该冲动，为了那些陈年旧事不值当的。然后我又说了一句更不该说的：'不会是那个算盘珠子"作法"了吧？'"

"他戴的真是算盘珠子？"我不禁又插了一句。

"是呢，他之前给我讲过那个珠子的来历，他说他和珠子有缘，还说我就是上天赐给他的缘分。"听到这里我一时忘了我们谈话的原因，连忙说："太好了，你们确实般配。"

珠珠说："般配啥？要感谢你也要感谢老天，让我及时认清他的狭隘、自负，还有恋母情结。哎呀，你别打岔，我都不知说到哪里了。哦，他嘴里说我是上天赐给他的，但在我和那个珠子间他选择了珠子，在他们石家票号和我老师之间他选择了票号。"说到这里，她顿了顿，我却没有发声，我在心中快速过滤着，试着把他们的关系条分缕析弄清楚，但怎么捋也捋不清。

"我也能理解他,当时那个珠子是他家的唯一念想。是出国前他妈妈从胸前取下来戴在他脖子上的。那个珠子是他家玉算盘上的,玉算盘丢了,无意间在炕洞里找到的珠子可不就更宝贝了。所以我们分手了,我不愿一辈子生活在那珠子的阴影下。"

"他看中珠子,他对珠子的感情是可以理解的,这是人之常情。但也不至于分手吧?"

这时我听到电话那头珠珠哭了,她带着哭腔说:"妈妈,不是这样的。那天我们在草坪上为这点儿破事争执了一天,他给我讲了玉算盘的历史,讲了那颗珠子的失而复得。在讲述过程中,他一直抚摸着那颗珠子,等他讲完后我也摸了摸。可是谁知道,晚上回公寓后,他忽然发现珠子没有了,那个系珠子的中国结也一同不见了。我俩赶快驱车返回草坪,打着手电筒在白天走过、坐过的地方一寸寸查找,可是一无所获。"

珠珠的泪水涌了出来,把我的心冲到了嗓子眼儿里,我问:"后来呢?"

"后面几天我们一直都在那里地毯式搜寻,但那个珠子仿佛是天外之物遁逃了。他虽然没有再说什么,但我知道我们的缘分尽了。为了避免尴尬,他没有选择留在马萨银行投资部,而是去了华尔街。再之后,我就回国了。"

"那他回来是为了你吗?"我轻轻问了一句。

"不会吧,他应该是为了玉算盘。去年他小姨夫找回了玉算盘。他说他之所以捐赠，就是因为受到丢珠子的启发，既然是传家的宝贝，就应该给它找个合适的地方。虽然他这样说，但我知道我们彼此都卸不掉那个包袱。其实珠子的事情我也理解，但没想到他城府那么深，对我从没透露过他的家庭背景。他当上了首席风险官后，我才从同事们嘴里知道，他姥爷是我们老行长，他大舅和小姨夫也都是金融界的领导，不然他凭什么一来就抢了李伟司长的位置。"

确实，之前一直传言李伟司长要升任首席风险官，我不由得"哦"了一声。珠珠没有理会我那声"哦"，自顾自地说："我也没有往心里去，但说的人多了，我就跟他谈了这个问题，他竟然批评我怎么现在也这么市侩了。再后来他刁难你的事情一出，他还觍着脸跟我讲大道理，说要把好资金风险的关，就不能允许项目里掺杂过多的人情。亏你还替他辩解，把问题都往自己身上揽。如今总行都传开了，他是为了树自己的威信才那样对待你的。"

我终于听明白了，石晓章为我背了锅。但任凭我怎么解释都不成。为了缓解珠珠的情绪，我问她："你说捐算盘是他与小姨夫和舅舅商量的，那他爸妈呢？"

"他爸爸走得早，他妈妈在他读博那年也去世了。他从小在姥爷家长大，我们行的许多老领导都认识他呢，梁行长在食堂见到他时还开玩笑说，当年虎头虎脑的晓章也长这么大了。他高三就去了美国，据说钱教授是他当时在美国的监护人，你说他们家是不是也太神通广大了？我现在想明白了,虽然玉算盘找回来了,但毕竟缺了一颗珠子,这种裂痕是永远弥补不了的。"

其实我也该想到,过去那个位置可是一个个项目堆出来的,这样空降确实有点儿不合适。但回过头来看,石晓章的问题并不在框外,只是我们一时不适应罢了。别人对他有看法那是别人的事,我不想因为我们之间的误会而影响他。那天我一夜都没有睡着,我想解铃还须系铃人,我要尽快去趟总行。

4

世间的事就是爱往一块儿赶。为了企业的事我经常是天明不过宿地往总行跑,我知道时间就是效率就是金钱,更是决定事情成败的关键。但在个人问题上我却犯了拖延症,也不是觉得不急,而是一直没有想好怎么解释,怎么解决。我安慰自己,先放一放,等收购完成去总行汇报时再捎带解释一下更自然。

一个月后,景木成为德福的第一个股东,但是没能如愿收购德福51%的股份,而是让出了5%的收购份额,以46%的股权入驻德福。这里面有两个原因,一是国家出台了对产能五百万吨以上钢铁企业原则上外资收购不能超过50%的指导意见,德福虽然产能只有二百万吨,但国资委比照政策提出降低收购占比。我们都知道景木是冲着绝对控股权来的,于是收购一度出现冷场。就在这时，沪钢再次抛出橄榄枝，同时也将收购价格提高了一成。那天我得知这个消息后，一激动就拨通了阎福海的电话，等电话那头他"喂"了一声，我才知道自己有些莽撞了。阎福海笑着说他明白我的意思，德福归到沪钢麾下是三方都满意的选择，只是价格和景木所盼望的还是有差距。也许是太急于求成了，我竟然说了句："价格可以再谈吗？"阎福海"嗯"了一声反问我："关键还要看陈主任他们的意见。"

我知道阎福海这是在回避话题，他虽然说是三方满意，但我知道只是银行、政府满意，企业并不满意。别说半成的价格，就是一个点，对企业都是大数目。在价格面前，我有点儿站着说话不腰疼了，但我还是想让政府出面干预一下。晚上我跟陈新阁谈起并购，陈新阁说："政府只能引导，市场的角逐只能交给市场。"

但是还没等角逐开始，景木方面就和德福达成共识，景木让出了5%的股权。景木的解释是，未来中国市场是世界上增长最快的钢铁市场，所以他们想获得这样一个生产平台。我有些失落地问陈新阁："难道国资委不怕外资抢占市场？"没想到陈新阁却兴奋地说："引进先进的技术和管理经验，如同搅活一池春水。"

我"哼"了一声，没再说话，反正不管怎样这不是我愿意看到的结果，隐约中觉得这是平衡的结果。比如新董事会中新旧股东各占五席，景木方面派出了总经理、技术总监、生产总监，但关键部门的财务总监由原德福的米永岩担任，而且景木没有要求冠名"景木德福钢铁"，只是加了一个"新"字，"新德福钢铁"。那天我跟陈新阁说起这事，他说："日本人是提前规划好了的，名字问题无关紧要，不像阎福海，为了保住名字倒贴了1%的股份。"我说："也是，各取所需，不然怎么收购这么顺利呢。"那天陈新阁还说："也许情感上最不能接受的就是你了。"我知道他说的是实话，但我不愿听，我说："我有什么不能接受的，除了我们行的贷款。再说我们行的贷款也没有受到损失，贷款转股权，打包卖给了中融资产管理公司。中融是前些年我们行为了处理不良资产，让银行剥离那些陈年包袱以轻装上阵而成立的。我们这笔贷款并没有形成不良，但涉及企业并购，也只能债转股，委托中融管理股份，待形势好转再收回。"

陈新阁拍了拍我的肩膀说："你能这样想就最好了，只是你们行要过一段苦日子了。"他这一说，我还真的就湿了眼眶。

在此期间我写了一份亡羊补牢的"德福并购案例分析"，同时也补上了之前石晓章说的"活数据和活情况"。不得不承认，在梳理这些情况时，我对德福也有了新的认识。当然我知道说这些为时已晚，我们能做的就是往前看。事情告一段落，我想借此机会向总行做个全面汇报，客观地总结经验教训，为以后我行的项目评估提供案例。这样一来石晓章的刁难之说也就不攻自破。我在汇报中补充的数据和情况都显示石风险官提的问题非常必要,虽然我一时难以接受,但反过头来看,是他在给我们提供一个方法,是他将我们从固有的模式中拉出来,引导我们形成一种更加科学、合理的评估模式。我在反思总结中说:"就如同我们去医院看病,过去医生望闻问切靠的是经验,如今依据B超、CT等先进手段。这也如我们运算,过去是拨拉算盘珠子,如今大型数据一键运行……"这不是我第一次写案例总结,但这绝对是我第一次这样认真反思,也是第一次这样带着感情、带着温度去写,虽然这次的项目贷款被否,但这个案例比之前的成功案例更让我动情。正当我准备带着我的案例去总行汇报时,突发的舆情风险绊住了我的脚步。

那天一个叫刘怡蓉的老人来营业厅取款,营业员觉得金额比较大,怕她受骗上当,就多问了几句。刘怡蓉有些不耐烦,就敷衍了一句"自己家里用"。营业员看到身份证上的年龄,心想七十四岁的老人提着这么一大笔钱出门不安全,就又提醒了一句"还是让家里人来吧"。刘怡蓉说:"不用,我也是老银行人了。"营业员清点现金时,发现刘怡蓉身旁有个染黄头发的青年,就又提醒她"快过年了,还是注意点儿好"。刘怡蓉一边点头,一边拎着装钱的袋子就往外走。这时营业员发现那个黄头发青年也起身跟了过去,于是营业员就快速走出柜台追了过去,拦住了刚走下台阶的刘怡蓉。营业员说钱数不对,让她回来再过一遍点钞机。

就在营业员要解释时,那个黄头发青年也跟着回来了。

营业员只好把钱打开放到点钞机里拖延时间，想寻求机会解释，可黄头发青年就若无其事地排在后面。营业员拿不准那个黄头发青年的情况，不好说破，也不好报警，就又说了句"还是不对"。没想到刘怡蓉不干了，她忽地站起来说："我也不瞎，机子上的数对着呢，你这是故意刁难我呀。"营业员脸一红说："不是，是真不对。"刘怡蓉说："你别以为我不知道，你就是变着法子拉存款。这钱只能进，不能出，以后谁还来存款呀！"那个黄头发青年也说："是呀，如今这银行就是这样，不然为啥人家都把钱取走了？"说完往刘怡蓉身边靠了靠，继续说："阿姨，我帮您看着，让他们过机子，咱们看看到底哪里不对。"

营业员这时也蒙了，他问刘怡蓉："这是您家人？"

刘怡蓉重重地说了声："是。"

听到"是"后，营业员也觉得自己多此一举，他把钱重新交给刘怡蓉，带着歉意说了句："那您慢走。"

刘怡蓉头也不回地留下一句："我这会儿着急办事，不然我真要投诉你。如今的年轻人怎么能为了留住存款使这阴招呢。"

我说到这里，你们也就猜出来了吧，确实刘怡蓉的钱出现问题了。而且这个问题在几年之后成了压倒我和德福的那棵稻草。那天等刘怡蓉把现金送到"德福金融"时，点钞机嘀嘀作响。面对二十万元假钞，刘怡蓉一口咬定是刚从我们行取出来的。对于双方的争执，我们当然选择报警，但刘怡蓉太难缠了。她对着《都市追踪》栏目的记者一遍遍说那天我们银行的工作人员刁难她，即便有问题，也是我们营业员阴差阳错造成的。媒体和群众都倾向受害者，一时间我们就被推向风口浪尖，来转账取款的人都排起了长队。

总行也关注到了这些负面消息，要求我们尽快化解舆情风险。我当然知道，出了舆情风险，全行员工的奖金都要被扣掉。其实刘怡蓉也是吃准了这一点，她说责任由我们银行和她个人各担一半，损失也各担一半，也就是说让我们赔给她十万元，她就不再寻求媒体发声，而是等着公安部门破案，如果破不了案她也就认了。王副行长劝我，先答应刘怡蓉，这钱从费用里、从个人工资里扣都行，总比舆情升级，扣掉全行员工奖金合适。

我知道理是这么个理，钱也可以从我们几个行长工资里出，但看看营业员委屈的眼神，我还是想等等案情的进展。我和分管保卫的副行长把那天的录像调出来反复看，点钞机上的钱确实是对的，也知道营业员是怕刘怡蓉的钱被抢，没想到还是被人调了包。据刘怡蓉讲，出营业厅后，那个黄头发青年确实陪她走过一段路，但到了路口就分开了，人家并没有碰她的包。公安同志在我们行反反复复调看了几遍录像，又拷贝了回去，当然也锁定了嫌疑目标黄头发青年，只是街口的摄像头坏了，一时没有找到黄头发青年的信息。就在这时，刘怡蓉又带着记者找上门来，她反复强调那天就出门时和黄头发青年说了几句话，人家并没有动她的包，但钱确实被换成假币了。她伤心地大哭起来，一边哭一边说这是她辛辛苦苦攒了一辈子的钱，就这么丢了，她也就不活了。

我扶起刘怡蓉，拿出一万元现金给她，安抚她等待公安同志的调查结果。没想到记者把这个镜头拍了下来，于是就有声音说："为啥行长要给钱，就是内心有愧呗。"王副行长恨铁不成钢地批评我："你说你，你咋接二连三做这种傻事，也不懂动动脑子，这下可好，刘怡蓉索要的价码升到二十万，而且还要求补足利息，利率就按德福金融的利率。人家说那钱是跟德福金融的人说好的，是咱们影响了人家的投资，影响了人家的正常生活。"

我生气地说："那就让她起诉咱们吧。"说归说，但王副行长的一句话提醒了我，我知道德福金融是小阎总新开的网贷平台，也就是P2P，但他的服务对象主要是钢铁企业的个人客户，比如说运煤的、运铁粉的，甚至还有那些跑运输的司机。因为客户群体稳定，资金安全度高，又有德福钢铁的信用背书，一时间投资人蜂拥而至。小阎总就限定了投资规模，每个月新增不超过两亿元。他这"饥饿"营销政策一出，许多人存钱就要托关系，为此，他便给德福金融的经理、员工一定额度，用他的话说，是给自己人的福利。这么想来，刘怡蓉肯定是和德福有关系，于是我想去找找小阎总，让他托人给刘怡蓉做做工作。

德福金融在德福集团位于市中心的德福大厦办公，这是前几年阎福海从国际大厦手里抢来的一块地，定向爆破后，建了这个三十六层的高楼。因为在市中心繁华地段，又因为配套设施是最先进的，德福大厦也就成了石城人眼里的CBD。之前我还多次说，如果不做商业就太可惜了，但事后证明阎福海的眼光是对的，他引进了一批金融、科技公司，而不是建成商业综合体，避免了实体商业受网购冲击陷入困境的局面。

走进德福大厦，电子屏上打着德福金融的理念和愿景，当然也有一个个执照和证书滑过。我认真看了一遍，发现那个营业执照的日期竟然是一年前。说实话，我并不是对人家开展金融业务有意见，只是再次觉得自己太天真了。之前阎福海也偶尔透露一两句"还是做金融好"之类的话，我还傻乎乎地劝他，"金融不好做，而且风险大，还是你的钢铁王国踏实可靠"。想到这里，我不禁哑然，看来自己对阎福海、对德福，还是了解得太少了。不过想想也是，人家一个大企业家和我这个行长又能有多少真感情，在人家企业家的成长路上，我只不过是一个点缀而已。没有我蒋行，还会有王行、张行……想到这里，我不禁苦笑着摇摇头。

见到小阎总后，我恭维了他几句，然后就直奔我要托他的事情。小阎总还没有听我说完，就抄起电话问刘怡蓉是谁的客户，然后又说先给刘怡蓉账户转入这笔钱，但有一个条件，让她到媒体把给银行造成的不良影响挽救回来。我说："这不合适吧。"他说："有啥不合适的，就是挂个账的事，公安把钱追回来再补上；如果追不回来，就从我们自己的利润里冲减。"后来他又把他的宏伟蓝图说了一遍，说真的，他意气风发的样子把我都感染了。我说："真没看出来，你还挺有天赋的。"他说："蒋行，我之前跟您说过的，我家老辈子就是吃这碗饭的。"

第二天，《都市追踪》就以追踪关注做了后续报道，刘怡蓉说她就是老糊涂了，如今想想就是有个黄头发青年跟着她，是营业员警惕性高，还提醒市民取大额现金时一定要注意安全。

摆平舆情事件那天，珠珠意外地回来了。她报名参加了总行海外分支机构外派，下周就飞阿根廷了。我想埋怨她这么大的事也不跟我商量一下，但还是没有说出口，我知道女儿做出这样的决定的助推者就是我。陈新阁这次却站在我这边，批评珠珠至少报名前要征求一下我们的意见。然后他还说："过去在美国、在国内我都不催你，但如今你要去阿根廷，我必须提醒你，什么年龄做什么事，工作的事我们不反对，但也要适当考虑恋爱、婚姻，这样才能让自己的人生不留遗憾。"珠珠说了一声："对不起。"在那一瞬间我看到了她眼里有亮晶晶的东西闪了一下。

我的心如针扎般丝丝拉拉地疼，眼睛也蒙上了一层薄雾。我知道工作不是儿戏，如今说什么都改变不了她即将外派的事实，何况到海外的都是经过层层筛选的精英。我为珠珠开脱道："到海外分行一线是锻炼的好机会，只是怎么不选择自己熟悉的美国？"

女儿说:"阿根廷堪称世界粮仓、牧场,有着丰富的石油、天然气、煤铁、铀等资源。中国是阿根廷第二大贸易伙伴,而且阿根廷分行是我行刚收购不久的新机构。"

我心里特别难受,也明白美国和国内都是让她伤心的地方。我几次想问问女儿她和石晓章的事,但总是一张口就被女儿截了回去。珠珠问我:"你知道我们阿根廷分行的前身是谁吗?"我没有心情听她说这些,就赌气地说:"我只关心你开心不开心,幸福不幸福。海外那些跟我没关系。"

我以为珠珠又要和我唇枪舌剑一番,没想到她竟然笑了笑说:"它和马萨银行是没出五服的亲戚呢,你说巧吧?"

"就是你实习的那个马萨银行?"

"是呢,它们的老祖宗都是美国最古老的银行——马萨诸塞州银行,最早的欧洲移民就是搭乘'五月花号'船在马萨诸塞州登上美洲大陆的。1917年马萨银行在阿根廷设立分行,两百多年间经过一次次重组和收购,如今咱们行成了第一大股东。你说这缘分有多深,这事情有多巧。"

我对这些依然不感兴趣,那些战略投资和并购是资本博弈的选择,也是经济发展的需要。可既然珠珠提到马萨银行,我就借机问了一句:"那你这次外派和石晓章有关系吗?"

"妈妈,不要提他了,好吗?"珠珠愣了一下,然后用手轻轻擦拭了一下眼睛,但她眼里的雾气却笼在我的心头,罩住了我的快乐。

一周后,珠珠过安检前,我把案例分析交给了她。

钱世之三：实珠

1

1939年初冬的一天，雪花从半夜里就开始飘飘扬扬地飞落，厚厚的白雪盖住了苍茫大地上的断壁残垣。望着窗外的白色世界，潘圣颐想起了嫁到石家后第一次见到雪的情景。那天早晨她打开房门一下子就呆住了，房子白了，树木白了，天地间一切都白了。她问石达成："这是梦境还是仙境？"三十多年后，潘圣颐打开同一扇门，却说了句："如果人也可以冬眠该多好呀！"

一年的干旱，田里的收成降了两成，日本侵略者喊着"东亚共荣"，但荣的是他们，别说老百姓，就是石家也揭不开锅了。雪花依旧飞舞着。李桂芝说："瑞雪兆丰年，明年的收成有望了。"石晓晚叹了一口气说："今年的冬天冷得早，这个冬天和春天且熬人呢。"李桂芝不言语，心里盘算着天放晴了就早点儿备下过冬的物品。这几天粮食一天一个价地往上涨，就连萝卜干的价格跟去年比也翻了几番。石晓晚出门前嘱咐李桂芝："你一会儿到母亲房里把炭火生起来吧。"石晓晚知道母亲怕冷，这些年又得了怕湿冷的病，原来又细又长又白又嫩的手，就像被暴雨冲刷过的山坡一样，一个个骨节又尖又硬，硬茬茬戳在石晓晚心里。昨天看着天气有些阴沉，石晓晚就这样嘱咐过李桂芝，让她给母亲生炭火。可等晚上石晓晚去母亲房里时，发现依然清冷得很。母亲说："不怪李桂芝，是我怕热了上火，老话说'春捂秋冻，不生杂病'，再说晚上我还有个小棉袄捂着，何必白白烧那个银子？"潘圣颐的话让石晓晚心里酸酸的。他怪自己没用，如果钱庄生意好，母亲也不会在乎这一点点炭资。他不好违拗母亲，只好拐着弯地劝母亲："如果下雪，就一定生上炭火，不然小棉袄也会被冻坏的。"

小棉袄是石晓晚的女儿，是石达成走后第二年出生的。潘圣颐在给石达成的信上说："这个小囡瘦瘦长长的脸，安安静静的小模样，一看就是隔代随了你了。"

石达成知道是潘圣颐想他了，他也总想着回去，但自己此时的境况怎么能回呢？一年多以前，石达成满心欢喜地到达上海时，几个股东为业务发展的事意见不统一，表哥正为银行里的事情焦头烂额，这个节骨眼儿上就不好再把表妹夫安排进来。表哥说了一堆抱歉的话后，把石达成举荐到一家英国人开的洋行里。表哥让石达成先在洋行里历练一下，也趁机跟着外国人学学管理，等他这边消停了，再请他过去。表哥和石达成都认为以石达成的学历和资历，外国人怎么着也得给个经理干干，没想到那外国人两手一摊、肩膀一耸说："石，你们票号和我们银行是两回事，你先从职员做起吧，如果学得快，还是有晋升机会的。"

石达成当时就呆住了。若时光倒退十年，不，即便是票号山穷水尽的三年前，他也会拂袖而去的。有那么一瞬，他感觉自己的脚都抬起来了，可很快又慢慢原地落下了。他不想侮辱自己，就用英文说了一句"I agree"。后来每次想到那一声言不由衷的"我同意"，他总在心里推演，如果说的不是"I agree"，而是"No"，那他的人生会是什么样子呢？

但事实是，在上海外滩英国人开设的英海银行内，石达成闭着眼睛说了一句"I agree"。然后那个外国人把他交给一个顶着一头鬈发、身上穿着格呢西装的假洋鬼子。假洋鬼子看都没正眼看他，就把他领到后面的阁楼里，用手一指那个他只能低着头的空间说："这就是你的宿舍。"这个小小的阁楼隔出了四小间，石达成的这间朝阳，上面有个天窗。同房间还有一张床铺，床铺上凌乱地放着一本书和一只臭袜子。石达成皱皱眉头，就犯了爱打腹语的老毛病，在心里想还是住旅馆吧，话刚在心里打结，他就又摇摇头，银子呢？自己带来的银子马上就见底了，做职员的工资也就是刚够饭钱，他怎么好意思让家里寄银子呢。

这时假洋鬼子又开口了，这回说的不是英文，而是用上海话通知石达成："明天阿拉带你去纱厂，不许迟到哟。"石达成不懂上海话，也不知道假洋鬼子是不是故意的，好在这么多年和潘圣颐在一起倒也听惯了软语，于是连蒙带猜地用英文回了一句"Yes"。

晚年石达成跟小儿子石晓北说起这些时，就像说别人的事般云淡风轻，他总是轻轻一笑说："我知道是你万叔叔在刁难我，想让我知难而退。我更是时刻都想着回家，回家。家里再破落，总还有钱庄，还有老宅。但只要一说英文，我就像个求学的学生，耳边就是你祖父当年送我留洋时说的'学成归来'，是你母亲鼓励我'挣一个银行回来'。我呀，就是太要面子了，回山西等于把面子丢了，里子也丢了，所以我就不敢回呀。"

"我真正当了职员才知道，职员和学徒还真不是一回事，人家没让我当学徒已经是给足面子了。我要学的东西太多了，而且当时你万叔叔总在中间作梗，我离经理的位置就更遥远了。所以当你母亲告诉我又添了个孙女时，我就骗她说，业务太忙了离不开。咱家孙子辈男孩儿按'前'字排，因为亏欠这个孙女，就给她也起了个'前'字，石前锦。后来你母亲来信说，奶妈把'锦'认成了'棉'，说话又带口音，就'棉袄、棉袄'地叫，大家也就跟着叫'棉袄'，慢慢就把石前锦叫成'小棉袄'了。不过那个小棉袄跟你母亲也真是贴心呢。"

八十三岁的石晓北回乡探祖时，父亲的话就在耳边响着，那个叫石前锦的小侄女如果活着应该也是五六十岁的人了，她会像山西的老妇一样，还是会像自己的女儿石前诗一样呢？他想不出，但他的脑海里却总有个活蹦乱跳、讨人喜爱的"小棉袄"石前锦。

小棉袄跟着潘圣颐吃，跟着潘圣颐住，连口音都随了潘圣颐，带着一点儿软语的腔调，也就愈发成了潘圣颐的心肝宝贝。石晓晚说不动潘圣颐时，就拿小棉袄说事，他说："小棉袄身子弱，不耐寒，下雪时必须生炭火。"

大雪那天早晨，石晓晚一进母亲房间，小棉袄就蹦蹦跶跶过来搂住他的脖子，她把嘴巴贴在石晓晚的耳边说："奶奶昨晚又对着灯花流金豆了，奶奶的金豆掉在我脸上，可凉可凉了。"

石晓晚拍拍石前锦的头说："下雪了，一会儿生上火，你给奶奶背唐诗，奶奶就不会掉金豆了。"说完石晓晚放下石前锦，也不管母亲同不同意，就把炕洞挑开，一边挑一边说："您不用管这些，一会儿桂芝过来帮您添柴续火。"

潘圣颐说："你也太小瞧你娘了，一个火炕，我咋就烧不成？"

石晓晚一边通炕洞一边说："是桂芝怕您烫着或者冻着她的小棉袄行了吧。"这是父亲走后石晓晚摸索出的和母亲交流的方式，不然他知道母亲要么把火压小，要么就故意弄灭。如今母亲真像她自己说的那样一心想着冬眠，平日里总是变着法子节俭和刻薄自己，点心不吃了，肉也戒了，就连结婚时的花梨雕花大床也不用了。石达成走后，潘圣颐非让石晓晚给她盘个大炕，她说自己想睡火炕了。石晓晚心里明白，母亲是为了节省煤炭，睡雕花大床就要靠炉子取暖，盘个大炕一冬天就能省一半的银子。他知道母亲是为了攒够银子，把当出去的金算盘早日赎回来。父亲每次来信都说快赚够赎金了，可一晃七年了，父亲还是没有回来。母亲总说父亲把挣的钱一半寄回家里，一半在上海投资，不容易，自己在家里多省一分，父亲在外面就可以少受一分苦。石晓晚怕自己前脚走，母亲后脚就把火压灭，于是出门抱劈柴前就说了一句："今年夏天我去趟张家口，把大境门旁边的粮店盘出去，那样加上今年的盈利，就能把金算盘赎回来了。"

嘎吱、嘎吱，院子里的雪已经没过脚脖子了，石晓晚想，这一场雪给麦子盖上了厚厚的棉被，明年夏天还就真是个好收成呢，再卖点儿粮食，父亲真就可以回来了。小时候祖父石嘉林告诉他，雪天许愿最灵了，那会儿天地一片洁白，老天爷一眼就能看到人们许的愿。想到这里他就不由自主地双手合十，闭上眼睛念叨了一句。等他睁开眼睛时，忽然发现柴房门前有一串脚印，脚印上还印有一朵红色的梅花。石晓晚揉了揉眼睛仔细看了看，然后又拍了拍自己的脑袋，没错，那梅花还不止一朵呢。脚印和梅花把他引到柴房前，那一刻，他真的认为老天显灵了。进门前他又闭上眼睛双手合十念叨了一句，然后才轻轻推开了柴房门。他弯下腰抱劈柴时，脚下一个软乎乎的东西绊了他一下，他一下跳了起来，嘴里念叨了一句，老天爷保佑。然后借着门缝里的光亮才看到一个五大三粗的男人蜷缩在柴火堆里。他刚想喊管家，可手脚发软，牙齿磕碰在一起，就是发不出声。他借着一丝亮光盯着那个人看了又看，不由得喊了一声"十八"。

石晓晚猛然推了一把章十八，章十八没像儿时一样蹦起来还击，反而像个睡熟的婴儿，一动不动。石晓晚又推了一把章十八，一边推一边说："嘿，你小子终于回来了。"章十八依旧没有回应，身体却就势倒了下去。石晓晚赶忙上前去扶他。他碰到了章十八腰里的手枪，看到了章十八身下那一摊红红的"梅花"，刹那间就呆住了。

柴房的响动惊动了潘圣颐和李桂芝。还没等石晓晚张口，潘圣颐就明白了，她做了个"嘘"的手势，然后推了一下同样呆住的李桂芝，让她赶快去请大夫，说完就拉了一把瘫坐在地上的石晓晚，让他把章十八先背到她房里去暖和暖和。

缓过神来的石晓晚刚把章十八背到母亲房间，李桂芝就匆匆赶回来了。她气喘吁吁地说："日本人在药铺里搜查受伤的病人呢。"

石晓晚看了一眼母亲，又看了一眼奄奄一息的章十八，刚要说话，就被潘圣颐用嘘声制止了。潘圣颐压低嗓音对李桂芝说："小棉袄刚回你们房，你去照看小棉袄吧，十八的事谁也不许说。"说完也不看儿子和儿媳，自顾自地从八仙桌上的糖罐子里舀出一勺红糖，冲了一碗红糖水，然后又从箱子里翻出一个玉米苞谷，她小心取出苞谷里的紫粉，用手帕把紫粉拍打在章十八血糊糊的小肚子上。

这玉米苞谷是变异了的玉米，玉米开花时浸了雨水的花粉大都发霉烂掉了，也有个别没烂掉的一边孕育玉米一边又生出个紫包。紫包外面有一层白白的薄膜,薄膜外面是玉米须子和玉米皮,但里面却没有玉米。这样的紫包一年也遇不到几个,秋收时谁家若摘了紫包就像捡了天上掉的馅儿饼一样高兴。在当地人眼里,这紫包是止血消炎的神药,哪个地方破了就涂上一层,当即伤口就收敛了。潘圣颐现在用的这个还是开票号时压箱子底的。

给十八喂完水涂上紫粉后,潘圣颐对石晓晚说:"该做的都做了,能不能活命就看他的造化了。"她让石晓晚先去钱庄看一看,也顺便知会章掌柜一声。

往常这会儿章掌柜早就到钱庄开门了,但那天石晓晚到钱庄时,门还紧紧关着。他心里不由得跳了一下,就急匆匆往章掌柜家走。章掌柜家就在隔着三个铺子的巷子里,当时章掌柜就是看中了离石家大院近才盘下这个宅院的。这个宅院原本是一个晚清遗少的府邸,说是府邸,其实就是一个小四合院。据说英法联军火烧圆明园时,遗少一家随着老佛爷来到这里后,看上了院子里的那棵大槐树,就盘下了这座小院,不愿再西行了。遗少说多么大的宅子自己住的也就不过三尺,多么富贵也只是过眼烟云,不如就在这儿图个清净吧。可是清净并没有图成,几年后他那一向知书达理的儿子,不知怎么就搅和到变法里去,无端地被砍了头。遗少就觉得是风水的问题,他恨自己没有守在儿子的身边,而是每天把鸟笼子挂在树上,让鸟抢了儿子的运。当时城里的人都说,成也槐树,败也槐树,没有几把刷子还真不敢和槐树精住到一起,于是这个宅子就闲置下来。章掌柜一家从张家口过来看上这座小院时,石嘉林就把槐树的事情讲了出来,石嘉林劝他们还是再选一块地吧。没想到章家却说,这槐树是有灵性的,若论起来,都是从洪洞老槐树下搬来的,这院子是天赐呀。确实,章家搬进去后没多久就添了个大孙子,下人把这消息告诉章家祖父时,章家祖父的算盘上正好落子"十八"。于是章家的大孙子就起了"十八"的大号。

石晓晚想,一会儿进门要先替章十八给大槐树拜一拜。这样想时,心里就一紧,他又想起母亲那句话:"能不能活过来就看他的造化了。"原本那声音是在心里的,突然间就在耳边叽里咕噜炸开了。他不由得循声望去,声音果真是从章掌柜的家传来的,声音挺大,他一句也没听懂,只知道那是日本人叽里呱啦的喊叫声。他一边说"不好",一边加快了步伐。这时,绸缎庄王掌柜从门缝里伸出手,一把就抓住了他。王掌柜压低嗓音说:"你要送死呀!日本人一早就围了章家,只许进不许出,也不知章十八这孩子闯了多大的祸,那一家老小全被捆在大槐树上了,日本人逼着追问章十八的下落呢。"

石晓晚心里又是一惊,他稳了稳神说:"大家都知道章十八离家十几年了,章掌柜上哪里找?再说他一个扛大包的伙计,找他做甚?"

王掌柜说:"真是灯下黑呀,刚才日本人说章十八早就加入共产党了,他的那个陈老板是共产党的头头儿,他们那条船明里跑买卖，暗里给延安运送物资，昨天截了日本人运盐的车，还打死了两个日本人。"

石晓晚说："没听章掌柜说过，他也不知道呀。"

王掌柜说："是没见过那小子，但日本人说他们陈老板开着车往西，他引着日本人往家这边来了，在城门口还看见血印子了呢。"

石晓晚上齿碰着下齿咕哝了一句："那就顺着血印子找呗。"说完晃了一下。

王掌柜扶了一把石晓晚说："一宿大雪，别说血印子，脚印子也没了。"石晓晚还想问，可牙齿磕磕碰碰就是发不出声。王掌柜拍了拍石晓晚说："你快回去吧，能躲就躲一躲，把你家的银子藏一藏，有备无患。"

天黑前，章十八还是没有睁开眼睛，但章掌柜家的方向却火光冲天。石晓晚再次跑到街上时，街坊们都在叹息，那么大的火，这一家六口怕是在劫难逃了。那晚西大街上的人都听到了火越过高墙在空中噼里啪啦的响声，大家都说章掌柜打了一辈子算盘，这是算盘声为章掌柜鸣不平，为章掌柜抱屈呀。当天夜里，石晓晚要去为章掌柜收尸，潘圣颐一把扯住他说，还是先顾活人吧。

两天后，石晓晚带着伙计来到章家时，章家已经是一片废墟，院子中央的老槐树也被烧焦了，往日的华盖和树身上的枝杈已不复存在，光秃秃、黑黢黢的半截老桩没了皮肉，没了骨血，已经幻化成了一块冷峻的化石。人们在树化石下找到了六具尸体,但已经分不出是谁了。石晓晚买了六口棺材,将烧焦的尸体一一入殓。办完这一切后,潘圣颐对石晓晚说:"再买一口棺木吧,他应该是没救了。"说完叹了一口气,突然又冒出一句,"你父亲不会也跑出去加入共产党吧?"

潘圣颐的突然发问让石晓晚愣了一下。

"共产党?"就在石晓晚没头没脑地重复那句"共产党"时,章十八的嘴动了一下。

章十八是半个月后离开石家的。那时他的伤还没好,一个玉米紫苞谷用完后就开始化脓了,章十八每天对着痰盂挤出小半盆的脓,每次挤完,就龇牙咧嘴地再拿盐水洗一遍。洗完后就对石晓晚说:"看,我自己已经能照顾自己了,我不能再连累石家了。"石晓晚问他往哪里走,他说回部队打鬼子,给父母报仇。话说到这里,石晓晚也就不再阻拦,说走也行,但必须等寻到化脓的药后再走。可此时城中所有的药铺都不敢再卖这种药了。石晓晚急得抓耳挠腮,趁伙计不注意就拿起玉算盘角往脸上磕,磕得下巴呼呼直冒血。然后他用手捂着脸去药铺买了万金膏。

那天晚上,石晓晚和章十八说到半夜。具体说了什么,石晓晚从来也没说过。在1939年冬月的那个夜晚,他重新认识了章十八,那神态、那话语让他的血温热起来。若不是还有一家老小需要他照顾,那晚半夜时分,他也许就和章十八一起从石家后门悄悄走了。

2

1940年端午这天,石晓晚站在自家的麦田里,摸着饱满的麦穗,心里盘算着一亩能产多少斤。他想留足两年的口粮,其余的就都卖了,然后再去张家口把大境门前的铺子卖出去,那样就能去阎表叔家把金算盘赎回来了。

为了筹集金算盘的赎金,石晓晚开始减少放贷。其实从章掌柜走后,他就开始收缩业务了。虽然日本人天天喊"东亚共荣",但事实上你若不和他合作,就要受各种压制和约束。各家店铺生意都不如从前,钱庄的业务更是一天天萎缩。呆账、坏账比例一天天提高,形势比当年票号还紧张。

日本人刚来时,阎表叔就上门来点拨石晓晚。阎表叔劝石晓晚说:"日本人一占了北平城就成立了中国联合准备银行。一手钱串子、一手枪杆子,自古以来莫不如是。如今京城里的银行都要看联合准备银行的脸色,要用联银券了。如今是日本人的天下,日本人也是讲规矩、做生意的,如果咱们配合日本人,生意会翻着番的好。"

阎表叔苦口婆心道:"比如税收呀,比如生意往来的款项呀,进进出出不就是钱吗?还有,开办联银券和各种币值的兑换都是有赚头的,你动动手指,就能把金算盘赎回来了。"

石晓晚说:"这种拿枪逼着的生意不能做,日本人那么鬼，我们惹不起还躲不起呀。"阎表叔见石晓晚不应允，又说："如今这天下都是日本人的了，你还能躲到哪里去？天下熙熙皆为利来，天下攘攘皆为利往。生意人跟谁不是做生意，咱们图的就是个利，管他日本人、英国人还是中国人，谁能让咱挣钱咱就跟谁做生意。你父亲不就是跟着英国人做生意吗？你若跟日本人做了生意，你父亲也就不用抛家舍业了。"

石晓晚说："理是那么个理，可是日本人是用炮火来抢呀。'君子爱财，取之有道'，日本人的这个'道'是'盗'呀。"

阎表叔说："这不是给日本人做事，这是和日本人合作。不管是清政府、民国，还是如今的日本人，咱们的生意总要做，日子总要过吧。你看人家荣昌李家和日本人合作后，仅'兑换'一项就盈利了三亩水田。王家进了十匹日本洋布，一个腊月就挣了一年的进项。"阎表叔的话确实让石晓晚心动了，就像阎表叔说的，要吃、要喝、要活命，生意就不能关门，只要自己不挣昧心钱就行了。就在石晓晚决定和日本人合作时，出了章家灭门的事情。

等阎表叔再次找上门来时，石晓晚以要去张家口处理店铺为由，委婉拒绝了阎表叔。阎表叔说："你以为你能撇清呀，我记得当年你父亲也和景木商贸行做过生意呢，如今景木找上门来你就别推三阻四的了。再说商会里的人都看着石家呢，你不为自己也要为会友们谋条出路呀。"

石晓晚说："当年景木做的是规规矩矩的生意，如今他是在明抢了。我怎么能帮着他们把咱们的煤矿石、铁矿石，把咱们的宝贝往他家里搬呢？咱不能让人指着脊梁骨骂'汉奸'，更不能坏了祖宗的规矩。"

"汉奸"二字一出口，石晓晚也知道有些不妥。果然阎表叔被说恼了，他说："我当这个挨骂的会长还不是为了咱们这些商户？你不做，多少人等着做呢。"说完扭头就走，临出门扔下一句话，"你们把祖宗的金算盘都当了，咋还敢拿祖宗说事呢。"

阎表叔走后，潘圣颐的心慌得很。她批评石晓晚一旦说出"汉奸"二字，就等于是撕破了脸皮。跟阎表叔撕破了脸皮，就等于被日本人盯上了，被日本人盯上，这一家就没有太平日子。于是她给石达成写了一封信，这封信没有了之前的婉转，直接提出让他在上海给儿子找个工作，一旦工作找到了，她就带着儿子、儿媳、孙子、孙女去上海找他。信发出去后，大等没有回音，小等也没有回音。

潘圣颐掰着手指头数日子，等数到第三个月头上时，终于耐不住性子了，她又写了一封。过去为了让石达成在外面安心工作，她总是报喜不报忧，如今她顾不上那许多了，把家中的窘况和盘托出，她说看这情形，钱庄是关也要关，不关也要关了。又等了两个月，潘圣颐还是未等到上海来信，等来的却是孙子石前程学校南迁。此时的石前程已是平远中学的一位教员了，他回家向祖母和父母辞行。李桂芝不同意石前程跟着学校南迁，她说早就传言程儿的学校有共产党的地下组织,与"两耳不闻窗外事,一心只读圣贤书"的初衷大相径庭。如今学校要南迁,是劝说程儿回家承祖业的好机会,如果程儿非要教书,李桂芝就去找在西城中学当校长的堂兄。潘圣颐和石晓晚虽然不喜欢李桂芝的娘家人,但在兵荒马乱的年代,安全是第一的,尤其是经历了章二掌柜家的变故后,他们不得不考虑给孩子找个"保险箱"。

石前程坚决不同意换学校。潘圣颐说:"不换也行,就先在家里老实待着,等着你祖父回了音信,就让你父亲带着你去上海。"谁知第二天,石前程留下一封信就偷偷跟着学校南迁了。石前程说他跟着学校迁到日本人找不到的地方去了,等打走了日本人,他还会和学校一起迁回来的。那天潘圣颐把信甩给李桂芝,抱怨道:"看看,看看,这就是你们教育的好孩子,这是随了谁了?"

李桂芝知道,从进这个门起,潘圣颐就没看她顺眼过。联盟出了问题,潘圣颐给她脸子;公公去了上海,只要石晓晚去她房间请安迟一些,潘圣颐就拿话头子砸她的脸;娘家和日本人合作后,婆婆更是攥住了尾巴,动不动就提溜着让她难堪。如今石前程偷跑了,她这个当娘的比任何人都难受,婆婆却还怪罪到她身上。其实很久之前,她就发现石前程太热衷学校的活动了,一会儿去工厂,一会儿去乡间。她就说过让石前程换到西城中学去,可婆婆和石晓晚都说,参加社会实践长长见识有啥大惊小怪的,再说校长是日升昌票号掌柜家的儿子,石前程能留校跟着这样家世的人还能学坏?一个家世,就把李桂芝的嘴和心都堵了个严严实实,她知道婆婆又在埋怨她的娘家人了。如今石前程翅膀硬了,自己飞了,她还没有埋怨他们呢。于是李桂芝一时气急就冒了半句:"我也没这个胆,该不是隔辈……"当她意识到不对时,只剩下个"随"字没吐出来了。尽管她马上把"随"咽了回去,但她的话还是戳中了婆婆的泪腺,潘圣颐瀑布一样奔涌而下的泪水爆发了。她只说了一句"你这个该死的老头子,倒是给我来个音信呀",就从床沿滑到了地上。

石晓晚把母亲抱起来,心里一阵悲哀,他发觉那个丰润如水的母亲此时是那样干瘪,身子那么轻,和少年时那个散发着香甜气息的母亲简直是判若两人。

石晓晚抱着母亲呜呜哭了起来,他一边哭一边说:"我明儿个就动身去上海寻父亲,回来就去寻程儿。"

3

石晓晚来到父亲工作的洋行,当眼前的万经理告诉他,父亲到印度追讨贷款和利息时,他怎么也不肯相信,他说:"当时来上海还算了又算,这次去印度怎么会不跟家人说一声?"他甚至觉得眼前这个一头黄色鬈发的年轻人就是个骗子。这个万经理比自己大不了几岁,怎么可以当父亲的经理,而且从面相上看这个人瘦得跟个猴子似的,没有一点儿当经理该有的富态相。他觉得是万经理在骗他,就又问:

"何时走的，何时回来？"万经理说："走了快三个月了，我们也等着他回来呢。"说完就不再理会石晓晚，而是煞有介事地吩咐伙计："今天务必把贷款都梳理一遍，凡是运往香港、新加坡、仰光的进口物资务必跟客户打声招呼，让他们赶快派人去加尔各答港办理转运手续。"

万经理用的是上海话，石晓晚本就听不太真切，再加上那些地名和那些字词都很生僻，就愈加听得云山雾罩，别说刨根问底了，看万经理的架势一句也不愿多回答呢。可眼下也只有这个万经理才能说清呀，这时他想起母亲让他给父亲带的两罐宁化府的陈醋，既然父亲一时回不来，他就擅自做主拿出来给了万经理。

趁着万经理说话的空当儿，石晓晚连忙上前拱了拱手说："我父亲在信上说，银行的生意和钱庄生意不一样，一直是您带着他做呢。"

万经理看着那两罐醋，眼睛亮了一下说："阿拉吃不了这个东西啦，不过听你父亲说过，你们吃这个就像喝水，那阿拉就试一试。"随后叹了一口气说，"你还是先回吧，你父亲一回来，我就把你的意思递给他，不过，不过，他这一次的麻烦惹大了，不知啥时才能处理完呢。"

石晓晚问："父亲到底是惹了什么麻烦？"万经理说："这个事呢，说大也不大，说小也不小。比方说他能追回贷款和利息，就啥事都没有了；如果追不回来呢，就要赔偿损失，当然你们也赔不起，你父亲这几年在洋行里的存款还有股本就得充公了。"石晓晚心里有了大概其，但他还是不明白。父亲明明是跟着万经理做，就像伙计跑生意，最后定夺拿主意的是掌柜的呀，有时掌柜的也做不了主，还需要东家点头才行，父亲如今惹了麻烦，可万经理怎么就没事呢？但这话他不好问万经理，人家也不说父亲如何不好，只是说做生意不谨慎，惹出了乱子，然后就去印度擦屁股了。

石晓晚想了想，再问也不会问出什么来了，但就这样回去也没法和母亲交代。他知道当年父亲是投奔表舅来的，虽然这些年父亲来信很少提到表舅，但有了事也只能找亲人了。想到这里，他就不由得叹了口气，心想若是妹妹石晓楠在就好了。妹妹一家在日本人占领上海后就去了香港。当时妹妹就提出来要么让父亲跟着她去香港，要么回老家山西。父亲说他们是英国人的银行，日本人不会和英国人过不去。再说英国人刚刚给他提了职、加了薪水，他还用这些年攒下的银子入了股，眼看就要熬出来了，这个时候他怎么能走呢？

石晓楠去香港前给母亲写信说，父亲说的是实情，她还宽慰母亲，如今父亲已经当上经理了，洋行也给了身股，虽然只是百分之零点三，但照着这个势头发展下去，很快就会再进一步的。石晓楠在信上赞叹，父亲是真正的大丈夫，能屈能伸，将来一定会大有前途。当时潘圣颐并没有多想，自己的丈夫自己知道，若不是石达成为人厚道，对自己、对家人好，她也不会死心塌地委屈自己。早在石达成去上海前，她就嘱咐他，在大上海比不了自己家，那些生意人鬼精鬼精的，即便有表哥罩着，也要凡事留个心眼儿，俗话说防人之心不可无。几年来石达成总是报喜不报忧，她揣起那些喜，知道喜中有泪、有汗、有委屈、有无奈，但她还是假装糊涂地一一接收了。在家千日好，出门事事难，这道理她明白，所以她不再多问。她能做的就是让石达成放心。其实潘圣颐心里何尝不明白，如果发展得好，早就把金算盘赎回来了。她知道石达成在上海也不容易，但她还是相信自己的丈夫的，就像表哥说的，有经营票号的经验，有留洋的底子，还有吃苦耐劳的家风，总有一天会混出来的。

后来的几年里，人们夸石家潘老太太福寿时，潘圣颐总是点点头说："是小棉袄把我的魂喊回来了。"在潘圣颐的心里，养孙女石程锦和亲孙女石前锦是一个人，都是她的小棉袄。但石晓晚知道，把潘圣颐从阎王爷那儿拉回来的是父亲，是母亲对父亲的执着的等待。生活最艰难的那些年里，母亲就是靠着父亲的信撑着活下去的。除了父亲石达成的信，还有妹妹石晓楠的消息。石晓晚常常一边给母亲喂米汤，一边背妹妹的信，那封信是妹妹去香港前写给母亲的最后一封信。

············

  我当时也不知道父亲的难处，还以为他在洋行里美美地当他的经理呢。两个月后我去逛南京路，逛着逛着就到了外滩,一抬头就看见了英海银行的招牌。我想那不是父亲所在的洋行吗?我走进英海银行的大门时,有个职员在门口弯腰九十度招呼我,然后一个穿西装的青年男子满面春风地出现在我眼前,问:"能为您做点儿什么?"我下意识地推了一下帽子骄傲地说:"找你们石经理。"男子愣了一下说:"我们这里没有石经理。"

我有些生气地说:"石达成,山西来的石达成经理。"那个男子说:"您搞错了,石达成不是经理,他是试用期的小职员。"我当时还想这个人怕不是和父亲抢业务吧。于是我告诉他:"我不是来办业务的,我是石达成的女儿。"那个人上下打量了我一番后说,父亲跟着万经理去纱厂了,随后他把我引到后院的一座小楼前,用手一指说,三层后右转上阁楼,朝南方向的那一间就是你父亲的宿舍。

那铁板焊的楼梯太简陋了,楼板和扶手都稀稀松松,一不小心就踩空。我就站在楼梯前等,一边等还一边想,是不是那个职员嫉妒父亲才故意整我。可左等右等也不见父亲回来,我就提起裙角,扶紧栏杆,轻轻抬脚,一步步往上挪。刚上俩个台阶,脚就踩住了裙边,趔趄了一下,若不是紧紧攥着扶手,差一点儿就掉下去了。回来几天了,胳膊还被抻得一直疼。都说咱山西人节俭,没想到上海人有过之无不及。这楼梯跟咱们石家的比简直就是一个天上一个地下,咱家的楼梯是实凿凿的青砖，我和弟弟在台阶上捉迷藏，都能藏住个人。他们的楼梯空隙那个大呀，能掉下去一个斗。我知道咱们家不如从前了，但父亲总也不至于住在这种地方呀。来到阁楼后，若不是床头摆着那张全家福照片，打死我也不相信这是父亲的住处。那张照片就是弟弟石晓北出国留学前照的。照片上的父亲英俊潇洒，母亲温婉可人，大哥一脸祖父的古板表情，弟弟俏皮地吐着半个舌头。我想去拿照片时，帽子被蹭掉了，父亲的大个子怕是腰都直不起来吧，其实也不能直，头顶上有一个窗户，窗户里有一个火球似的大太阳。

　　我劝父亲去我那里住，父亲推说上班远不方便；让父亲回老家，父亲更是一百个不同意，而且还不让我把他的状况告诉你们。我和父亲约好一年为期，父亲说一年内混不出来就回山西。一年后父亲还真就提职了，虽然只是一个副经理，但境况已经好很多了，洋行也给他安排了新的宿舍。

　　如今父亲又提了经理，也有了身股，我们也就不再勉强父亲了。那样的苦，父亲都能撑过来，还有什么困难能压倒父亲呢？父亲对我说，他唯一亏欠的就是母亲您，他一旦挣够赎金算盘的银子，就回家。

　　…………

石晓楠的信印证了潘圣颐心中所想——石达成不容易，

也给了潘圣颐无限的希望。在以后的若干年中，尽管石达成和石晓楠再无音信，但潘圣颐始终坚信，有一天他们会回来。她守着石家大院，守着她的期望，尽管这期望遥遥无期。

当年石晓晚也是如母亲等待父亲那样站在假洋鬼子面前，任凭假洋鬼子嘴里的刀上下翻飞，有意无意地戳着他的心、肝、脾、肺。都说有享不了的福，没有受不了的罪，当时他也是忍着皮肉之痛和假洋鬼子力争的。他不甘心就这样被假洋鬼子打发走，于是迎着锋利的刀刃要到父亲的宿舍看一看，他要寻那一丝的希望。假洋鬼子不耐烦地说："行里有规定，离开三个月以上就不再保留宿舍了。"然后看了看那两罐醋，长叹了一口气，仿佛不是对着石晓晚而是对着醋掏心窝子，"该说的都跟你说了，能不能回来、何时回来，就看他的本事和造化了。前几天通商银行也有一批货在印度港口丢了，后来人家的业务员带着提单赶过去，半个月就找到了。"

那天，石晓晚感觉血都要滴尽了，感觉人已经到了云雾里，就在他即将坠落时，他抓住仅有的力气，一个箭步跨到假洋鬼子面前，挡住了他的退路。他说："我父亲就是一个小小的经理，和那些货物有啥关系呢？你快把我父亲交出来！"

假洋鬼子被石晓晚猝不及防的一跳吓呆了，他不想在这个又高又大的小伙子面前吃瘪，于是态度再次软下来说："我们也盼着他早些回来呢。"

声音惊动了洋行的大经理。一个高鼻梁、蓝眼睛、顶着一头金色鬈发的大个子外国人从楼上下来，他用英文和假洋鬼子交流了几句后，又用中国话问石晓晚："你是石的儿子？"

石晓晚点点头说："我是他的大儿子石晓晚。"

那个外国人说："那你跟我过来吧，我正好有事要和石家人交代。"石晓晚跟着外国人上了二楼的会客室，外国人说他叫约翰金，是这家银行的大经理，也就是中国人嘴里的大掌柜的。他耸耸肩、摇摇头、摊摊手，浑身部位折腾了一溜后说："小石先生，很遗憾，五个月前，石经理，也就是你的父亲，没有及时看到总部的文件，擅自给沪申煤气运输公司办理了卡车进口的贷款。三个月后沪申公司的那十辆进口卡车被印度政府征用，见不着卡车，沪申公司就逃废贷款。"然后看了看一脸迷茫的石晓晚，又是两手一摊说，"我们洋行损失太大了。"

石晓晚大概明白了事情的原委，但他还是不明白，车在运输过程中被印度政府征用，跟他父亲有什么关系？他反问约翰金："银行就是放款的，每一笔都有风险，应该找公司还款。再说到印度索要车辆也应该是公司去，为何要我父亲去？"

又一阵耸肩摇头后，约翰金摊摊手说："太平洋战争爆发后，原来运往香港、新加坡、仰光等地的中国货物通通改卸印度港口。总部来电指示，大批货物突然改卸加尔各答，港口码头紊乱异常，甚至有些货物刚卸下一部分，又因形势紧张而改驶孟买等地，提单未能及时转到或者丢失现象严重，就增加了对进口类贷款要签担保协议才能放款的规定。但遗憾的是，你父亲没有执行新规定，擅自发放了贷款。"说完又对石晓晚解释，"你父亲说他一大早就出去谈贷款了，没来得及看新规定，你父亲太急于求成了。"

石晓晚以为约翰金说走嘴了，一个外国人再怎么中国通，中国话也不是母语。他问："我父亲来信说是跟着万经理跑业务，出了事，怎么万经理就成了副的，这说不通呀！"

约翰金摇摇头说："小石先生，你误会了。你父亲确实是跟着万经理跑业务的，你们中国有句老话叫'青出于蓝而胜于蓝'。为了给新人机会，我们实行业绩考核，有竞争才有进步，你懂吗？谁的业绩好，谁就当经理。当时你父亲的业绩连续两个季度超过万经理，你父亲就被提职经理了，如今你父亲出现失误，万经理就又顶上来了。明白了吗？"

石晓晚不相信父亲会这么刚愎自用放那笔贷款，就是在票号，也要和章掌柜商量着来呢。于是他反问约翰金："上面为什么不提醒他？"

约翰金"噢"了一声摊开手："十辆以内进口卡车的放贷是经理的权限，十一辆我就要过问了。如果你父亲追不回来那笔贷款，我们还要到你家追究连带责任呢。"

石晓晚本来就没理清楚，被这个约翰金绕了一通就越发找不到头绪，什么印度、什么卡车、什么加尔各答，他听都没有听过，但此时自己说什么也没用。他要问的就是父亲在那边安全有没有保障，在那边人生地不熟怎么去催要货款。约翰金告诉他，沪申公司也派了一名职员和石达成一起去印度交涉，正常情况下安全还是有保障的，但这是在战时，就是在上海，也不能保证万无一失呀。约翰金劝石晓晚早些回去，一旦有消息，就会通知石家的。

寻不着父亲的石晓晚就想找一找表舅，他按着表舅之前提供的地址找过去，银行的人告诉他，潘先生一年前就去重庆了。他无助地走在街头，茫然地看着行人，仿佛父亲就在他们中间，仿佛这几天他看到的、听到的都是一场梦。此时兜里的银子也没几个了，上海街头的日本兵比平远县城还多，时不时有枪声和笛声响起。石晓晚漫无目的地走着，这时一个和石前程年岁差不多、个头儿和身材也相仿的青年男子和他擦肩而过。他想如果不是一身学生装，他差不多就把眼前这个男学生当成自己的儿子了。他刚想喊住这个学生，看一看是不是他的儿子石前程，没想到那个男学生也停了下来，往他的手里塞了一张传单。他疑惑地望着男学生的背影，就听见一阵杂乱的脚步声裹挟着一阵风过来，一队日本兵叽里呱啦地一边喊一边跑，等他缓过神来往前走时，就听到身后一阵枪响。他下意识地拔腿就跑，但还没跑出几步就被日本兵抓了回去，一同被抓的还有十几个男男女女。

这些人被关在一间潮湿的地下室里。地下室顶上有一个昏暗的电灯泡，四周靠墙有一些稻草，散发着霉味的稻草上有暗红色的斑斑点点，墙角还有一个带盖子的木桶。先进来的人都有意避着木桶,石晓晚想躲个清静就径直往木桶那边走去,但一股刺鼻的臊味旋即让他退后了几步。一个中年男子揶揄他,你刚进来就要用马桶的呀。

石晓晚本来就惊魂未定,再加上也听不太懂上海话,就木然地点了点头。那个男人说:"忍忍吧,已经臭得不敢吸气了。"说完男人又说,"阿拉太倒霉了,死鬼死在面前关我何事?我可是清清爽爽的一个人呢。"

旁边的一个老先生叹了口气说:"整个国家都不清爽了,你再清爽,也不能独善其身。"

那个中年男人又说:"阿拉手里可没有传单,阿拉脚下的可是那个倒霉学生散落的。你们呢?"

石晓晚当时是毫无意识手攥一张传单木木地站在那里,然后日本人用枪托戳了他一下,把他带进来的。中年男人的话让他觉得遇到了知音,于是就解释道:"我、我是来寻父亲的。"

还没等他说完,那个中年男人就打断他说:"你说你一个乡下人跟着添什么乱呀。"石晓晚愣了一下,眼圈就红了起来。这时,老先生走过来拍拍他的肩膀说:"小兄弟,你别慌,等会儿他们问你时,你就实话实说。"

傍晚时,日本翻译带着日本兵过来审问,中年男人第一个举手,说自己是上街给媳妇买大阿三的生煎,他那倒霉媳妇刚生了个千金,就使着性子作,要吃吕老五的香辣鸭肫和大阿三的生煎。不过那两样也确实好吃,等他出去了,一定先买两份给日本兵。日本兵皱皱眉头问他脚下的传单怎么解释。中年男人说那个倒霉的学生被击毙时，向前一扑就摔倒在自己脚下，手里的传单就散落在自己脚下了。他保证，自己没碰，也没有看那些传单。他强调自己是个清清爽爽的人。

日本人又在他身上搜了一遍，除了钞票还有两枚银圆。日本人就让他到旁边登记，登记完就放他走了。这男人走前还向日本人索要自己的银圆和钞票，说是给日本兵去买生煎。日本人枪一挥，叽里咕噜骂了一句，那男人才哭丧着脸走了。

轮到石晓晚时，石晓晚说自己晕晕乎乎啥都不懂，那张纸是迎面而来的男学生塞给他的，他没来得及看就被抓来了。翻译和日本人皱着眉头问他是做什么的。他把来上海寻父亲的事说了一遍。日本人听完也不再理他，就叫下一个，把他晾在了一边。

老先生是最后一个被审问的。老先生说他是汇文师范教国文的老师，上街出来买书就被抓了。日本人问他身上的传单怎么解释，老先生说当时学生是给了他一把，他之所以收那么多，就是想自己多收点儿，学生就可以少发点儿，免得学生不好好学习，满大街扔传单。日本人呵呵一笑说："那皇军可不能让你走，皇军还要大大地奖赏你呢。"

日本人要离开时，石晓晚就上前抓住翻译说："我要回家，我已经买了明天的票。"

日本人笑了笑说:"小伙子,你没有讲实话。"

石晓晚说他讲的就是实话。日本人说:"那好吧,如果你是来找父亲的,就等着你父亲来赎你吧。"

石晓晚一下就蒙了,父亲在印度生死未卜,怎么可能来赎自己呢？想到这里,他一屁股就瘫软在地上。

日本人走后,老先生把石晓晚扶起来劝慰他,不能自己先败下阵来,跟日本人要想办法斗。只要斗就还有一线生机,如果连斗都不斗,就只有任人宰割了。石晓晚把自己的情况跟老先生讲了一遍后,老先生告诉他:"当时你手里就一张传单,斗争一下,应该能出去的。"

几天后,地下室里就只剩下石晓晚和老先生了。每天提审时,石晓晚都坚持说那张传单是男学生擦肩时塞到他手里的,他跟他们不是一伙的,他是来上海找父亲的。但日本人不信,日本人说他是延安派来的,让他说出接头暗号和接头人员,而且还开始给石晓晚上刑了。石晓晚哪里受过这样的刑法,鞭子刚抽在身上就开始哭,一边哭一边申辩,自己就是来寻父亲的。日本人还没见过共产党这般胆小,还没怎么着就吓得尿了裤子,心里也就明白了三分。再后来就有了恶作剧的味道,拿出烙铁在石晓晚的细皮嫩肉上抚摸,石晓晚"啊啊"哭了两声,就昏死过去。日本人把石晓晚拖进地下室,嫌弃地往地上一扔,骂了句"东亚病夫"。

石晓晚醒来时看到身边的老先生,他哭着说:"总归是活着出不去了,不如就早点儿死了吧。"他把缝在内衣的银票交给老先生，让老先生出去后给家里捎个信。老先生把银票又放回他的内衣里，拍了一下他的肩膀安慰他："你挺一挺就出去了。明天他们再审你时，你让他们到你父亲上班的银行去核实一下，也顺便捎个信，让他们出面做个担保。"石晓晚问："银行的人会管我？"

老先生说："试一试吧，你让捎信的人加一句，你那天是到表舅那里兑银票，是想替父亲还一些债。"石晓晚按着老先生说的做了，但几天来还是没有动静。日本人像是忘了还有他这个人，开始每天折腾老先生。又是几天下来，老先生的牙也被打掉了，除了烫伤，手指甲缝里还被插上了钢针。石晓晚每给老先生拔下一根，心就颤抖一下。他悄悄藏了几根，心想若日本人再给他上刑，他就先吞了这些针。

半夜里老先生额头滚烫，身子开始不停地发抖。那一刻石晓晚从老先生身上看见了自己的死亡，当他把钢针拿出来往自己嘴里放时，老先生推了他一把。老先生指了指墙角的晚饭，石晓晚想，还吃什么饭？吃好了还不是再去受折磨，还不如就渴死饿死呢。可想是这么想，还是把米汤一点点喂到老先生嘴里。

老先生缓了一口气，一只手抓着石晓晚，一只手在腰间摸索，终于从腰间的裤襻上取下一把铜钥匙。老先生把铜钥匙交到石晓晚手里，用虚弱的声音说："你出去了到中国银行找一位天津卫来的张经理，你说，我开保险箱。他回，算盘一响，黄金万两。对上了你就把钥匙交给他。"

石晓晚问:"如果对不上呢?"

老先生说:"对不上你就到汇文中学找一个叫潘可可的女生,你说是陈老师让你转交的。让她放好,耐心等家里人来取。"说完,老先生又从口袋里摸出一张银票,放到石晓晚手里,他让石晓晚把这个给翻译官,央求翻译官费心再去英海银行走一趟。

第二天早晨,石晓晚醒来推了推老先生,才发现老先生已经过去了。翻译官带着日本人捏着鼻子进来,在老先生身上搜查了一遍。摆摆手要离开时,石晓晚一把拽住翻译官,把那张银票塞到了翻译官的口袋里。他嘴里嘟囔着:"我真是来英海银行找父亲的。"

两天后,石晓晚呆呆地坐在稻草上,希望即将破灭时,翻译官带着约翰金来了。石晓晚用针扎了一下自己的手,看到那殷红的血滴时,他才知道这不是梦。

4

在石晓晚去上海寻父亲石达成时,石家的大孙子石前程回来了。

石前程的归来让家里多了一份喜气和生气,小棉袄黏着哥哥,仿佛石前程的小尾巴。李桂芝的眼睛上上下下地打量着儿子,从进门就没挪过地方。潘圣颐把石前程拉到眼前,摸摸胳膊,捏捏肩膀,又揉揉眼睛说:"越长越像你祖父了。"然后拉起石前程的手说:"咱哪儿也不去了,就在家守着。"李桂芝也对石前程说:"奶奶说得太对了,这兵荒马乱的,哪儿都不如咱家好,以后就老老实实在钱庄守着。"潘圣颐突然像想起什么一样对李桂芝说:"去,去把那个玉算盘拿来,也好让前程收收心性。"李桂芝一边应着一边说:"可惜那个玉算盘少了一颗珠子,你说,就磕了那么一下,会跑哪儿去呢?"石前程哈哈一乐说:"不会被我吞到肚子里了吧,当时应该看看我的大便的。"李桂芝抬起手就要打石前程,手举在半空,却被潘圣颐拦住了。潘圣颐说:"那颗珠子又没长翅膀,即便长了翅膀,只要算盘在,它也有回来的时候,就像程儿一样。"石前程学着潘圣颐的腔调说:"早知道这样,就不让你叔叔出国,不让你姑姑嫁那么远,更不让你祖父去上海了。"李桂芝再次抬手做出要打石前程的姿势,潘圣颐没再阻拦,但李桂芝高高抬起的手却怎么也落不下来,只是嘟哝了一句:"这孩子,越发没有大小了。"

潘圣颐叹了一口气说:"早知道会是这样,说什么也不让他们离开这个家。这一家人四个地方太让人揪心了。"说完又问李桂芝石晓晚有音信没。

李桂芝说:"娘,要有音信也是先到您耳朵里,估摸着也就该回来了吧。"

潘圣颐没有再接话茬儿,而是转头对她大孙子说:"你明天就去柜上盯着,你父亲走后,钱庄的生意就停了,只有伙计盯着日常的收、付账,你们爷儿俩再不来,钱庄真就要关门了。"

第二天早晨,李桂芝起床后习惯性地往窗外望了望,就望见儿子穿戴整齐要出大门。李桂芝以为石前程要去钱庄,就急忙出来拦住石前程,跟他讲让他少说多看,虽然他是少东家,但还是要听伙计的。石前程点了点头,犹豫了一下说:"我想先去舅舅家看看。"李桂芝看了一眼儿子问:"你是找舅舅有事吧?"

这几年因为李家和日本人有生意上的来往,石家和荣昌号就不再走动了。听儿子这样一说,李桂芝不觉心里一热,心想儿子毕竟读过书,不像他爹那么死性,于是就说:"就是该去看看,亲娘舅,亲娘舅,舅舅一直暗地里帮衬咱们呢,不然钱庄早就关掉了。"听母亲这样一说,石前程心里就有底了,他对母亲说:"我还真是要到舅舅那里兑换一些联合银行的纸币。"李桂芝连忙摇头说:"使不得,使不得,你父亲说过,就是饿死也不能开办兑换联币的业务。"石前程说:"我不是想在咱们钱庄开办这项业务,我是给我们学校换。"李桂芝心里一惊,问道:"学校搬到了南边,换那些做啥?"石前程说:"学校需要的物品有些只能用联合银行的纸币购买,比如盐,比如药品,等等。"

李桂芝说:"这有什么难的,你去换就行了。"石前程说:"前几天学校的王老师进城时带了几张冀南币,被日本人发现了,如今人被带走了,到现在也没有放出来,我要先出趟城。"

李桂芝想拦住石前程,但她知道儿子的性格,也知道那帮学生、老师缺吃少穿,觉得不就是换个钱的事嘛,于是她说:"这几天城里正在抓差,你一个大小伙子太惹眼了,这件事让娘来替你办吧。不过办完这件事你就回家学做生意,不能再揽闲事了。"当石前程跟李桂芝说清原委后,李桂芝才知道事情并不是那么简单,但看着儿子满腔的热情,她还是决定帮儿子一回。娘儿俩嘀嘀咕咕合计了一个时辰。

潘圣颐看着那娘儿俩在房间里嘀咕,就不免想起自己的一双儿女。她想,真不该让石晓楠嫁到上海,想到这里就不由得担心起来,晓楠从上海去香港后,本以为香港是个安稳之地,没想到日本人的手居然也伸了过去。前些天石晓楠的来信辗转了三个月才收到,说是要跟夫家再度从香港迁居到英国,也不知道如今是在香港还是去了英国,自己本以为给女儿寻了一门衣食无忧的好婚姻,没想到女儿却像浮萍一样就这样漂呀漂。小儿子石晓北去美国时,她是不同意的,可石达成说如果真爱他,为了他好,就应该让他去接受那些先进的文化,不能让孩子们重复他们的老路。又说把石晓晚耽误了,就不能再把小儿子耽误了。小儿子的成绩给石家人争了脸面,更巧的是,石晓北读的是石达成当年就读的学校。不同的是,当年石达成留洋是石家自费,而石晓北是公费,生活费由孔家赞助……潘圣颐想,如果时光能够倒流,如果可以再选择一次,自己还会选择这样的生活吗?

恍惚间,她听到李桂芝跟她说要去娘家走一趟。潘圣颐"哼"了一声,没有说行也没有说不行。李桂芝知道石晓晚和潘圣颐都不喜欢她的娘家,所以尽管娘家近在咫尺,她却很少回去。她往娘家那边走了几步,才想起应当先坐着马车出城取金条,于是又往回返,果然看到了石前程说的那辆"马拉轿车"。李桂芝上了马拉轿车,掀开篷帘的一角冲着门前的石前程摆摆手,让他回家陪奶奶。车走出一段路,她再回头,看见儿子还站在那里张望,就又使劲挥了挥手,没想到这一挥手,竟把石前程招了过来。车夫急忙停下车疑惑地望着这娘儿俩。石前程说:"娘,不然还是我去吧,表舅家我熟悉。"李桂芝愣了一下说:"你去能顶啥用,你表舅想的是娘,是想吃娘做的这口豆面糊糊了。"说完就让车夫赶快走。

在小南庄石前程的一个同学家,李桂芝见到石前程交代的他们学校的那位老师后,心就跳得更厉害了,她叮嘱自己,一定要办好这件事,不然石前程就被他拐跑了。尽管这位老师鼻梁上架了副眼镜,人也斯斯文文,但李桂芝还是一眼就认出了他。她定了定神说:"章十八你又作什么怪?"

章十八伸出手指"嘘"了一下,大声说:"表姐,这豌豆面太香了,我就喜欢咱李家的这口,姑奶奶更是日里夜里想着娘家的这口。"然后压低嗓音说,"嫂子,辛苦了。"

章十八那一声"嫂子"一下就叫醒了李桂芝。她当然知道日本人在抓章十八,上次章十八走时,石晓晚曾经嘱咐过章十八能走多远就走多远，谁知他这么快又来到日本人的眼皮子底下了。想到这里，她心一紧，为章十八也为石前程。她问章十八："你怎么就成了石前程学校的老师？"然后又说，"你也知道如今石家人分散在好几个地方，老太太眼前就这么一个宝贝孙子，我不管之前你们做了什么，反正这次事情办妥后，石前程必须留在石家。"

章十八告诉李桂芝："石前程确实是个好孩子，前几天第一次见到他时，我也有过顾虑，但孩子有孩子的选择。"李桂芝问："石前程是不是入了……"她没有说出"共产党"那三个字。章十八说："目前还没有，他只是一个进步青年。"这时章十八又看了看门外，然后提高嗓音说，"走，我先带姐看姑奶奶去。"随后两个人来到后院，章十八告诉李桂芝，这笔钱确实是延安所需，这么大的量只能到城里票号和银行去换，组织上也知道石前程和荣昌票号的关系，就找到了石前程。

李桂芝想点一点章十八，石家不能重蹈章家的覆辙，但话到嘴边还是换了一种说法。李桂芝说："先生的教育之恩我们忘不了，但如今兵荒马乱，石家真的不能再有闪失了。我们是最有体会的，日本人什么事情都做得出来呀。"章十八说："嫂子放心，我心里有数。"这时就听见一阵马嘶，章十八说："这里也不安全，我就不多留嫂子了。如果事成，明日到南庄药王庙见吧。"说完，把两根金条放到了李桂芝手里。

李桂芝把金条往怀里一揣就要起身，章十八低声叮嘱李桂芝："如果日本人把金条搜走了，千万别争辩，我们再想办法。"然后就把李桂芝送上车，一边把半袋莜面放在车上一边说，"咱南庄的药王庙可灵了，明天正好十五，表姐若有时间就带小棉袄来拜拜吧，都说冬病夏治，小棉袄的哮喘一准能好。"

车过城门哨卡时，李桂芝从马车上下来。日本人并没有因为天热而放松对过往者的搜查。李桂芝盯着前方，只见日本兵在一个抱着孩子的少妇身上摸来摸去，然后又把手伸到了少妇的怀里，龇着牙在她的奶子上捏了两把，少妇惊得大叫一声，日本兵才哈哈大笑放了行。

李桂芝也跟着"啊"了一声，还没反应过来，手却已不自觉地伸进自己怀里摸了一下。这时日本兵忽然哈哈大笑起来，李桂芝脸上一红，汗珠子就像喷泉般从皮肤里钻了出来，顺着瑟瑟发抖的身子向四下里滚落。日本人用枪挑了挑李桂芝的胳肢窝，然后就一脸坏笑地把手伸向了她的怀里，使劲捏了一把她的右乳，但日本人没有再开怀大笑，仿佛手伸进热水里一样倏地一下激出来，一边甩手，一边嫌弃地"呸"了一口唾沫。李桂芝像从水里捞出的人一样，汗珠、泪珠落到嘴里时，她知道自己过关了。

石前程望着仿佛从水里捞出来的母亲，头发打着绺，衣服也紧紧地贴在身上，心里一阵发紧，后悔不该把母亲扯进来。

李桂芝一把拉住石前程说:"答应娘,做完这件事就老实在家待着,不许跟他走。娘不想让石家有闪失,更不愿意你有闪失。你也知道,章家一家子都被日本人烧死了。"

石前程摇摇头,又点点头说了声好。李桂芝满意地看了看石前程,然后抬手就亮开了洋布手绢,两根金条像两个熟睡的婴儿静静地躺在手绢中间。石前程摸了摸金条,眼里冒出一道金光,他一把搂住李桂芝问:"娘,日本人搜查那么严,你是怎么带过来的?"

李桂芝使劲攥了攥手绢,仿佛那两根金条还在她手里。她没有解释,此时她唯一想的就是把事情尽快办好,留住儿子石前程,一家人安安稳稳过日子。于是她说:"你毛手毛脚容易引起注意,还是我去荣昌换吧,明天娘再帮你出趟城。事成之后你就好好留在家里学做生意。"

第二天一大早,李桂芝从娘家换回纸币后,就到潘圣颐房间去领了小棉袄,说昨天刚讨了一个偏方,冬病夏治,带着小棉袄去南庄的药王庙上香,求一个药包给小棉袄敷上,就能治好小棉袄的哮喘。潘圣颐半信半疑地看着她说:"如今日本人盘查得严,石晓晚又不在家,咱多一事不如少一事。"说着就把小棉袄往怀里拉了拉。

李桂芝瞥了一眼石前程说:"我也想少点儿事呢,可这孩子的病总要治吧。知道有这个偏方,不带她去药王庙走一趟,心里总也踏实不下来。"说完也不等潘圣颐回应,拉起小棉袄就往外走,一边走一边嘱咐石前程说:"我带着妹妹去去就来,你在家陪奶奶。"

潘圣颐望着李桂芝和小棉袄的背影抱怨道:"儿大不由娘了。"她气儿媳的固执,这些年她为小棉袄把城中的名医都找遍了,大夫说小棉袄的哮喘是娘胎里带来的,即便吃再多的药也只能缓解,不能除根。再说那个药王庙也不是没去过,她几次求来药都得用筷子撑着小棉袄的嘴才能灌下去,也没见好转。而且李桂芝为此事还曾央求潘圣颐不要再去庙里求药丸了。潘圣颐怎么也想不明白,今天李桂芝着了什么魔,突然就冒出一句什么冬病夏治。若是平常去也就去了,如今兵荒马乱,若有个闪失……这时她的眼皮突突跳了起来,她赶忙喊住了李桂芝。李桂芝回了一下头,光线打在她硬硬的脸上,不由得让潘圣颐打了个寒战。那是潘圣颐从未看见过的坚决,她想如今儿子不在,这个媳妇要翻天了。潘圣颐拉下脸软软说了一声:"你如果非要去,就麻烦娘家舅舅陪着走一趟吧。"

李桂芝眼里忽地就升腾起一片雾气,她记不清多少年婆婆不再提"娘家舅舅"几个字了。她对婆婆说了句:"娘,您就放心吧,我这就去让哥哥陪着我们娘儿俩去药王庙。"

可是到了娘家,哥哥李殿瑞却和婆婆一样,坚决反对她们出城。哥哥说:"这几天日本人刚吃了国共两军的亏,为了困死、饿死中国军队,各个路口都增加了哨卡,盘查的力度更大了,你何必这个当口去触霉头?"然后又问,"你昨天换那么多联币做啥?"李桂芝说:"大哥你就别瞎琢磨了,我就是为了给你外甥女看病，南庄药王庙的师父给出了偏方，去供一个三伏天的长明灯，再给小棉袄敷上药就可以除根了。就是怕日本人为难我们，才来求哥哥呢，你拿上你的通行证和良民证，那些小鬼子也会让你三分的。"

哥哥摇摇头说："那也不行。"嫂子李氏在一边看不下去了，对丈夫说："但凡有一点儿希望，哪个当娘的不愿意替孩子奔一奔，都说药王庙真的很灵验呢。关键时候你这个亲娘舅怎么能掉链子呢？"她知道这些年因为李家和日本人一起做生意，城里的人嘴里不说，心里还是避着李家的。就连这个妹妹一年到头也不回来一趟，如今有了难处，能来娘家求援，就显出自己人的亲近来了。这会儿驳了妹妹面子，以后修复就更难了。嫂子李氏推了一把李殿瑞说："你这个亲大舅不去，让她找谁？"李殿瑞看看媳妇，又看看妹妹，叹了一口气应了下来。

四年后荣昌李家以汉奸罪被执行死刑时，李氏一直不停地喊冤，她说他们是和日本人一起做生意，但他们没有坑过中国人，没有出卖过中国人，钱庄总要开吧，生意总要做吧，你不做，也有其他人去做。她一把鼻涕一把泪地说："那个阎表叔可以做证呀，我那死在日本人刺刀下的妹妹可以做证呀。我们还帮着妹妹给共产党、八路军换过联币，运过联币，那些联币从日本人手里买回了那么多的药品，救了多少人的命呀。"李氏哭诉时，石晓晚就在旁边，他也去阎表叔那里求过情，希望阎表叔能帮着李家申诉一下，钱财罚没也就罚没了，人没有到十恶不赦的份儿上，能放一马就放一马吧。但阎表叔却不肯出来做这个证，他让石晓晚不要听李家的一面之词，这种事能躲多远就躲多远，如果不是李家告密，当年李桂芝和小棉袄也不至于死得那么惨。后来石晓晚一直在想这件事，章十八告诉他，李家当时确实是帮了忙的，李殿瑞胆小怕事不假，但绝不会出卖自己的妹妹和外甥女。

那个三伏天，李殿瑞陪着妹妹和外甥女出了城，出城时正碰上景木日货行的小野。小野说正好有一笔生意要和李家谈。李殿瑞就把去药王庙的事情说了一遍，答应回来就去日货行。小野对哨卡低语了两句，哨卡看了一眼李殿瑞的通行证，然后手一挥，一行人就顺顺当当地出了城。

到了药王庙，李桂芝拉着小棉袄去正殿供灯，师父点上荷花灯后，让小棉袄像自己一样盘坐在蒲团上，敲着木鱼祛病。李桂芝正要跪下来祷告，看见章十八在后门闪了一下，就转身走了过去。两个人一前一后走到大殿后面，在一棵老槐树下站定后，李桂芝把那一包联币交给了章十八。她说："事情办完了，你就不要再招惹石前程了。"就在她转身回大殿的时候，李殿瑞从甬道上冲了出来，他把妹妹挡在身后，对着章十八恶狠狠地说："石家人待你不薄，你不要再害石家人了。"章十八也不争辩，两手抱拳说了声"谢谢"就从侧门走了。李殿瑞气呼呼地质问李桂芝："怎么这么糊涂呢？日本人为了抓他把整个老章家都烧了。"

李桂芝说:"知道,就是因为知道才帮他,其实也不是帮他,是帮自己,帮石家。"她又说,"大哥你放心,这是第一次,也是最后一次。"

进城前,李桂芝如释重负地呼了一口气,对着一直板着脸的大哥说:"你也别生气了,我知道分寸的,石家的生意虽然关了,但那六十亩薄田还在,手紧一些,一家人的吃喝用度还是有的。我们不跟日本人合作,也不会掺和共产党的事。如今啥也不图,就图一家人安安稳稳地过日子。"

李殿瑞说:"票号联盟时咱李家没做过昧良心的事,就是如今也没有做过祸害中国人的事。"

李桂芝:"我知道咱李家的为人,也理解哥哥的难处。"接着又问了一句,"李二小在日本怎么样?能回来就回来吧。"

李殿瑞有些感激地看了一眼妹子,感慨道:"还是妹夫有风骨,生意不做也好。可是咱们家没有退路呀,景木说让二小去日本学习,如今想来就是人家把咱家孩子押在那边做人质呀。咱们现在也是身不由己了。"

李桂芝也叹了口气说:"凡事都有个底线,只要能守住底线,其余的事情也只能交给上天了。"说话间,哨卡就拦住了马车,让车上的人下来例行检查。李殿瑞拿出通行证,但日本人只把他放了过去,伸手就拦住了李桂芝和小棉袄。李桂芝有了昨天的经验,心想不就是查吗,金条和联币都过关了,此时还怕啥?她抱着小棉袄下车后比昨天放松多了。

小棉袄已经六岁了,早就过了穿开裆裤的年龄。但因为哮喘咳嗽,就总是尿裤子。在家时,李桂芝就给小棉袄穿开裆裤,为此潘圣颐总数叨她。但只要不穿开裆裤,小棉袄一咳嗽就会尿裤子,潘圣颐也就随了李桂芝,对小棉袄穿开裆裤也就睁一只眼闭一只眼。今天出门前李桂芝只顾硬着头皮和婆婆请假了,忘了给小棉袄换上出门穿的裤子。当日本人伸手向小棉袄身上摸去时,她才意识到没给小棉袄换裤子,并下意识地躲了一下。

其实日本人也就是例行公事搜一搜,但她这一躲就引起了日本人的注意。那个日本人一下就记起来这个女人是昨天的那个女人,昨天一身湿得像水里捞,今天却云淡风轻。再看看她抱着的孩子,不由得就起了疑心。于是就又在小棉袄身上搜了一遍,当他的手伸向小棉袄的下身时,小棉袄突然就咬了日本人一口。日本兵一把就拽过小棉袄,狠狠抽了她一巴掌。李桂芝想都没想就去夺小棉袄,还没挨上,就被日本兵一脚踹倒在地。这边小棉袄在日本兵怀里哇哇大哭,李桂芝疯了似的从地上爬起来去抢小棉袄;那边小棉袄看到日本人在推搡自己的母亲,就手脚乱弹奋力挣脱,但越挣,日本人就把小棉袄攥得越紧,刹那间小棉袄一回头就再次向日本兵的手咬去。日本兵"嗷"了一声,小棉袄就摔倒在地上。在前边等候的李殿瑞听到哭声急忙往回赶,刚一回头,就看到了他一生都不能忘记的那一幕——

李桂芝在一声枪响后躺在了地上,半尺高的红色血柱喷了小棉袄一脸，小棉袄疯了似的再次扑向日本兵，还没近身，就被一枪撂倒在地上。李殿瑞哭丧着脸挥着手中的通行证大喊："误会，误会。"车夫也急忙跑过来帮着李殿瑞把李桂芝和小棉袄抬到了车上。小棉袄靠在李殿瑞怀里说了一句："娘，疼。"就再也没了声音。

车到庆仁堂门前，洪老先生把手放在小棉袄的鼻子前探了探鼻息，他使劲摇了摇头说："李掌柜的，回天乏术了。"昏迷中的李桂芝像打了强心针一般，扑通一下从马车上滚下来，跪在洪老先生面前。洪老先生转身回屋取出了两粒牛黄，但任凭他和徒弟如何用力，就是掰不开小棉袄的嘴。已经放进李桂芝嘴里的药丸也被她吐到手里，她挣扎着往小棉袄嘴里喂，手还没抬起来，人就再次昏倒过去。洪老先生往李桂芝嘴里塞了一粒药丸，让徒弟处理了伤口，然后对李殿瑞说："放三天吧，三天后能醒过来就还有治，醒不过来就让她们安安稳稳地走吧。"

石晓晚从上海返回时，心情沮丧到了极点。一路上火车走走停停，车厢里人挤人，探着头打问的、嚼着食品的、呼呼大睡的，还有来回走动的，都在停车的焦急和开车的激动中愈加喧闹。他们都在急匆匆赶路，仿佛晚了一时三刻命运就会被改写。和车厢里那些人比，石晓晚就像一尊佛，没有胃口吃喝，没有喜忧嗔怒。他羡慕那些路人，他们还有精神，还有力气，还有争吵的意愿，而此时他是什么想法都没有了。出门前对母亲的许诺犹在耳边，可自己对母亲是失信了。他背负着父亲的失信和自己的失信,不知该怎么面对母亲,有几次他想趁着停车跳下来,然后再一次回到上海,买一张去印度加尔各答港的船票。

他对面的一个老妇人抱着一个七八岁的小女孩儿,小女孩儿烦躁不安时,老妇人就哄她:"小囡囡乖乖,睡觉觉忽嗨,梦里花开,爸爸快过来。"听老妇人的声音是南方口音,再听她说"小囡囡乖乖",就愈加断定老妇人是南方人。看着眼前的一老一小,石晓晚就想起了母亲和女儿小棉袄,不自觉就摸了一下自己的脸颊,一滴滑溜溜的泪珠滑过脸颊,仿佛出门前小棉袄在他脸上留下的口水。他知道自己想念小棉袄了,即便去印度找父亲,也要先回去和李桂芝讲清楚,不能让她和母亲一样眼巴巴地等着、盼着、担心着。想到这里他就又开始在心里一遍遍组织着回答母亲的话语。离家时端午刚过,如今一转眼就到了末伏了。这样想着,身上居然凉爽了许多。他透口气向窗外望去,山梁上的灌木正绿,道旁不远处的栗子树像爬满了一只只刺猬。看到"青刺猬",他不由得笑出了声,他想起带小棉袄打板栗时,小棉袄的手缩了回去,说:"开了口的刺猬扎人。"小棉袄稚嫩的声音就在耳边回响。

到家时已是傍晚,石晓晚远远看见自己家的大门口影影绰绰点着长明灯,他心里咯噔了一下,说了句不好,就快步跑了过去。还没近身,就闻到了空气中腐臭的气息;越过影壁墙,就看见了停在灵床上的两具尸体,苍蝇在蒙着蓝色绸缎的尸体上方飞来飞去。石晓晚不顾一切掀开蓝色蒙帘，李桂芝那张变了形的粉脸已经胀成了馒头，可嘴唇依然高高翘起，像撒娇时噘嘴的样子。石晓晚知道此时李桂芝的嘴噘这么高，肯定不是撒娇，而是生气了，是气到了肺要爆炸的程度。还没等石晓晚自己动手，李老管家就帮着掀开了小棉袄的蒙帘，小棉袄的脸虽然像馒头要胀破一般的，但眼窝下的泪痕依然清晰。石晓晚忍不住去替女儿擦拭，但哪里还能擦得掉，那痕就像车辙，只不过车辙是凹下去的，泪痕是凸出来的。石晓晚手指滑过的地方真正出现了一条沟，沟里的水喷了石晓晚一脸。老管家拽住了石晓晚的手说："别再打扰孩子了，让她安心走吧。"当一大一小印着寿字的两张蓝色蒙帘把妻子和女儿从他的视线里隔开时，石晓晚的骨头瞬间也就被抽走了。他瘫软在两张灵床中间，一手搭着一张灵床，任凭那哭声山呼海啸，任凭那瀑布坠下山崖。多少年后，石家大院的邻居对石晓北说起那哭声，还会不自觉地打个寒战。那哪是哭呀，那分明是在撕心裂肺，那绝望的哀号引得驴呀、马呀、牛呀跟着一块儿嘶鸣，吓得鸡呀、鸭呀、鹅呀不停地往墙角钻。刹那间，街坊四邻都静了下来，不由得望望天塌到何种程度，看看地陷了几许……

"老夫人那里已经三天没进米水了，你得撑着这个家呀。"当李老管家的嘴磨起泡时，那声音才慢慢停下来。那天晚上章十八悄悄从后门溜了进来，和石晓晚守了一夜。第二天出殡后，石晓晚就让章十八把石前程带走了。

金生之三：置商

1

这本应该是大地回春的季节，柳树早就急着泛了青，迎春花从路边的枯草中突围出来，仰着金灿灿的笑脸，杏花春雨里的旋律如期响起，连光阴里都充满了勃勃生机的味道。但我的心情却糟糕到了极点，因为贷款剥离，我们的信贷规模断崖式下跌引起了一连串的恶性循环，最直接的影响就是盈利、费用和收入都降了下来。这些下降反噬到业务上，又引起了业务再次螺旋式地下降。我硬着头皮提出了"共克时艰、背水一战，再次创业、重铸辉煌"的口号，也第一次给全体员工挂钩了挣揽存款和全员营销的指标。让我感动的是，王副行长却没有说风凉话，而是力挺我："这么多年没给员工下过任务了，给大家点儿压力也好，省得都四平八稳没有一点儿危机感。"他这么一说，管人事的、管个金的副行长也就没了意见，工会主席还主动说要开展全员劳动竞赛，最大限度调动员工的积极性，助力业务发展。

散会后，还没等我坐稳，王副行长就进来了，他问我："别说大家完不成任务，就是完成任务，能填平这么大的坑吗？还是要找大客户。"

我说："这也是没办法的办法，一季度开门红保不了了，但不能任其一泻千里吧。"

王副行长点点头说："好，好，那么咱们也从德福金融拆借点儿存款保个时点数。"

我一听就急了，不自觉就说了一句："那不用给利息吗？利息从哪儿出？"

王副行长的脸色一下就变了，说："最后一天买指标的不是一家，虽然不盈利，但也不至于在后面垫底，再说明天督导会上你也好过关呀。"

我说："其他行怎么操作我们不管，反正我们不能自己糊弄自己。"

王副行长说："好好好，那么明天德福大厦旁边的2号地块竞拍，你跟我一起去现场吧。"

我知道王副行长这是在帮我逃避督导会，我苦笑了一下说："这么多年来每次参会都是作为标杆行，如今被调度了就换人，从哪方面也说不过去。那个地块你盯着就行了，不管谁拿下，我们都要第一时间与客户做好沟通。我们还指着它吃饭呢。"

王副行长说："好吧，但是你不能领导一说就掉眼泪呀。"我尴尬地笑了笑说："放心吧，我做好了被点名批评的准备。"但说归说，我心里还是不是滋味，心想没有客户说什么都是零。之前我在台上介绍经验时，郊县行的栗行长就问过我:"经验可以复制不?资源可以复制不?"我知道他在叫屈,他那个网点是新筹备的,只有德福钢铁搬到他们辖区,但德福跟我们已经是铁板一块,他的地域优势就只能形同虚设了。我当然也知道那些台面上的话就是台面上的话,说破大天来成功的经验就一条,就是抓住了好的客户和机会,失败的教训各有各的肚子疼。比如今天的我,就是因为德福并购,贷款转为股份剥离。其实大家也知道,如果之前的贷款批下来,如果德福不并购,那么我们新增贷款又是名列前茅,可是世间哪有那么多如果呢?

走进会议室时,除了服务员在倒水,偌大的会议室就我一人。我苦笑了一下,笑自己急脾气,明知道是背着萝卜找礤床儿还跑这么欢。我在自己的桌牌前坐下来,扫视了一下会场,主位上是一把手李宏行长。其实也应该想到的,季度调度会嘛,一把手出面效果会更好些,但对于我们这些差距大的行也就更难过关了。我低着头翻看手中差不多都要背下来的报表,尽管眼睛里一个数也看不进去。

按照会议通知的要求,各行汇报一季度任务指标的差距在哪儿,是什么原因,有什么措施。我们是最后一个汇报的,我刚想说原因,李宏行长摆了摆手说:"你们行的情况大家都知道,贷款能平稳落地已经很不容易了,下面你们挖掘新的增长点吧。"

我点点头,一瞬间眼睛又模糊了,我忍着没让眼泪掉下来。我不敢再看领导和同事,但我感觉到他们的目光都集中在我身上。散会后,李宏行长留下了我,他说:"你们行的情况我们都了解,你的努力行里也是有目共睹,你也不要有太大压力和太多顾虑,好在这个坑不是无底洞,你们放下包袱,尽快找项目把它填回来吧。"

李宏行长的话像催泪弹一样,瞬间就让我的泪水随着"谢谢"夺眶而出了。

李宏行长摆摆手说:"安全是最大的效益,但也没必要一朝被蛇咬,十年怕井绳。"

我连忙擦了一下眼泪解释道:"我真是感动的。"

李宏行长说:"好了,好了,我问你个私人问题,咱先说好,如果冒犯了不许再掉眼泪啊。"

我苦笑了一下,说:"快别提我掉眼泪的事了,如今我的眼泪成了传说啦。"

李宏行长说:"还真是这样,不过这眼泪也没白流。昨天石风险官到山西行挂职锻炼去了,括弧里的级别没降,但实际上任行长助理相当于是降了两个格的。总行领导说,他不熟悉国内情况,要补上这一课。"

我"哦"了一声问:"怎么会这样?"

李宏行长说:"所以我说你委屈嘛,其实大家都知道德福现在是个好企业,将来也会是个好企业,只是总行的那些条条框框太教条了。这应该也是总行让他挂职锻炼的原因。"

我终于反应过来了,其实不止我一个人,石风险官的审批模式许多人都不适应。这种改革也许是对的,但它实实在在触动了一些行的利益。合适的时间、合适的人、合适的事件，我那个不合适的眼泪看似柔弱却成了最硬的说辞，公认的劳模行长无意中成了牺牲我一个、幸福千万人的"英雄"。我张了张口，想再次解释一遍，可我知道此时说什么都为时已晚。

但我还是想专程去总行汇报德福并购事宜。去之前，我向总行审批部邮箱提交了请示，邮件发出的当天我就接到了李伟司长的电话，李伟司长说："行里也一直想借此开个专题会呢，业务一线的同志们现身说法就更好了。只是各行都为首季开门红忙，具体时间还要等行里安排一下。"我明白这是在委婉拒绝我了。放下电话后，我想了想就把报告通过邮箱又发给了石晓章一份，还好当天晚上我就收到了短短四个字的回复：感谢理解。

说心里话，看到那四个字后我一下就轻松起来，以至于把要到总行汇报的事情都忘记了。我没想到的是，四月的第一天就接到了总行召开"授信审批业务研讨会"的通知，而且李伟司长还亲自打电话来，让我在会上讲讲德福并购案例。

研讨会会期两天，第一天上午是国务院经济研究所首席研究员对宏观经济的分析和展望，下午是我行重点行业贷款结构分析。第二天上午是典型案例分析，我注意到前三个成功案例的分析让大家的注意力越来越分散，身边的栗行长起身上厕所时还跟我说了一句："成功的经验总是相似的。"我特意看了一眼坐在第一排的李伟司长，只见他拧开了一瓶矿泉水，小口抿着。我上台时，会场唰地就静了下来，我感觉到大家的眼光都聚焦在我身上了。那一瞬间我忽然觉得自己像个小丑，我不由得停下脚步，向李伟司长投去求援的目光。在李伟司长那个大拇指的鼓励下，我像当年珠算比赛时一样，眼前就只是算盘的世界了。我用自嘲做了开场白："像我这样的失败者还有勇气站在台上也许少见，但我愿用我的反思带给大家更多的启示。"

话音未落，李伟司长就带头鼓起了掌。掌声把我带入了声情并茂的演讲："确实，在德福贷款问题上我一直坚持扶持，尽管企业资产负债率高，未来的盈利能力不确定，但无论何时，我都会说，对于德福，我更倾向于技术改造、扩大生产，倾向于企业通过技术改造降低成本，走入盈利的模式。数据有时是有欺骗性的，因为行业指标、市场行情等我们对企业景气指数的分析不到位，对关联企业的运行情况了解不深入，才导致领导的误判。其实我更想说的是，我们不仅要凭借经验，更要用量化的模型、量化的数据来决策我们的贷款……"

中午吃饭时，李宏行长还特意表扬了我，他说："你的发言好，把背在咱们行身上的锅甩了，又没把责任推到总行。"

我说："我不是想甩锅，我是真心觉得石风险官提的要求对我们以后全方位了解企业有用。"

李宏行长夸我："好，好，你是看着大大咧咧，其实蛮有智慧的。"

我本想利用下午讨论的机会向石风险官再道声歉，但我们没有分在一组，等我们组讨论完，他已经走了。正当我再次发蒙时，李宏行长说："你也不用自责，这对石风险官来说是个好事，接接地气镀镀金，才能有更好的发展。你看新德福如今不是缓过来了嘛，失去这笔业务，真的是可惜了。"

我言不由衷地"嗯"了一声。这时李宏行长又问了我一句："你觉得石风险官对德福贷款予以否决还有其他原因吗？"

"没有吧！"我想这不得不说是我职业生涯的"麦城"，景木并购德福短短半年，亏损的势头就有所减弱，我们不得不佩服日本人的精细化管理艺术。

李宏行长继续问："那为啥那天他非把你逼得掉眼泪？"

我说："就是我自己情绪太紧张了，更年期闹的。"

我以为眼泪事件过去了，但没想到它已经酿成了大家嘴里的风波，也成了带来飓风的那只蝴蝶。

2

德福债转股的剥离，确实给我们行资产业务挖了个大坑，对于发展我也没了信心，王副行长却一反常态给我打气说东方不亮西方亮。在二季度业务例会上，他提出把资产业务重心往房地产上倾斜，而且还提出要重点做好石城2号地块的贷款。

2号地块就是牛氏集团拿下的德福大厦旁边的那块地。

确实我对房地产业务有保留,这些年来也许是把大多贷款都投向实业了,也就忽略了住房贷款这块业务。为此,在民主生活会上,王副行长几次给我提意见,说我不能跟上发展形势,错失了房地产市场红利,还具体举例说开发区的栗行长只为远达项目发放了三亿开发贷款,利息上浮了30%,而我们给德福等实体企业的贷款都是基准利率。他提意见说决策不能单凭个人偏好。我们都知道资本的逐利性,但是我也知道风险和收益的正相关,这是认知的局限和偏好所决定的,就如阎福海不愿让德福进入资本市场一样。德福在发展过程中,有几次上市的机会都错过了,之前是阎福海不缺钱,就不愿把企业放到资本市场上。他几次跟我讲,把企业放到资本市场就跟伴君如伴虎一样,可以筹集更多资金,可是更容易受市场波动的影响,而且中国的资本市场更多的是受政策影响。后来德福出现资金困难,我们又说起上市问题,他摇摇头说:"目前职工股太分散了,再加上咱们亏损,就是上了市市值也高不到哪儿去,反而惹一身臊,他更愿意把命运掌握在自己手中。"

有时我想这就是人的局限,就如我对房地产有偏见一样。那天我在会上也表了个态,我说:"如果有合适的项目我们就全力跟进,只是要控制风险,还是那句话,'安全是最大的效益'。"

我这句话是说给王副行长的,因为在会前我俩对2号地块的开发有分歧。王副行长在提出牛氏的口号"在最好的地段建最好的房子，您给我一个机会，我给您一个五星级的家园"时，两眼放光。他说："这样算来，牛氏的开发资金大约在六十亿元，按商业和住宅分期建设，即便我们只做循环贷，每期至少五亿元。"

我当时被他感染了，也兴奋地说："太好了，再说也不只是这些开发贷，将来房子盖起来我们还可以做个人住房按揭。"说到个人住房按揭，我突然想到，那样一来房价也会上去吧。于是我问王副行长："牛氏之前做过市场调研没有？如今石城的房价已经不低了。"

王副行长说："肯定做了呀，不然人家敢拍下这地块？那天现场竞价特别激烈，万象、荣大等几个房地产大咖也都举了牌，大家都看好那块地，几轮下来地价从两千涨到四千，万象的人笑着点头示意，大家都以为就是万象了，就在落槌的刹那，牛氏喊出了五千。"

"啊！"我不禁倒吸了一口凉气。我说："这也太赌气了吧？怎么能这么不算成本不计代价呢？"

王副行长说："举牌的是牛氏的副总，当时牛董和他女儿小牛总都在场，肯定是之前人家定好的。"

我说："这也太疯狂了，五千，再加上建筑成本、管理成本、营销成本，这房子要卖到多少钱？"

王副行长笑了笑说："人家心里肯定有数，咱们石城老板都说人家是外来户，是靠挖煤起家的，人傻钱多，其实呀，人家对石城了如指掌。对了，德福金融就有牛氏的股份,你知道不?"

"嗯,这个我也有所耳闻,煤老板财大气粗,但我还是觉得地价高了点儿。"

"哎,你就不用操那个心了,等着贷款签字就行了。对了,我还忘说了,这个牛董也不只是个煤老板,他在山西开发的地产项目一个比一个口碑好,对了,德福嘉园那个项目就是当年他和德福联手开发的。"

我点了点头,心想这些我都知道,早在牛老板来之前我就把牛氏集团的底细了解清楚了。王副行长大概是从我的微笑中看到了自信,他有些不服气地说:"这次他们对2号地块势在必得,就是因为当年他家的商铺就在那个地块上。"

这回轮到我吃惊了,我问:"他家也在石城做过生意?"

说到这里,王副行长就在我面前又卖起关子。他说:"知道解放前咱们这儿有个晋通商行不?"这时我的手机响了起来,他识趣地没有再讲下去。

电话是景木晚秋打来的,老先生客气地邀请我到德福看一看,他还说有业务需要我帮忙。说实在的,从景木接手德福的管理后,我真是很少过去了,既然自己养大的孩子让别人抱走了,也就不愿再多舔伤口,最主要的是景木刚注入了一大笔资金,短期也没有资金需求。

老先生的语气一如既往的平淡,话不多,里面却藏着巨大的信息量。想到这里,我的眼里又冒出了亮光,当下回复第二天就去。

因为高兴，那天下班我一边走一边看路边的风景，我才发现路边隔离带上的冬青不知何时换成了樱花，绿叶和重瓣花朵让我的心忽然就柔软起来。我笑了一下，心想自己有多久没好好看生活的这个城市了。在超市门前的马路边上，一个老妇人守着几捆野菜在售卖，有几个人蹲下来，扒拉几下，但还是空手走了。这些荠菜确实有些老了，大部分都蹿出长葶儿，颈上面还顶着一朵朵白花。老妇人也不争执，也不叫卖，低着头择那些长葶儿和老叶的样子让我想起了婆母，我想都没想就像个土豪般买下了那半口袋荠菜。

回家我把荠菜择好，用热水烫了一遍，团成团，一团剁馅包饺子，剩余的放到冰箱里。也就是在往冷冻层里放荠菜时，我突然想起了那天和景木晚秋在国大吃饭时，主食我要了两份荠菜鲜虾云吞。景木问我："什么是荠菜？"我笑着说："荠菜就是一种野菜。我也是第一次去婆家过年时，才知道还有这种野菜，没想到如今却登了大雅之堂。"景木当时还说了一句："明白了，你对荠菜就如同我对糊糊的感觉。"我一边包着饺子一边想，景木能给我们什么业务呢？按照我对景木的了解，景木是不缺资金的。这几个月我查了一下景木制钢的销量，依旧是排名前五，而且他们刚和日本的日新公司续签订了310型号特种神钢铝材的大单，也就是说他不缺资金。莫非他要在新德福建特种钢材生产基地？

沉浸在希望中的我都没有听见陈新阁回家，直到他进厨房站在我面前，我才发现他。陈新阁挽起袖子帮我擀饺子皮,一边搋一边问:"今天是不是找到大客户了?"

我说:"那倒没有,但总算有一丝希望了。"

"让我猜猜,是给牛氏开发贷款,还是给新德福发债券?"

"你是神呀,还是早就知道?"说到这里我把饺子一扔,又加了一句,"你有消息也不早点儿告诉我!"

陈新阁说:"发行企业债的事今天才上会,这不一回家就跟你汇报。还有,牛氏贷款不用我说,你翻翻今天的晚报,整版都是牛氏先声夺人的广告。满城的人都知道你们和牛氏集团签订了全面合作协议。"

我笑了笑说:"这还差不多,我也是支持你们国资委工作嘛。给透露一下,景木要发债券?是什么项目?"

"你忘了,并购时景木就向董事会提交了一份产品转型报告,只是当时形势不明朗,就搁浅了。这多半年运行后,新德福的变化大家都看在眼里。他们上个月重提报告,准备以技术改造和特种钢产品生产设立项目,向社会发行三年期企业债券。"

我说:"你口风挺严的呀,再说你为啥不提示他们走技改贷款?"

陈新阁问:"你真不知道?"

"真不知道!"

"哦,你看你这行长当的。"他说完后也觉得不对,于是马上改口道,"我知道你不愿再去德福,但是王副行长和信贷员也应该多跑跑呀。算了,我和你说吧,这也不是啥机密。"他看了我一眼又继续说,"其实最早景木是想走贷款融资的,但是阎福海在会上插了一杠子,他想让德福直接从德福金融融资,肥水不流外人田。"

我又把饺子一扔说:"德福金融是小微企业贷款,他们给自己贷款就属于自融,是违反金融规定的。再说他们哪有这么大的资金量?"

陈新阁笑了笑说:"你看你急的,若他贷成了,还发哪门子债。你总是这样摔,一会儿破饺子你吃啊。"

我瞪了他一眼说:"别人不了解我,你还不了解?看见业务就不要命了,还吃什么饺子!"

陈新阁说:"你还别说,德福金融如今真是成事了。我不懂金融,但听金融办的孙主任说,人家自有资金就高达五十亿,平台吸收的资金也达到五十亿了,要不是小阎总控制规模,每天限定投资金额,肯定会更高。"

我又把饺子一扔:"怪不得我们的存款一直下降呢,敢情这些人都把钱搬到他那里了。这些人也真是的,一点儿风险意识也没有,一旦有风险,这些钱不就都打了水漂儿。"

"是呢,所以孙主任他们也在研究政策,不过既然国家允许金融创新,人家证照也齐全,关键是资本金按比例实实在在一比一在里面,监管也只能是监管。"

我说:"你们也学会趋炎附势了?有资本金就可以无限扩张,无视风险吗?"

陈新阁说:"这个你比我清楚,创新允许摸着石头过河,再说德福的下游客户都是几十年培养起来的固定客户，符合扶持小微企业政策，平台上一借一贷就是利润呀。如果没有更大的利益，阎福海那么聪明的人怎么可能卖掉德福的股份，投资金融？"

"不是资金转不过来吗？政府一边喊话要环保改造，一边限产能，新增贷款又被否，再说印尼那边又出了乱子，哪儿哪儿都需要钱，即便是躺平也不行呀。他转型也是被逼无奈吧？"说完我也觉得心虚，心想也许是阎福海早就盯上了利润更丰厚的资本市场呢。

陈新阁说："引入外资也未必是个坏事，即便你们给了德福贷款，但他们的管理跟不上，技术改造跟不上，产品创新跟不上，发展也是未知数。人家外资管理就是规范，不受外力因素影响随便改变自己的原则。就比如这次技改资金的募集吧，米永岩在会上几次提出要引入德福金融的投资，但都被景木晚秋否决了，后来阎福海又亲自上阵，讲企业的发展，讲德福金融的资金实力，讲自己和德福的感情，依然被景木否决了。阎福海可是德福的第二大股东呀，这在咱们的企业还不是一句话的事，可规则就是规则，为了企业健康发展，人家就绝对不碰政策擦边球。"

我嘴上说"能差多少，就是钱闹的"，但心里还是赞同陈新阁的观点，也不得不佩服景木的定力。我又问了一句："你们之前不是一直收到举报，说德福改制过程中有猫儿腻，现在这国有资产都转了两手了，还在查吗？"

"转几手也要查的，只是那些举报都是匿名的，找当事人核查都是一句市场波动，没有人为因素。这么多年过去，想想也许阎福海真是冤枉的呢。"

3

德福产业园在石城东开发区与市区接合处。园区西紧邻三环路，虽然在开发区，但去哪儿都方便。有几次去国资委开会，阎福海到了，我们还在路上堵着呢。它的东面是长江大道，道东面是石城最大的绿道公园，绿道公园占地面积二十六万平方米，和德福产业园一般大，里面有一个三万平方米的人工绿湖，绿湖的水是活水，南部是荷花淀，北面是芦苇荡，中间当然少不了亭台水榭、拱桥绿岛，弯弯曲曲的纳福河银链般连起了绿湖和三环外的民心河。湖边移栽的成年垂柳和一湖碧水相得益彰，绕湖而建的塑胶跑道目前依然是石城最好最长的，于是去绿道跑步成了石城人美好生活的一个标配。有些人别出心裁，早晨开车先去绿道跑一圈再去上班，也有下班相约到绿道松松筋骨的。周六、日和节假日人就更多了，一时间绿道公园成了大家休闲放松的好去处。但这两年去的人少了，人少并不是因为设施老化，也不是因为市区又修了更大的公园，而是因为德福的高炉粉尘。其实高炉是按照当时最先进的环保要求建设的，但随着产能扩大和设备老化，环保指数更加精细化科学化，那些高炉就有了超标的问题。再加上雾霾因素，大家就对高炉有了抵触情绪，连北边德福嘉园的居民们也天天打市长电话，就更不用说德福南边的绿湖健康产业园了，据说受德福影响，从开园到现在就一直半死不活。健康产业园的领导也是多次反映，但市里领导也下不了关停的决心，毕竟德福是利税大户呀。几次现场会之后，市政府下达了环保改造令。其实若不是环保要求，德福也不会亏损，也不会引进外资。我记得去北京申请技改贷款时，阎福海咧了咧嘴，他说："当初以为是块宝地，早知道这样，还不如搬到西山去呢。"

其实说这块地是宝地没错，只是不适合建钢厂。这块地是十年前企业搬迁置换的。当时我还跟陈新阁抱怨："好好的企业，非要搬迁，再说他们刚缓过来，正是开足马力扩大生产的时机，就又要折腾个啥？"陈新阁说："钢铁企业搬出市区是大势所趋，是环保要求，再说德福要扩产能，要技术改造，这是最好的时机。政府也给了企业最大的优惠，把开发区最好的位置给了德福。"我说："啥最好的位置，都到荒郊野外了。"当时三环还没建，三环路就是一条普通的路，一些不让上二环的拉煤的、拉石子的大车天天在那条路上跑，一有小摩擦小问题，就水泄不通。我有几次去东边的企业，愣是被堵了一个小时。反正我是觉得德福搬到那个地方不是好的选择，再者那些工人的家都在市区，如此大规模的搬迁，企业又要配班车，无疑又增加了成本。但是阎福海倒是很乐意，事实证明还是他看得长远。厂区面积扩大了五倍，新建了两座高炉，而且两年后还在厂区北边建了德福嘉园。

说起德福嘉园就不得不佩服阎福海的眼光，当时开发区的地价已经涨起来了，把工业用地转化为商业用地，要交一大笔钱。但他为了安置员工，还是把工业用地转换成了商业用地。因为不看好他这样做，我们就没有参与这笔贷款。我也说过，在石城银行同业中，我们行是风向标，尤其是在德福的贷款决策上，各行都向我们看齐。当时阎福海说我："你可把我扔半道上了，你好歹贷一点儿，也给那些行吃个定心丸，不然没有贷款，房子怎么盖呀？"

我说："这笔贷款我不看好，你知道那些企业为啥轰然倒塌，就是因为无序扩张，德福若是在北面继续建高炉，或建轧钢厂，我们可以考虑，但房地产不行，你在一个荒郊野外开发楼盘，而且地价这么高，我真不敢。"因为没有贷款，那块地闲置了小半年，但谁也没想到，半年间那块地地价却涨了30%，有开发商找阎福海合作，也有银行开始跟阎福海接触贷款事宜，但我仍然不看好。王副行长急巴巴地说："这是稳赚不赔的事，平白无故地价就涨了三十个点呀。"

我说："地价是涨了，但你卖地吗？落袋为安，现在涨是浮盈，再说就是因为地价涨，房价才涨，如果房价再高，没人买呢？毕竟这是开发区，以企业为主，居住环境还是差了些。"后来我又以鸡蛋不放在一个篮子里说服了王副行长，我说："市区好房地产项目多的是，还是把有限的资金放在高性价比的项目上吧。"其实我的意思是希望阎福海卖掉那块地，白捡30%的利润，然后一心一意打造他的钢铁王国。但阎福海没有听取我的建议，他从山西老家引进了牛氏集团，开发了德福嘉园。

这几年的房价我们是有目共睹的，拿到地就等于拿到钱，开发成功就愈加大赚一笔。但是因为钱，德福和牛氏一度闹得不太愉快，后来几年两家公司也没有什么合作，牛氏依然把主战场放在山西。其实也是因为这件事，我更加敬重阎福海。我就对陈新阁说过："阎福海还真不是唯利是图，企业家有这样的胸怀，业务做不大才难呢。"

阎福海确实是个聪明人，为了凝聚人心，也为了减少班车费用，开发初期，他让德福工会组织职工内部认购，价格比时下房产价格每平方米低五个百分点。等两年后交房时，房价基本上要翻番了，牛氏觉得亏了，就以水电气接通费为由，让当初内部认购的补交10%的差价。按说这也是个合理价格，比在售楼盘价格已经低了40%了，但员工们并不这样想，于是就到工会维权。牛氏和德福为这件事闹得不欢而散，最后各让一步，德福用工会经费支出了10%的差价。那也是一笔不小的数目，但阎福海就真金白银地替员工出了。员工能不爱这样的企业，能不以企业为家吗？后来连续几年德福的产能和利润都是快速增长，一方面是得益于国家经济建设拉动，一方面得益于员工爱厂如家。

其实在景木并购德福时，我还想过是不是该再搬一次家，就像阎福海说的那样，搬到西山脚下。但也只是想，如今因为环保一票否决,当务之急还是做好技术改造。我看了看眼前的两座高炉,心里不觉一惊,难道停产了?再细细看,才发现似乎有一丝青烟袅袅飘荡。小李经理说:"原计划一年的环保改造,景木只用了半年就完成了,你说这日本人还真是厉害啊。那些卖掉德福嘉园房子的人亏大了,德福技术改造一完成,房价立马又涨起来了。"

说话间突然看到景木晚秋带着景木子舟在门前等候。我快步走了过去。说实在的,这么多年我服务过无数个大大小小的企业,但这种待遇还是第一次。随后,景木晚秋和景木子舟带着我们参观了厂区。乍一看厂区没有什么大的变化,但仔细看却发现园区一尘不染,停车位画了线,每辆车都车头向外停得整整齐齐。在原料存放区,那些矿石铁粉不再是山一样堆在一起,而是用活动的田字格囤在一块儿,这些小小的细节如熨斗般突然间就熨平了半年来我心中那挥之不去的伤感。那两座每日吃进去两百万的高炉也像转换了秉性一样,不再大鱼大肉,而是喜欢上了水果青菜。景木子舟说:"这只是第一步,下一步我们要继续改造。"

回到会议室,景木晚秋说:"蒋行,我们就不兜圈子了,既然我们并购了德福,就是想让它再上个台阶。"说完就让景木子舟打开投影仪,介绍他们的发展规划和可行性报告。

他们的规划和报告不长,没有穿靴戴帽,内容却特别翔实。大到新厂建设上马,小到每周安排,每一项都有精准的排期。让我没有想到的是,他们还要买下路南的健康产业园区,在健康产业园区建一个"特种钢厂"。据景木子舟介绍,目前政府已经批准了这个规划,但前提是,景木要转让他们的最新核心技术。我看了一眼时间表,下周景木就要向德福转让"冷轧不锈钢'短流程'制造技术",这可是德福赖以做大做强的法宝。

我的心再次激荡起来,我看到了企业的发展前景。启动这么大的项目,单靠自筹资金是不现实的,也就是说新德福需要融资。在我们这个行业,有个不成文的定律,那就是:"站着贷款,跪着吃饭;跪着贷款,站着吃饭。"好企业、好项目大家都会上门找企业,景木把我叫来却是个特例,我知道他是在兑现承诺,我不由得感触万分,没想到景木竟然这么诚信。我不想说那些客套话,当即表态,一定尽最大努力为新德福争取最优惠的贷款利率。景木晚秋说:"这个项目,我们预算大概需要投入八十亿,目前我们自筹三十亿,也就是说还有近五十亿的缺口。我们董事会达成一致,拟向社会公开发行三十亿债券,从银行直接融资二十亿。"

我把兴奋压了又压,再次表态:"我们行是全市网点分布最广、客户最多的,如果会长信得过我们,我们愿意做债券的承销商。另外,项目贷款报告我今天回去就着手准备。"

以往谈项目时,只要我表态,那些企业不是千恩万谢也是热脸相迎,没想到此时我的一腔热情却没有得到相应的回应。景木子舟象征性地点了点头,景木晚秋依然面无表情地说:"蒋行长,同等条件下,我们一定选择你们行,但这毕竟是一大笔资金，我们也会向其他行询价，希望你能理解。"

我第一反应是景木要么要拿一把，压缩我们的利润空间；要么就是想多头开户，引入竞争，以谋求利益最大化。我想真是一朝天子一朝臣，如果是阎福海，哪儿会有这一出？确实，这些年大、中、小股份制银行如雨后春笋般往外冒，虽然国有银行依然是市场主体，但市场就那么大，哪家不分一块蛋糕能活下来？更不用说挤进市场来并不是为了活，而是为了做大做强。船小好掉头，这个道理大家都懂的，小股份制银行就势把劣势转化为优势，在存款争夺中，利率高一个点就吸引了一大批客户，何况他们还经常绕开监管搞一些有奖储蓄的名头，比如存一万元送袋洗衣液，存十万元送桶油。

不过面对新德福，我还是有信心的。心想大不了就是招标，再说这毕竟是一大笔资金，其他行未必敢接这个招，即便接也要走银团贷款，小行是不敢把鸡蛋都放在一个篮子里的。凭借我们的资金优势，不管是吃独食还是组团，主办行的地位是动摇不了的。但想归想，脸色却有些严肃，毕竟上赶着不是买卖。我想，我这些年把心都扑在德福身上了，你之前也答应得好好的，如今却要货比三家，可是这就是现实，谁让人家是有潜力的企业呢。

我回到行里不久就接到了米永岩的电话，他抱歉地说今天他在工商局办特种钢厂的手续，又说让我放心，他会尽力帮我们行争取的。临了他叹了口气说："其实这么一大笔投入,还是有风险的,景木也是想尽量分散风险。"

我知道他在解释,就讽刺地说:"这笔融资金额这么大,如今德福又成了香饽饽,大家都去分一点儿可以理解,谁让当时我们的贷款没批下来呢。"

米永岩说:"咱们这么多年的老朋友,我就不拐弯抹角了。目前呢,有两个方案,一个是走银团贷款,让你们行组团,一个是你们独家。当然了我和阎总都希望独家,而且这么多年来也是这样过来的。但日本人毕竟是大股东,咱们有些事还是拧不过人家。对了,你最好让陈主任出个面,毕竟政府的面子他们还是要给的。"

我笑了笑说:"算了,老陈那个人你也不是第一天认识,再说组团也未必是坏事,风险还小呢。之前若不是独家,其他行能支持一点儿,那笔贷款总行也许就批下来了,你们也不至于把德福的股份转给日本人呀。"

米永岩在那头笑了笑说:"嗯,其实银团贷款还真是个好办法,昨天阎总还和我说这事呢,阎总说在董事会上他当然要投你们一票了,他说只有让你们当牵头行他才放心。"

我心里一热,说了声谢谢。米永岩接着说:"再给你个好消息吧,德福印尼那边也扭亏了,目前发展得不错,印尼那边也在申请立项,一旦审批通过,贷款就走咱们行,那边咱们说了算。"

我再次说了声谢谢,心想朋友还是老的好。放下电话,我把王副行长和李经理叫过来,安排新德福项目融资的事情，让李经理立马跟进特种钢厂项目，尽快拿到环评报告和相关批复，并做出两个可行性方案，一个是独家投资，一个是组银团贷款。王副行长说："不用两手准备，一手就行。"

我以为他是觉得银团贷款是多此一举，毕竟这么多年德福的业务都是我们独家办理，但如今大股东换了，还是要多一手准备。于是我说："银团贷款是大势所趋，也是分散风险的重要机制，我们作为主办行可以拿出一半的份额分给其他银行，我们给其他行让利了，其他行以后有项目也会分我们一杯羹。"

王副行长说："对呀，我就是这个意思，所以说就不用耗费精力再做独家的方案了。"

李经理没说话，但也点了点头。我有些不悦地说："两套，我们先报独家，银团是退而求其次。"

王副行长说："何必做那个无用功呢？其实人家能给咱们一半份额已经很给面子了，德福金融那儿有近五十个亿呢。"

我看了一眼王副行长，问："阎总还有股份在里面，德福金融有一百个亿也不能自融呀。如果想投资就回购一些股份，何必找自融的麻烦呢？"

王副行长说："阎总当然想回购了，可景木家会让出股份吗？即便是让，价格也要翻倍了，别看只有半年多，可人家已经完成技改，又跃跃欲试买地建特种钢厂，在这种时候换作你也不会减持手中的筹码吧。"

我点点头说了声:"是呀,阎老板当初以为捡了个便宜,现在肯定后悔死了,好在还有股份在里面,好在还有一个德福印尼。"

王副行长说:"前几天,我和李经理在谈牛氏地产项目时,小阎总也过来了,他明确说这次要跟咱们一起做特种钢厂这个项目。你想景木不肯转让股份,那让德福金融参团他总不能拒绝吧。"

我一下就明白了,也就是说景木不想让德福金融参与进来,不管是独家贷款还是组团贷款,德福金融都不符合条件。我理解这种新旧掌门人之间先天的矛盾,我想我能做的就是抓住这次机会,同时我也提醒王副行长和小李经理不要卷入他们的利益博弈中。

王副行长说:"一种东西的成本是为了得到它而放弃的东西,为了新德福的发展,景木也不会违背经济学上这最普通的原理的,我们为何不就势拉德福金融一把呢?"

我看了一眼王副行长,心想他是啥时候被小阎总收服了,但是我知道德福金融他们这是瞎忙活,因为德福金融不具备参团的资格,我也犯不着跟他争论,于是就说:"当然,只要它能套进政策红线。"

4

《石城新闻》里播放了两则消息,一则是石城通过了文明城市验收。在这条新闻里,德福环保技术改造作为措施之一上了头条,绿湖、绿道、德福高炉和蓝天白云遥相呼应,播音员声情并茂地说:"德福产业园被列入石城工业旅游景点。"然而我并没有以往的兴奋,心中反而有一股说不出的失落,仿佛德福就是我费事巴拉种的一棵树,长大后果子却被别人摘走了。我想关掉电视去外面走走,但随后天气预报中的背景却吸引了我的目光。原本石城的背景是绿道公园,今天却换成了牛氏广场。我"喊"了一声,心想是牛氏太高调还是电视台被钱砸晕了,刚拿到地皮就敢放背景广告。本来今天就够烦了,在单位因为牛氏的贷款额度和王副行长红了脸,在家因为要买牛氏商品房惹得陈新阁不高兴。看完天气预报后,我心里越发烦乱,便起身下楼到小区里转转。

我们小区虽然老旧,却是石城如今为数不多的多层住宅,楼间距够大,院里花草树木因为长得时间久而处处透着岁月之美。楼两旁的法国梧桐又高又大,冬天枝干像北方汉子粗粝坚韧,夏天华盖和球果在风中窸窣作响,藤蔓月季从初夏开到隆冬,有些花竟然能顶着冰挂惊艳一整个冬天。房改后,我和陈新阁买下了这套三居室的房子,再后来德福嘉园、湖畔庭院等一批商品楼盖起来时,阎福海劝我换套房子。我确实也动过心,但终究是没搭上房产的车。一来陈连珠要去留学,我们资金紧张;二来那些开发商多多少少和我们行有业务关系,我不想淋湿了羽毛;三是我们这个三居房还过得去,小区在市中心,去哪儿都方便,像陈新阁他们这些单位就在附近的人，上下班连车都省了。但是这几年随着城市改造，新楼房雨后春笋般冒出来，院里的不少人家也都买了新房，高调的大张旗鼓买房卖房，低调的私下里默不作声地就买了第二居所。人气一减，房屋愈加老旧起来，当年的五层没觉得如何，现在却总是上去了不愿下来，再说下来也没有什么活动场地，楼前原本的绿地被停车场占去一多半，月季也因为影响停车被砍掉了。珠珠回国后，我和陈新阁也商量着买套新房，但是我们对新房的位置有分歧。陈新阁倾向于二环外西山和绿道公园附近的房子，他喜欢安静、密度小，有个小院，种种花草青菜。我说："那还不如回老家呢，那些小院怎么和老家的大院子比呢。"在这点上，我不想让步，我喜欢市中心，比如牛氏广场，去医院、商场方便，更重要的是出门就是地铁站，一刻钟就可直达火车站。也就是说，只需要两个小时我们就可以到北京看到珠珠了。陈新阁说："你们可是和牛氏签订了全面合作协议的，不怕别人说三道四？"我说："都快退休了怕啥？再说，我按市场价买，又不搞特殊。"陈新阁耷拉着脸说："那就随你吧。""随你"看似授了权，但我知道实际含义却是他不同意，不同意也就会在未来埋下好多隐患，落下好多埋怨。

  我憋着气在小区转了不到半圈，就被隔壁的建筑挡板吸引过去了。我们小区的道路北侧就是牛氏广场那块地。那块地上的住宅大部分已被拆除，只有一两栋突兀地立在那里，但也是掀了房顶，没了门窗，一副没落的样子。还好政府北门、德福大厦西边和牛氏南门前的城市客厅没有受到影响。已经是绿肥红瘦的时节，除了紫薇花和月季，红枫也在绿意中让人眼前一亮，只是不时有雨丝裹挟着灰尘飞过来，让人刚一进来就不得不逃离。雨丝和灰尘是从西侧隔板围挡上穿越而来的，随之而来的还有嘟嘟嘟的声音。我从隔板缝隙望过去，只见几台挖掘机已经把南侧挖出一个大坑。施工现场应该是规划中的牛氏商场，那么这个大坑就是地下停车场了。我心里暗暗佩服，牛董真是个生意人，懂得机会成本，懂得时间就是金钱。

下午，我们给牛氏集团的三亿元开发贷款已经报到省行了，按说这是件好事，应该高兴，但为了这笔贷款我却惹怒了王副行长。牛氏地产项目是王副行长对接的，按照规划，我行在手续齐全的情况下将为这个项目提供二十亿元融资，当然是分期分批进行。今天我在审核商业地块和酒店地块的五亿元开发贷款时，发现目前启动的只有商业地块，酒店地块还没完成拆迁，所以我就砍掉了两亿元。王副行长一脸的不满意，他说："牛氏这么好的企业，人家拔根汗毛都比咱们的腰粗，早晚都是给，早给早高兴，早给早收利息。"我说："还是按制度来吧，按照开发进度逐笔发放，对企业、对我们、对上级都好交代。"

王副行长劝我："千万别打错了主意，这样的百强企业，如果不是德福引荐，我们根本就跟人家攀不上关系。"言外之意是，如果我们惹恼了牛氏，人家从别家银行贷了款，我们想贷人家也不要了。我知道王副行长说的是实话，早在牛氏要来石城看地时，各家银行就把牛氏当成一块肥肉了。当时面对火爆的房地产市场，专家们都说要降温、降温，但房价却一天天攀高。好的楼盘一放出来就被抢空，刚需的抢，投资的也抢。几年里，借着房地产热，牛氏从山西到冀鲁豫再到海南，用牛董的话说就是："你给我一个信任，我给你一个五星级的家。"

跟牛氏集团签订战略合作协议不是我的主意，我也明白这是王副行长和其他行竞争的需要，就像"跑马圈地"，况且这也符合总行、省行的政策。牛氏集团拿到地王后的一个月，就拿出了牛氏广场的整体规划方案。对这个规划我们倒也不吃惊，因为在所有省会城市，牛氏集团都是一个模式、一个"牛氏广场"品牌。"牛氏广场"有酒店、商业综合体、写字楼，还有牛氏华府。在大家眼里，房地产商是赶上了好时机，运气所致，但我仔细研究了几个大房地产商的背景后发现，胆大运好的确实有之，但更多的是有资源、有头脑，也有魄力的人。就拿这个牛董来说吧，活脱脱就是一个现代版的晋商传奇，从买商铺扩展药店的小老板到牛氏房地产集团，是运气，也是能力和胆略。就像王副行长说的那样，每一步都踩在了点子上。

牛董每次说起自己的发家史，总说是祖宗保佑。牛董的祖上当年在石城开着一家晋通商行，主要贩卖茶叶和副食调料。牛家就靠着这些小宗买卖，维持着一家人的生活用度。

抗战胜利后，牛家那个保定陆军军官学校毕业的大伯到石城驻军，晋通商行在牛家大伯的庇护下又增加了药材和药品买卖，而且在牛家还总能买到市面上找不到的紧俏物资药品，一时间生意就红火起来。石城解放前夕，牛家大伯受一桩违禁药品买卖连累，被撤职查办，晋通商行也就关门回到了晋中老家。牛董小时候几次要出门闯荡，都被父亲拦下了，父亲对他唯一的要求就是守着小药铺安安稳稳过日子。父亲临终前从炕洞里取出了一把玉算盘，父亲说："这是共产党买药品时押在咱们货栈的，但是没想到那个共产党一出城就被打死了，咱们家是有口也说不清楚，共产党那边没法交代，国民党又说咱们是共产党，所以在出事当天，咱们就关了货栈回老家了。"父亲叮嘱他，"咱们就是做生意的，有生意就做，但不害人，也不赚昧心钱。如果有机会能找到玉算盘的主人家，一定要把玉算盘还回去。"

1990年，牛董为了扩大药店的经营，就买了晋中花园一层的底商。可谁知没过多久，晋中花园的开发商因为土地变性问题解决不了，再加上资金链断裂，晋中花园就变成了烂尾楼。售楼处每天都被老干部和那些买了楼花的人围个水泄不通。牛董和那些受害者一起去讨了几次说法，也不见效果，于是他就悄悄调查背后的问题。发现晋中花园土地是干休所的家属楼，被开发商忽悠签订了搬迁改造协议。楼盘烂尾后也有几家开发商想接盘，但都被土地问题吓回去了，大家谁也不愿找这个麻烦。在别人天天在售楼部维权时，牛董找到了那些老干部，请他们出山向组织反映问题。在沟通时，他遇见了章十八，那时章十八刚从北京回到原籍平远，住进了平远干休所。他像魔怔一样，逮住谁就问人家见没见过玉算盘，认识不认识晋通商行的后人。牛董听章十八提起玉算盘心里一惊，刚要把玉算盘的事情说出去，眼前这位县里领导都尊敬的老干部让他看到了老天赐给他的商机，于是牛董说他有个远房大伯过去在晋通商行当过伙计，等他忙完这个项目，他就去帮忙问一问。

再后来，在章十八的帮助下，牛董拿出全部家底接手了这个烂尾楼。当时家人都反对他接这个盘，因为无论是政策还是市场，都有风险和巨大的不确定性。但牛董还是接了，别人说他胆子大看得准，确实他是看准了偌大的干休所老干部安置楼封不了顶，就会天天硬茬茬戳着晋城的眼睛，他想政府不可能不管，再者就是他还有玉算盘托底。他想如果实在不行，就拿出玉算盘换政策支持。但还没等他使出最后一招，在市政府和章十八等老干部的支持和努力下，问题就得到了妥善解决。老干部安置楼虽然一分钱没挣，但盖得漂漂亮亮。那些老干部满意了，政府支持力度就更大了，牛董用政府提供的无息贷款把烂尾楼建成了标杆工程，既赚了银子又赢了口碑。

在晋中花园复工时，牛董几次想把玉算盘还给章十八，但每次拿出来又都放了回去，项目没完工，不知还会出多少问题，他想还是等项目完工后再还吧。但项目还没完工时，章十八就走了。那天送别章十八时，玉算盘就在他车上，但是在看到石程锦和她从北京远道而来的哥哥姐姐时，他又改了主意。

房地产业务每上一个台阶，牛董就会拿出玉算盘看一看，他想还是再等时机吧。十多年后，牛氏在汾河西岸的别墅项目被山洪冲塌引起资金链断裂，他前去平远县城找石程锦时，才知道她已经病逝了，于是他去北京找到了章家大哥，把玉算盘还给了章家，当然也换回了贷款，换回了政府对牛氏更大的支持。

我绕着牛氏广场走了一圈，发现售楼部已经盖起来了，虽然外围有隔板挡着，但两根高大气派的罗马柱透着雍容华贵，几个工人借着灯光还在粘贴花纹和浮雕。这时从里面传出来一个声音："你去开一下电源。"声音还没落地，就听到"噗噗"的声音，与此同时，隔板上面蹿出丈高的喷泉。城市在一天的忙碌和喧嚣过后已经趋于安静，但牛氏广场的施工现场却没有歇息的迹象。我不得不佩服牛董的管理，一瞬间我怀疑自己的坚持是不是错了，我想如果明天省行还没走流程，就把王副行长那五个亿的报告提交上去。

第二天一上班，我就把王副行长叫了过来。我本以为王副行长会像以往那样得理不饶人，有事没事绕半天，没想到他却直截了当地说："好了好了，你别检讨了。昨天我跟牛董汇报完咱们先给三个亿，牛董倒没说什么，但被旁边的小阎总截和了，人家小阎总一个电话就转过去了三个亿。"

我问:"德福金融虽然是私营企业,但也要走贷款流程呀,他们不提前看项目就这样盲投?"

王副行长说:"什么盲投?人家才精呢,人家是盯着咱们的项目,咱们看好的,人家直接跟投。本来这笔我是不想给他机会的,可你非要分期分批,这不就让人家捡了便宜。"

我想想也是,这么多年,我们行等级评定和风控是业界比较严格的,别说我们认定的,就是稍微差一点儿的在别的行眼里也是好项目。我叹了口气说:"看来我是小看这个小阎总了,原本以为他就是小打小闹试试水,没想到他还真是有想法呀,看来以后不能轻视他了。"

王副行长说:"是呢,这个富二代还真是挺上进的。对了,昨天他说阎总今天回来,晚上要和咱们一起聚聚呢。"王副行长话音未落,阎福海的电话就打进来了。我急忙应承:"好呀,我事情没办好,正想找机会检讨呢。"

晚餐设在德福大厦也就是今天的德福金融三楼。德福大厦就在我们小区附近,我想好久没见阎福海了,以他的脾气肯定会让我喝几杯,于是先把车放到家中,等我进去时才发现牛董和阎福海已经坐在里面喝茶了。包间是搬迁前常来的枕石轩,"枕石轩"三个字依然醒目地挂在北墙主人位上面,房间却处处透出新装修的痕迹,比方说原来万字纹的窗格换成了回字纹。我还记得当年阎福海给我讲这个万字纹时的样子,他对我说:"蒋行,这是个风水宝地,也是我的福地呀,感谢政府给我们留了这块地,我盖德福大厦不为盈利,只为纪念。"他还说其他楼层都可以租赁出去，但最高层他要留给德福。他把电梯右侧的房间建成了展示德福发展史的荣誉陈列室和德福文化墙。为此小阎总不满地跟我嘟囔："我爸的脑袋进水了，浪费那空间做啥？以为是老家的老院子摆放祖宗牌位呀。"那天阎福海竟然扇了小阎总一记耳光，他说："这就是德福集团的祖宗，只有敬着它，企业才会福寿绵长。"

守着德福集团祖宗的办公室和一大两小的包间在电梯左侧。大包间就是"枕石轩"，推开窗户就可以看到西山，更为惊奇的是夕阳西下时，德福大厦的剪影仿佛就枕在西山上。这一层的窗户全是中式窗棂，窗棂上是连绵不断的万字纹，我虽然对中式装饰没有什么研究，但也知道万字纹肯定是阎福海精心挑选的。有一次总行领导到德福调研时，领导笑着问我："这是什么意思？"我说："就是好呗。"领导说："他们这是取了万字纹绵延不断的意思，这么注重细节的企业确实有发展空间。"我当时嘴里应承着，心里却笑领导和阎福海一样爱"显摆"。我想这是哪儿跟哪儿呀，阎福海起步时靠的是金算盘不是万字纹。但看着领导一本正经地把它和管理细节生拉在一起，我就忍不住笑，联想到那句"说你行你就行，不行也行；说你不行就不行，行也不行"。以至于后来在德福产业园的新德福大厦看到万字纹时，我自己还忍不住扑哧笑了出来。

望着新换的回字纹窗棂，我的心突然被扯了一下，我想阎福海不只是重新装修这么简单，而是用"富贵不断头"为自己鼓劲，也为德福祈福，就像回字纹新窗棂下面的那个白色的空气净化器一样，不声不响悠然地吐故纳新。我知道，阎福海是不甘心就这样退出江湖的，他在自己的福地上筹划着更大的蓝图。

"都是做金融，你瞧瞧人家多滋润，天天要存款的挤破头，我们却左一个作揖右一个拜年的。"正和小阎总谈笑风生的王副行长看见我，就像个受了委屈的孩子向我抱怨。我心想这能比吗，做了半辈子金融了，不明白收益和风险成正比的道理？但我不想在客户面前和他理论，赶忙上前与牛董握手，并半嗔半怒地抱怨阎福海不提前告诉我。阎福海立马露出一副被冤枉的表情，他说他也是下楼时碰到了牛董，都是自己人，就叫上了。我知道不可能是碰上这么巧，虽然牛氏集团租赁了德福大厦五层的办公楼，但这两个百亿身家的人，每天的活动都是满满的，怎么可能碰巧？以我对阎福海的了解，他不会做无用功的。我笑了笑，揶揄阎福海："还是阎总贴心，给我们引荐了牛氏这样的黄金客户。"

大家坐下来后，我才发现，今天的饭局只有我们五个人：阎福海、小阎总、我、王副行长，还有牛董。我心想这不是阎福海的风格呀，至少应该叫上米永岩、景木等那些董事和高管呀，难不成真有什么重大事项要讨论？可若是重大事项就不会叫上王副行长呀。恍惚间，阎福海举了举手中的红酒说："见到咱自家人真是太高兴了。"我把眼前的红酒杯晃了晃说："给阎总接风啊。"大家都笑着说："接风，接风。"只有王副行长画蛇添足道："阎总有事就尽管吩咐。"

我向王副行长那边瞟了一眼，本意是提醒他少说两句，可他看也不看我，依然自说自话："客户是我们的上帝，是我们的衣食父母，你们前期的贷款一剥离，我们这几个月可惨透了。"

"哈哈，你看我们真是不拿自己当外人，把你们的主场当成我们的主场了。"我有些嗔怒，也有些调侃地制止了王副行长。

阎福海放下酒杯清了清嗓子说："今天在座的都是自己人，一家人就不说两家话了。我确实有事要跟大家商量。"这时服务员来送例汤，阎福海说："今天这汤里加了猫屎咖啡，大家快尝尝味道怎么样。"

我抿一小口后咂咂嘴，舌尖真有一些醇厚，笑着问了句："这是谁的发明？"

阎福海说："万小方，没想到吧，他之前就这么喝，我一直觉得怪怪的。这几个月跟着他在印尼，试着喝了喝，没想到还真是别有滋味。"

牛董说："你可别忘了人家是大上海人，骨子里都透着精明。"

小阎总立马连连点头："是呢，不过我们晋商也不是白叫的。"

阎福海端起酒杯说："早都全球经济一体化了，还分什么这商那商，所有的一切都是拿利润说话。多跟你牛叔和蒋阿姨学着点儿。"

牛董笑了笑说："年轻人的路还长，多历练吧。"说完向我举了举杯："蒋行，我借阎总的酒敬您啊，我在石城的项目还靠你们行大力支持啊！"

我受宠若惊地站起来，绕过阎总走到牛董跟前说："相互支持，不当之处，您多理解啊。"我本来是想借机解释一下那笔酒店地块贷款的事，没想到王副行长也站了起来，他端着一大杯白酒说："牛董就放心吧，我们行是最规范的，但也是资金实力最强的。"牛董的脸暗了一下，但旋即又明亮起来，他也重新举杯道："合作愉快！"

阎福海带着小阎总鼓起掌来，牛董说："此时确实应该有掌声。"说完他又提议大家都满上杯里的酒，为下一步合作再干一杯。大家落座后，阎总又给我满上一杯，他说："我要单独敬蒋行一杯，感谢这么多年的鼎力支持，也希望今后一如既往地支持。"

我知道他话里有话，如果没有重要的事情要说，他也不会组这个局。此时已酒过三巡，我用手盖住酒杯说："咱们就别客套了，有什么事情你就说吧。"

阎福海说："这些天我一直在反思，如果当初忍一忍，不转让德福的控股权该有多好，可世上没有后悔药。不说钢价回暖，就说特种钢厂利润空间也比咱们老德福大多了，我就想借着新德福融资的机会，让德福金融搭上车。如果特种钢厂项目出现问题，我们德福金融就债转股，不让银行担一分风险；如果项目顺利，能收回贷款和利息，银行和德福金融都能实现不错的收益。"

阎福海这样直接反而让我说不出话来，我明白他后悔卖掉德福控股权是真的，别说他，就是我想起这件事来都心疼，但给新德福融资的事情别说我做不了主，就是做得了主，也不可能带着德福金融一起做，银团贷款要看各家金融机构的资质，从严格意义上说德福金融还不是真正的金融机构。我笑了笑说："愿望是好的，但事实上行不通啊，不如让新德福留出一部分额度，直接从德福金融融资或者德福金融直接回购一部分股份。"

阎福海叹了口气说："蒋行，我都试过了，日本人不同意。初步意向是这个项目的融资打包解决，走银团贷款，实际上就是想把我们堵在新项目之外。我当初也是昏了头了，总觉得基建走下坡，钢材也会跟着走下坡，没想到丢了控股权，就真做不了主了。所以无论如何请蒋行再拉我们一把。"

我知道自己被架到火上了，这么多年来阎福海和德福一样，在我心里就是一座丰碑，我习惯了他成功者的高大形象，在强者面前我总是可以毫无保留地说出自己的意见，就像当年我拒绝给德福嘉园贷款一样，但此时"不行"两个字却成了我的负担，我说不出口，那一丝落寞、一丝乞求的眼神挡住了嘴边的大道理。我叹了口气说："组团的事我们说了也不算，关键还得看企业，再说我们能不能牵这个头也是未知。"

阎福海说："我明白，只要你答应，剩下的工作我来做。"

我不知道阎福海在这里等着我呢，只好"嗯"了一声。我还想解释，即便企业同意，总行看到我们和一个金融公司组团，这笔贷款也未必能通过审批。但还没等我说话，牛董就再次举杯，敬我和王副行长，他说："牛氏广场正连轴转赶工期，我在这里表个态，争取早交房早还贷款，加快资金周转，实现双赢。"说完他举着酒杯站了起来。

"谢谢牛董，我们一定不掉链子。"王副行长端着酒杯走了过来，我也只好再次起身表态。干完酒杯里的酒后，王副行长竟然煞有介事地让服务员给他满上酒来敬我。他说："跟着蒋行干活儿就是得劲，眼看着我们行就跌入谷底了，没想到蒋行的算盘珠子稍微一拨拉，我们就噌地一下拉了一根大阳线。"别人跟着鼓掌说："这杯确实该敬。"我瞪了一眼王副行长，说："别让人家笑话了，你出门去看看德福文化墙，看看人家的辉煌历史，就知道是企业成就了我们。"

牛董说："阎总，认识这么多年了，我可是还没有参观过呢，不会是怕秘诀外传吧？"

阎福海说："败军之将还谈什么秘诀，你若不嫌弃，咱们一会儿就过去看看。"说完就吩咐小阎总去安排一下。正要举杯敬酒的小阎总高兴地说了一声"遵旨！"，就兴冲冲地出去了。

其实这个荣誉陈列室和文化墙我看过好多次了，过去每次阎福海请客吃饭前都要带大家先来这边看一看。我有一搭没一搭地转悠,忽然发现原来那个五一劳动奖章下面的玻璃柜里多了一把算盘,而且这把算盘和钱念宗教授家的算盘一模一样。虽然时隔多年,但我绝对不会记错算盘的样子,何况这两把算盘右下角都是圆弧形,也就是钱念宗教授说的"如意"造型。我记得清清楚楚,钱教授说他家的金算盘是仿品,那么这把是仿品还是真身?在我凝神间,小阎总带着工作人员走过来用钥匙打开橱窗锁,然后递给我一只白手套,说:"蒋行,你摸摸这手感。"

"这孩子,就会显摆,蒋行长是珠算冠军,啥算盘没见过。"阎褔海转身又对我说:"蒋行,你是专家,快来给德福金融指点一下。"我只好跟着他来到荣誉室新增加的德福金融的业绩图前。还别说,资产负债率在50%以下,不良资产率只有0.1%,再看业务发展指标,每个月都是突突往上涨。我不由得说了句:"可以啊,青出于蓝而胜于蓝!"

王副行长说:"所以卖掉德福钢铁的股份也不亏啊。"

大家都没接他的话,一时间气氛有些尴尬,小阎总拉了一下发呆的我说:"蒋行,都说你的算盘比卦还准,你用算盘也给我们算算?"

牛董说:"早就听说蒋行会算,今天让我也饱饱眼福。"

王副行长鼓掌道:"那你就随意报个数,让蒋行露一手。"

我知道再推辞就有些拿捏了,就冲着小阎总说:"那就把手套拿过来吧。"

阎褔海说:"自己人戴什么手套呀,若不嫌弃,送给你都成。"

我哈哈一乐,想起当年他说的第一桶金的事,想说我手里可没有批条,但看着阎福海一本正经的样子我还是把话咽了回去。我知道如果我敢把融资份额让给德福金融一半,依阎福海的性格送给我也不是不可能。这时小阎总把算盘递到我手里,再仔细看,果然和钱教授那个一模一样。这时小阎总说了个113,说完他又解释了一句,这是截至昨天德福金融的资产规模。

我愣了一下,双手就噼里啪啦地算了起来,还别说,算盘的手感太好了,既温润又有质地,声音风铃般清脆。只是落珠间有一丝生涩,我想应该是很久没有用过的缘故。所有运算完成后,我还沉浸在像春风似春水的回旋中时,只听王副行长说了一声:"不会吧!"

王副行长的声音把我拉回盘面,上面两颗珠子,下面五颗珠子,靠着横梁像一道山峰。我知道这是个没有归一的"否"。

我瞪了他一眼说:"啥不会?我们只是向空中抛了硬币,又没定朝上是成还是否。"

"七上八下。失之东隅收之桑榆,德福钢铁固然好,但德福金融会更好。"牛董话音未落,王副行长就带头鼓起掌来。

钱世之四：盘珠

1

石晓北走在大街上，他想找找荣昌号的影子。他对特意从石城银行赶来接待他的侄女石程锦说："我隐约记得荣昌号就在我家右边，不超过五百米的距离。"

老街依旧，年轻人潇洒地走过，即便是停下来的也都摇摇头说不知道。稍微知道点儿的老人们也都摇摇头说："哦，荣昌号呀，别找了。"说完又摇摇头离开了，仿佛说一说都会沾上晦气。石程锦跑到文物局，到县志里翻，希望能有一点儿线索，但依然一无所获，仿佛荣昌号从未存在过一样。

从石家大院往右走了几个来回，石晓北说："还是刻在心里的事比那些建筑长远呀。"说完两个人又一次从石家大院出发，石晓北一边迈步一边数。石程锦看着他吃力的样子，几次喊他停下来，但石晓北都像没听见一样自顾自地走着、数着。石程锦知道他在丈量什么，既然不能让这个老小孩儿停下来，她就只好跟在他身边。大约有一刻钟的工夫，石晓北气喘吁吁地停下来对石程锦说："如今老了，步子小了，我多走了两百步，应该就是这个地方了。"石程锦抬头向街边看看，此时两个人正站在一家莜面馆门前。于是两人进了莜面馆，挑了个临窗的位置坐下。

莜面馆不大，墙上挂着一水儿的褐色木雕牡丹，和木桌、木椅倒也相映成趣，可以理解为古香古色，也可以说是返璞归真。还没等石程锦招手，一个鹤发童颜的老先生就端着一个漆盘过来，漆盘上是一把老式青花壶、两个茶杯和两碟小吃。石晓北冲老者笑了笑说："有劳老哥哥了，敢问这是您的祖业还是租的门脸？"

老者笑了笑，用比较拗口的山西话说："是祖业，也是新租下的铺子。"然后所答非所问地说，"人老了，就想落叶归根，漂泊了半辈子，就是想家乡这口呀。"

"是呀，是呀，是祖业为啥还要租呢？"石晓北问出了石程锦想问的话。

老者给二位斟上茶后叹了一口气说："说来话长，不说也罢。"然后就黯然离开了。

石程锦翻开菜单，菜没有几样，但面食不少，她点了两份青菜、一份莜面鱼。饭菜上齐后，老者又走上前说："你们也不是本地人吧？我再给你们上一盆豆面糊糊吧，这是我们家传的糊糊，只赠不卖。"

石晓北问："你们家？老哥哥贵姓？"

老者笑了笑说："免贵姓赵。"

老者走后，石晓北对石程锦说："对不上啊，可惜对不上啊！"然后又摇了摇头说，"要说豆面糊糊，就数荣昌李家做得正宗。两家票号联盟时，过年过节荣昌李家总是差人送一袋豆面糊糊，母亲说同样是豌豆、花生、核桃仁和芝麻，人家的就香甜滑嫩。我嫂子李桂芝几次回娘家，不管李老东家怎么宠爱这个孙女，但就是不给配方，反反复复就一句话，传男不传女，喜欢吃尽管来拿，想吃多少都行。"

石程锦说："荣昌号在抗战胜利后就被查抄了，房子、银子、田地全部归公，荣昌号的老东家和少东家全部以汉奸罪被枪毙了。据说只有留学日本的小儿子逃过一劫。中日建交后，我石爸爸托我章爸爸找过李家的小儿子，但是一直没有找到。荣昌李家的糊糊咱们是吃不到了。我章爸爸也说荣昌李家也没做多少坏事，只是太想挣钱了。怪就怪他们和日本人合作。"

石晓北说："和日本人合作，就是汉奸，国民党也好，共产党也好，对汉奸都不会姑息。你祖父最欣慰的是你父亲没有学荣昌李家。如今想想都后怕，如果为了赎回金算盘和日本人合作，到头来真要落个人财两空了。"

石程锦点点头，但还是忍不住嘟哝了一句："可是父亲后来还是……"

石晓北把头扭向窗外，一缕阳光照进来，石程锦从玻璃上看到了叔叔石晓北眼中的泪花。豆面糊糊端了上来，老者在他们两人面前各放了一碗。石晓北拿起汤勺往嘴里送了一口，然后咂咂嘴说："还是那个味，还是那个味，只是……"老者的山羊胡虽然花白，但梳理得整齐又干净。因为背有些佝偻，人也就显得愈加清瘦和矮小。石晓北看了一眼老者的背影，叹了口气说："除了和记忆中荣昌李家豆面糊糊味道一样外，再也找不出丝毫的联系了。"

在石晓北的记忆里，荣昌李家的人都长得高大壮实，一不留神就进出一两句河南话。他听祖父说过，荣昌李家的女婿姓赵，原本是个在黄河渡口装卸货物卖苦力的。有一年春天在黄河渡口帮着李家装卸货物时，遇见了河盗，货物损失了一半，李家就不肯再付银两。赵姓年轻人认死理，坚持货已经装上船，再丢失就是李家自己的事情。一来二去两厢就争吵起来，赵姓青年说着就急红了眼，冒出一句："赖我们这点儿讨老婆的辛苦钱，也不怕断子绝孙？"当时赵姓青年也就是一时着急，哪句话赶劲就拾起了哪句话，他不知道他的话戳到了李家的痛处。李家这一代三房生了十朵金花，愣是没有一个带把的。这句话一出等于彻底把讨债的路封死了。李老东家发了狠话，就是不给，有本事找河盗讨去。

夏天黄河发大水时，赵姓青年救了河盗十几口的命，还把他们的船拉上了岸。于是赵姓青年不仅从河盗那里讨回了装卸费，还把荣昌李家损失的货物也讨了回来。当他把半船货物给李家送去时，李老东家说："你不是讨老婆吗？我家的十朵金花随你挑。"赵姓青年说了个"中"，就成了李家的上门女婿。几代人后，李家的后人还时不时冒出一个"中"字。石晓北望着在那边忙活的背影，心想这个老者也姓赵，莫非、莫非他是李家的那个小儿子？旋即他又摇了摇头，心想怎么会，当年荣昌李老东家是让赵姓女婿发了誓的，后代子孙都姓李。想到这里石晓北不禁看了一眼石程锦，他知道这个石程锦姓石，但她流的是章家的血，他不知道她的后代是否还会姓石，他不由得问了一句石程锦："你是哪年来石家的？"

这一问让石程锦眼睛模糊起来，她不愿让叔叔看到泪水，连忙把头转向窗外。此时树木葳蕤，爬山虎绕满了对面的老墙。恍惚间，把她拉回到六岁那年。她对石晓北说："那一年我跟养父来到这里时，也是这个季节，也是这个光景。"

那是1966年，那时的石程锦不叫石程锦，叫章程锦。六岁之前的章程锦是跟着父母和一个哥哥、四个姐姐住在北京西城的银行家属院里。院里的人都夸章处长有福气，人家都是女孩儿随父亲，男孩儿随母亲，他们家呢，一个男孩儿和四个女孩儿都随了母亲的鸭蛋脸，圆润秀气，个子却随了父亲，高高大大的。只有老五章程锦圆脸大眼，和章十八简直就是一个模子刻出来的。但章程锦生下来后，章十八并不高兴，而且这不高兴一直延续到她记事，延续到她离开。每年她生日时，章十八都会叹一口气，说一声："你怎么就不是个男孩儿呢？你应该就是个男孩儿呀。"章程锦那时年纪小，不懂父亲为何叹息，总以为是父亲重男轻女。后来才知道是父亲十几年前就已经许诺石晓晚，把自己的男孩儿过继给他，这也是父母结婚时说好了的。

1948年10月1日,章十八所在冀南银行与晋察冀边区银行合并,改称为华北银行。章十八来到华北银行总行,负责筹建中国人民银行时,认识了章程锦的母亲——晋察冀边区银行的徐梅。1948年12月1日,华北银行、北海银行、西北农民银行合并,中国人民银行成立。不久,章十八和徐梅结婚时说,他有一笔外债需要兑付,需要她一起兑付。章程锦的母亲二话没说就点头同意了。等章程锦的大哥出生后,章程锦的母亲才知道丈夫三年前给同乡好兄弟石晓晚开了"支票",许诺把自己的儿子过继给石晓晚。石晓晚同没同意章程锦不知道,即便后来成为石程锦后她也没有问过。

儿子出生后,章十八就写信让石晓晚来抱儿子,石晓晚没来。两人说好,第二个再给老石家续香火,但十几年间章十八家就再也没有生出个儿子来。章十八的老婆一口气给他生了五朵金花,等第五朵金花出生时,章十八让石晓晚从金花里选一个,按老家的说法选一个权当引信引一引,兴许就能再生出一个带把的,石晓晚也就儿女双全了。这期间石晓晚还真就动了领一个女孩儿的心思,为了母亲潘圣颐也要领一个。十几年间,石晓晚总是找机会要把母亲房间里小棉袄的东西收拾走,可每次提到这些,潘圣颐就跟他急,潘圣颐说小棉袄就是去药王庙治病去了,治好了就回来了。潘圣颐什么事情都清楚得很,但是一说到小棉袄就犯糊涂。

去章家领孩子的石晓晚进京后就改了主意。他看了章十八的工作和生活环境后,给章十八留下一封信,就独自离开了。信上他对章十八说，那张"支票"过期作废了，别说让他领一个女孩儿，就是男孩儿他也不要。他们这么多年图什么，不就是图孩子们能幸福生活嘛。他不能因为自己而耽误了孩子们的未来。

石晓北拿着汤匙搅了一下豆面糊糊，问："那你是怎么又到石家的呢？"

石程锦说："1966年，我章爸爸和全家要去大西北农场劳动改造。临走前，章爸爸把我托付给了石爸爸，他说他这一辈子唯一亏欠的就是老石家，让石爸爸最后再帮他一次，把我带回去，就让我当老夫人的小棉袄吧。"

石程锦说到这里时，看到石晓北眼里有了亮光，随后，一滴泪珠落到糊糊里。石晓北问石程锦："你跟我母亲一起生活了几年？"

石程锦微微笑了笑说："十一年。"

石晓北笑了笑说："你看我也老糊涂了，这个我自己应该能算出来的。母亲是1977年去世的，母亲从江南远嫁到山西，承受了家道没落、丈夫离散、白发人送黑发人之痛，还能活那么大年岁，一定是你孝顺，是你照顾得好吧！"

石程锦摇摇头说："哪里是我照顾奶奶，是奶奶照顾我。没有奶奶，就没有我的今天。"说完从钱包里拿出一张黑白照片，石晓北一眼就认出照片上的大哥石晓晚，在石晓晚旁边是一个耄耋老妇人，他把照片往眼前靠了靠，喊了一声："姆妈。"然后哆哆嗦嗦地指着照片上的小女孩儿问："这个是？"

石程锦说："这个就是我呀。这是我来到石家时的照片。"

石晓北盯着被岁月一层层盘剥后瘦得就剩一把骨头的母亲看。照片上的母亲颧骨高高凸起，眼窝深陷，但嘴角却像个孩子般微微上扬。他知道，那是母亲在笑。他仿佛又听到了那上扬的嘴角流出的吴侬软语。大哥依然是一副严肃的表情，依然是少时起他就敬畏也嫉妒的大哥，大哥的脸上永远是古板的表情，仿佛这个世界上除了生意和债务就没有一点儿乐趣。那个六岁的小女孩儿也是嘴巴噘得老高，眼睛瞪得溜圆，黑黑的头发扣在头上像戴了一个钢盔。照片的下面写着：新中国照相馆，1966年10月1日。

石程锦告诉石晓北，她和父亲从北京回到平远时，奶奶就挂着拐棍儿在那一墙爬山虎下面站着。奶奶见他们的第一句话就是："你可把我的小棉袄领回来了。"说到这里，阳光正好打在石晓北的脸上，折射出一丝暖意。

石程锦顿了顿说："奶奶对我那个亲呀，一口一个小棉袄地叫着，还慢慢给我留起了长头发，每天给我编辫子，我们班就我的奶奶会编那个六股麻花辫。奶奶还教我背古诗，教我打算盘。再后来学校停课了，奶奶就找出石前程哥哥的课本，一点点教我。叔叔，您不知道吧，奶奶的英文还挺棒呢。"

石晓北一怔，说："我印象里母亲不懂英文呀。"

石程锦说:"奶奶确实会英文,别人说奶奶用英文往国外发了很多信。后来我见过那些信,那些信是奶奶写给爷爷的,内容都是中文,只是信封用了中英文两种语言。十几年间,奶奶每月都往印度和英国寄一封信,可惜那些信大都被退了回来。后来我才知道那些信就没出过国门,甚至连咱平远县城都没出过。他们在分拣时就把奶奶的信搁一边了,攒多了,就集中给退一次。"

石晓北问:"那些信现在还有吗?"

"没有了。那以后奶奶就不写了。但奶奶对我说让我长大后一定要考大学,要出国留洋,我出不了就让我的孩子们出。奶奶让我把爷爷洋行的名字和约翰金、万经理的名字都背下来,让我出国留洋去找他们。奶奶说,不管多苦、多累、多难都要读书,只有读好书,才能去见大世面,才能找到爷爷和叔叔、姑姑。遗憾的是,1977年冬天我高考成绩出来那天,奶奶就去世了。"说到这里,石程锦的眼里泛起了泪花,她用手轻轻抹了一下眼角继续说,"那天上午,我们平远一中的两个同学都接到通知书了,奶奶就焦急地催我再去学校看一看,她说:'我家小棉袄是当状元的料,不会又出什么幺蛾子吧?'父亲赶忙应了句'不会',但说完就看了看我,我从他的眼神里看到了一丝忧虑。后来我才知道,章爸爸读书时和他是差了老远的,即便我在奶奶的辅导监督下,越来越像石家人,但我毕竟是章家的骨血呀,父亲是怕我随了章爸爸。"

石程锦的思绪渐渐飘远……

"那天奶奶那样一说，父亲那样一瞥，让我也心慌起来，仿佛自己真就考砸了一样，我就急着去学校打听。一到学校，老师说：'我们正在扎红花、写喜报，等着去你家报喜呢，你快快回家等着去。'我问：'我真考上了？'老师说：'不考上我们报啥喜呀。'我也就没再问，扭身就往家跑，想早一分钟把这好消息告诉奶奶和父亲。

"虽然是冬天，但那天的天气特别好，我跑到大门口就喊：'奶奶我考上了。'奶奶说：'我就知道我的小棉袄一准行。'说完奶奶让我们把她从床上抬到太师椅上，又让我们把太师椅搬到屋门外，奶奶就在那里和我们一起等。父亲说阳光虽然好，但风还是很硬，让奶奶回屋去等，奶奶就是不肯回去。奶奶还让我到她的樟木箱子里去取那个毛呢毯子，那个毛呢毯子上有一对凤凰，奶奶说那是爷爷去上海后第一次回家时给她带回来的。

"奶奶说：'你爷爷呀，是个老式洋派少爷，要强得很呢，为了赎回石家的金算盘，在上海吃了好几年的苦，从小职员升到了副经理，才攒够了赎回金算盘的银子。但洋行的身股和押金是拿不出来的，他还从他们万经理手里拆借了一些银子，通过中国银行把支票汇到了阎表叔的账户上，阎表叔坚持当年咱家借的是银圆，如今也必须用银圆结账，这样一来二去，兑换后就损失了一成。算盘自然就赎不回来了。唉，如果能把金算盘赎回来，你爷爷也就不至于抛家舍业再去上海呀。再后来就遇到了贷款风险，他跑到印度查找货物，谁知这一去就杳无音信了。你爸爸去大上海找过，你姑姑、你叔叔也都想办法打听过，但兵荒马乱的，没有一个准确的消息。有的说你爷爷去了德国的汽车公司，有的说你爷爷被印度政府关在监狱里了，还有的说他乘坐的轮船沉在海里了。我们多次找英海银行的总经理约翰金，让他帮着找，他只是说已经跟印度政府交涉了，让我们等消息。上海解放前夕英海银行就从中国撤走了，也就没有以后了。孩子呀，奶奶给你说这些，就是盼着你考上好学校，然后帮着奶奶找你爷爷，找你叔叔，找你姑姑。'

"那天奶奶一口气跟我讲了许多，临了奶奶还说，我也不知道还能不能等到那一天。我说：'奶奶你能等的，这么多年你都等过来了，如今胜利在望了，你再坚持一下。'奶奶说：'有我孙女这句话，我这个老不死的也就瞑目了。'这时，大门外传来锣鼓声，接着校长和老师就在锣鼓声中举着大红喜报走进院门。老师说：'喜贺我校学生石程锦以389分的成绩摘取平远高考状元。'奶奶问：'上了哪个学校？'校长说：'复旦大学呀。'后来老师又惋惜地说我是志愿报错了，不然可以上北京大学的。但奶奶和我都不遗憾，奶奶抚摸着我的头说：'我们小棉袄可以去上海找爷爷了。'

"那天奶奶的精神和气色都特别好，她像变魔术一样从樟木箱子里拿出一颗玉算盘珠子。奶奶把用一根红丝线穿起的算盘珠子给我戴上。她给我讲了娘家陪嫁的玉算盘，讲了父亲抓周抓到这个玉算盘，也讲到石前程哥哥把算盘磕了一个角，丢了这颗珠子。他们请金匠用金子箍了框，补了一个算盘珠子，那个补上去的也十分圆润，但就是特别突兀。奶奶说当年石前程哥哥离家出走时什么也没带，就带了那个玉算盘。再后来石前程哥哥牺牲了，我章爸爸说石前程哥哥用那个玉算盘换来了大批医药物资，还给我们出了个证明。章爸爸还说胜利后要帮我们寻回玉算盘。当时奶奶摸了一下那个拴着红丝线的算盘珠说：'这个真是宝贝啊。奶奶啊也没啥值钱东西了。'这个石家大院她让我先替她守着，她让我保证遇到啥事遇到啥难处都不能把院子卖掉。奶奶还说，虽然我是石家的人，但奶奶也不能把大院给我一个人。姑姑像断了线的风筝，不知飞哪里了，但叔叔会回来。奶奶还说她昨儿个夜里梦见爷爷了，梦见爷爷在海里捞那个金算盘呢，眼看就要捞上来了，一个浪头来了就把奶奶惊醒了。奶奶对我说：'梦是反梦，鱼和水是财，一定是爷爷在海那边发了大财，发了能赎回一百个金算盘的大财。'说起金算盘，奶奶就叹了一口气说：'我看那个阎表叔从根里就想抢咱家的传家宝，只是他德不配位，没有福分消受，不然也不会从天上掉下来。可惜那个金算盘跟他一起掉到海里了。'奶奶还说：'金子是柔中带刚，刚中带柔，这种刚柔并济的东西是有灵性的，它一定在暗中保佑着石家呢。'奶奶说那话时，我在奶奶脸上看到了一道金光，奶奶的眼睛、眉毛、鼻子、嘴巴、耳朵就像一个个算盘珠子，有的安静地待命，有的在光阴里游弋。奶奶抚摸着我的头说：'后来的事情你就都知道了。奶奶要歇会儿了。'"

"后来的事情呢？"石晓北问道。

石程锦"哦"了一声说："奶奶说的是我们重新搬回石家大院那天。1976年，我章爸爸从大西北回到北京，又恢复了领导职务。省里领导得知章爸爸要来平远老家探望我们，就紧急开会研究，把石家大院交还给了我们。我们搬回石家大院那天，我和奶奶给石爸爸铺床，拿着笤帚扫炕时，看见土坯缝里有一个白润润的东西。我当时还逗奶奶：'是不是过去家里藏了什么值钱的东西？'奶奶说：'没有。'爸爸也说：'没有。'我抠出来一看是一个石头算盘珠子，本来想扔掉，却被奶奶一把夺过来，奶奶平时端个碗都费劲，可夺那个算盘珠子时劲比我还大。我说：'一个破石头，你那么激动干啥，闹不好再闪了身子。'奶奶没再理我，她把那个算盘珠子放在自己的眼前，看了又看，看完还喊我去给她取老花镜。她戴上老花镜看了许久才说：'你怎么才出来呀，你躲起来就是为了留下来是不？你既然留下来了，就告诉我，你的家人们在哪儿呢？'奶奶絮絮叨叨半天，说什么'既然它都回来了，那个玉算盘回家也就有望了'，然后奶奶用红丝线把它穿了起来放到了樟木箱子里。"

"奶奶在阳光下背起了珠算口诀：'一一得一……三下五去二……九九归一。'奶奶说完合上嘴、闭上眼，好像是累了，又好像是还沉浸在梦中，我知道奶奶又在想爷爷，想叔叔和姑姑了。我像往常那个时刻一样,悄悄把头靠在奶奶的怀里,祖孙俩听着彼此的心跳,感受着彼此的呼吸。那一天,当奶奶为我拨开眼前的刘海儿时,我看到奶奶的脸上竟然开出了一朵莲花。"

石晓北问:"这么多年过去了,就没有玉算盘的消息吗?"

石程锦叹了一口气说:"没有,这也是我章爸爸的心病。章爸爸说这个玉算盘是为革命立了功的,他要帮着石家找回玉算盘,将来还要让玉算盘进博物馆。石城解放那天,章爸爸就去了晋通商行,谁知晋通商行早就关门了。据说晋通商行是驻防司令的堂弟开的,因为有司令这座靠山,倒买倒卖管控药品。副司令早就看不惯这个事了,趁着特派员来就盯上了他们的买卖。当国民党士兵从前程哥哥的身上搜出了一张晋通商行开具的玉算盘的押据时,他就带人抄了晋通商行。副司令虽然没有找到玉算盘,但因为成功捣毁共产党补给点而取代了司令,特派员带着玉算盘的押据去南京了。"

石晓北"哦"了一声问:"那石家押在阎表叔典当行的金算盘总有下落吧?"

石程锦说:"刚才我说了一句,叔叔可能没有听清楚。当年阎表叔离开大陆时,是带着那个金算盘上的飞机,后来金算盘随着飞机失事也沉入大海了。"

石晓北"哦"了一声。此时窗外的阳光已经移到桌角,石晓北说:"都是命呀。"然后张了张嘴,又闭上,沉吟半刻,他闭着眼睛问了一句:"章大哥还好吗?"

石程锦说:"他一点儿都不像快九十岁的人,前几年开始写回忆录,已经写了十万多字了。前几天我去看他,他还说自己水平低,如果我石爸爸在就好了,我石爸爸文化水平高。"

石晓北说:"明天我跟你进京去看看你章爸爸吧。"

2

当石程锦带着石晓北走进北京官园桥边上的一座四合院时,章十八正在石榴树下打太极拳,徐梅拎着喷壶的手垂了下来,一时间水花飞到了她的脚面,她眯了眯眼说:"我怎瞅着是程程回来了?"一边说一边探着身子往门外张望。章十八嘟囔了一句:"大早上的就说梦话,这不年不节的,程程回来做啥?"徐梅把喷壶往地上一扔说:"都怪你,虎毒还不食子呢,非要把孩子往石家送。"章十八说:"如今黄土埋脖颈了,怎么又开始天天捯老账了?"说完就继续扎马步,他的双拳还没握紧,腿还没弯下去,就听徐梅喊了一声:"真是程程回来了!"

章十八的双手虽然抱着丹田,但气早就被徐梅的喊声泄掉了。他向门口望去,呆怔了片刻,一边向前趔趄着一边喊:"石前程,你可回来了!"

石程锦愣了愣,指着石晓北说:"爸,这是晓北叔叔。"

章十八没有吭声,他直直地望着石晓北,点点头又摇摇头,摇摇头又点点头,魔怔了一般。石晓北默默地望着眼前这个干巴老头儿,若不是石程锦提前告诉他,他绝对想不出这就是那个调皮捣蛋的十八大哥。两个人就这样一点点擦亮岁月的包浆,向时光深处挪移,在厚厚的尘埃里,在折叠的年华里,寻找共同的记忆。

"三下五去二。"章十八说。

"九上四去五进一。"石晓北随后就脱口而出。

"是晓北弟弟,真是晓北弟弟呀!"章十八颤巍巍的声音里有惊奇也有遗憾。

在石家私塾时,每次背珠算口诀,章十八都偷懒,趁老先生摇头晃脑之际,就从"三下五去二"直接进阶到"九上四去五进一"。老先生和石晓晚都专注自己的事情,竟然没有发现。有一天,石晓北来私塾找哥哥玩,一下就发现章十八摇头晃脑,嘴里的口诀也像算盘珠子噼里啪啦一跃千里。石晓晚刚背完一遍,章十八已经背完三遍了。老先生先是叹一口气,然后就会对脸红得像鸡冠子的石晓晚说:"你平时挺聪明的,怎么还没章十八背得快呢。"石晓晚就开始练速度,但无论怎么练,就是背不到章十八前面去。那天老先生再次发出感叹时,石晓北就说:"章十八是直接从'三下五去二'跳到了'九上四去五进一'。"老先生就罚章十八再背一遍,果然章十八背到"三下五去二"就背不下去了。石晓晚提醒"四下五去一",章十八还是接不下去。那一天老先生罚章十八跪在地上背了一天一夜。每次章十八背到"三下五去二"时,石晓北就恶作剧般大喊一声"九上四去五进一",把刚要走入"四下五去一"的章十八又带到了沟里。

此时回声从时光的褶皱里冒出来,如平远小路上的尘土,也如那一缕缕炊烟,长长的来路便依稀可见。石晓北翻看章十八的回忆录,目光停留在"我所了解的日伪期间的荣昌钱庄"上。

早年间陈玉信同志以平远商贸为掩护,为我边区采购运送生活生产物资。当年我作为石家钱庄煤矿投资的监事,没能做好风险防控,投资失败后就离开石家钱庄,跟着陈玉信司志,也就是平远人嘴里的陈老板跑黄河水路货运。

1936年的秋天,西安事变的前夕,国民党还在"围剿"红军。我和陈老板给苏区红军运粮食和药材,撞上国民党军队在碛口征粮。国民党军队征粮官看到我们船上的小麦和大米,当即就下了征用书。我认准了生意不能强买强卖。而且这船粮是甘肃一个老主顾订下的,就不同意低价征用。陈老板也拱拱手说,这个季节凌汛刚过水路平稳,我们跑一趟最多半个月,半个月后再给。他们说部队一周后要去陕西"剿匪",别说半个月,就是十天也等不及。不容我们争辩,他们就挥挥手命令士兵从船上卸粮。我气不过就挡在甲板上,拦着搬粮的士兵，说："哪里有强行买卖的！"征粮官说："老子为你们'剿匪'，脑袋别在裤腰带上，有今天没明天，你他妈的别不识好赖，快点儿给我闪开，不然老子一枪毙了你，你信不信！"我说："信，我们生意人就是讲一个'信'字，因为信才不能把粮食给你。"征粮官抬起手就往我这边放了一枪，子弹嗖的一声从我身旁飞过去。周围的人都把目光聚集在我们的运粮船上。陈老板虽心有不甘，但还是明白胳膊拧不过大腿，知道再僵持下去命就没了，于是赶忙来拉我。当时我的拗劲上来了，像个桅杆一样定在甲板中间，高声喊道："大老爷们儿都看着呢，我就不信青天白日的你们敢明抢！"水上运货的人调门儿都高，我这一喊，围观的商船和商户就开始躁动起来，声音哗哗的，像凌汛砸过来。大家明白，今天强征的是我们，明天强征的就是他们，过去都是谁遇到算谁倒霉，但今天我这样一闹，也许国民党军队顾及脸面就会收敛很多，于是嘘声就越来越大。征粮官愣了几秒后骂道："老子是征用，又不是抢，自古军粮为上，识趣的赶紧闪开，不然就别怪老子翻脸了。"他扬了扬手中的枪说："抗粮就是抗捐抗税，抗征军粮更是罪加一等。我数一二三，你若不闪开就别怪我不客气了。"

征粮官冲着天喊了个"一"，然后朝天放了一枪，陈老板又拉了我一把，但我一甩胳膊依然站在那里逞能。陈老板扬扬手冲着征粮官作了个揖，说："都是出来养家糊口的，和为贵。军粮是天粮、皇粮，就让兄弟们搬走吧。"众人仿佛也忽然醒过味来，也开始给我找台阶。大家七嘴八舌道："好汉不吃眼前亏，留得青山在，不愁没柴烧。"我看见征粮官的手垂下来了，心里稍稍缓了一口气。突然砰的一声，征粮官又朝水面放了一枪，他说："再不躲开就别怪老子不客气了。"说完又抬了抬手中的枪。

陈老板再次上来拉我，我依然不肯动，拉扯间，第三发子弹就飞来了。那发子弹是冲着我的胸口来的，陈老板一抬腿挡住了那颗子弹。后来每次说起当时的情景，陈老板都批评我太意气用事，他说我们在隐秘战线工作，不仅要有勇，更要学会有谋略地妥协。粮食有多年来的采购渠道，但药品被日本人管控，特别是消炎用的青霉素等不仅需要从黑市购买，还需要用银圆、金条等硬通货交易。这就需要我们和荣昌、日货行等亲日商户合作，只有这样，才能完成为根据地和后方采购粮食、药品等物资的任务。

1944年的春荒时节，陈老板就以为日货行采购药材需要现银为由，从荣昌钱庄贷款两万银圆。当时荣昌钱庄对借款金额和币种有疑问，一是当时市面上流通的是联币，二是金额这么大而且要现银，荣昌钱庄就委婉拒绝了。后来陈老板拿着日货行的订货清单，并请日货行的老板联保，才贷出了这笔款项。

我们在药材和粮食的采购中多半用的是冀南币，一是为了扩大冀南币的使用范围，二是为了套取采购紧缺药品的银圆。我们后勤组的账目每季度由我经手交给组织审核，确实有三分之一是从日货行采购，钱是从荣昌钱庄贷的。当时因为这个问题，组织上也有过争议，也有一部分同志认为荣昌是日本在华经济掠夺的帮凶，但组织上认为只有虚实结合，才能赢得日本人的信任，才能从敌人手中换回我们更急需的稀缺物资。而且陈玉信同志在每年的账目结转后面都有附言，证明荣昌只是做买卖，并没有涉及生意外的勾当。

青霉素就是我们通过荣昌找到的药品货源。供货方是荣昌钱庄的客户，五台铁矿的老板阎有道。阎有道的药品是向日本运铁矿石时走私过来的。阎有道第一次押车到日本东京运送铁矿石卸车时被矿石砸伤了右脸，第二天就发起了高烧，人快不行了。景木钢铁的松本一郎知道后，把阎有道送进了医院，打了一针破伤风、两针青霉素。阎有道病好后自然少不了感谢，两个商人酒酣耳热后更是少不了谈个"利"字。阎有道试探着问能否帮他找一些药品给自己矿上的工人用。松本一郎知道药品不是用在工人身上，但也知道药品可以换回更多的财富。阎有道带回来的药品在黑市换了银子后把一半的红利分给了松本。两个人心照不宣，一个负责采购，一个负责销售。

当时因为"坚壁清野"的"大扫荡",我根据地的药品已经断供。我就再次冒险联系了阎有道。阎有道也知道我早不开矿了,但他不管药品的去向,只看价格,而且是现银现结。这种模式维持了不到两年,也就是在1945年夏天,被阎表叔插了一杠子。

那天我从荣昌钱庄贷款两万银圆购买药品,但在成交前,阎表叔找到阎有道,也要买阎有道手中的药品。阎表叔说他是受国民党军队之托,跟日本人没有关系,并再三说价格随阎有道开。阎表叔说一笔写不出两个阎来,劝阎有道把药品卖给国军,钱少不了,而且还可以给自己留条后路。话说到这个份儿上,阎有道就把给我备好的价值两万现银的药品分给了阎表叔一半。

后来我就把一万银圆存在了石家钱庄,想等待时机再购药品。阎有道虽然没跟阎表叔共事过,但对阎表叔的为人和身份还是有所顾忌的。自从阎表叔介入后,阎有道就知道走私药品的路子行不通了,而且松本一郎那里也越来越难搞到药品,两个人就决定先停一停。但阎表叔依然三天两头地来找阎有道,说不通后就用"汉奸"二字威胁阎有道,让他算算这些年帮着日本人从山西运走了多少吨铁矿石,那些铁矿石都变成了杀害中国人的武器。阎有道说:"咱们彼此彼此,你还是促进会的会长呢。"阎表叔说:"我这个会长是名义上的,实际上我也为国民党军队服务，采购的药品也是给国民党军队的。"阎有道当下就软下来，为了将功折罪，更为了留后路，就再次利用运送铁矿的机会走私药品。

两个月后，阎有道走私给国民党军队的药品被日本人查获。当天晚上陈玉信同志就让我转移，我把存在石家钱庄上的银票交给了陈玉信同志，那些银圆是从荣昌钱庄贷出来的，让组织上择机取出来把贷款平了。但没想到的是还没来得及还荣昌的贷款，日本就投降了，阎表叔摇身一变带着国民党接收大员查没了荣昌钱庄和五台铁矿。

1949年后我在寻找真相时，提审过阎表叔的手下，他为了减轻自己的罪名，交代自己是在阎表叔的指示下杀了汉奸阎有道。他的证词间接证明了阎表叔应该是借刀杀人，他为了能在抗战结束后洗白自己，就杀了阎有道。后来荣昌李家被从重从快处决应该也有这方面原因。

在国民党撤退后，我们在其遗留的资料上看到了关于阎表叔的认定：抗战胜利后，国民党接收山西，阎德禄在日伪期间出任维持会、商会会长等职务是受阎锡山指派，一是为了保全山西银行的资产，二是利用商贸活动为山西境内国民党提供后勤保障。

关于荣昌李家，我不是因为亲戚关系为其翻案，只是还原历史。无论他是不是汉奸，我们党总归是欠人家一万现银，后来这笔账经石前程之手划转到冀南银行，如今这笔账还挂在晋中银行的账务上。

阎表叔无疑是抗日战争和解放战争期间山西商界的重要人物。从早年间票号东家到后来入资并担任山西银行和煤矿、铁矿股东，不管是日伪期间担任商会和维持会会长一职，还是解放战争期间任山西银行监事，阎表叔都是山西金融界的一个重要人物。与其相关的汉奸，比如荣昌钱庄李殿瑞一家的处置及五台铁矿总经理阎有道的离奇死亡，都与阎表叔有关联，存在诸多疑点。但因为当事人都已不在人世，日军和国民党方面也没有相关记录，所有的事情也就沉入历史的浩瀚云海中。

我对阎表叔的了解是从石家钱庄开始的。阎表叔和石家是老表亲，我父亲是石家票号的二掌柜，后来任石家钱庄的掌柜。阎表叔当年是押了石家的传家宝金算盘才贷给石家钱庄周转的银子的。石家钱庄投资煤矿失败后，我父亲对我说，这个阎表叔是个笑面虎，表面上憨厚，心里的算盘珠子拨拉得溜着呢。

荣昌钱庄李殿瑞被当作汉奸抓起来后，石晓晚曾到阎表叔那里为李殿瑞一家求情。当年荣昌钱庄和日本人合作是阎表叔撺掇的，而且没犯命案，罪不至死。李殿瑞被抓起来后，李殿瑞的夫人托石晓晚找阎表叔说情，也答应事成后金条打点。为了确保能救出李殿瑞，李家夫人还给了石晓晚一个金如意，她说如果阎表叔不肯帮忙，你就把这个金如意交给他。当天石晓晚就去找了阎表叔，阎表叔左推右拖一直没有吐口。他说自己虽是国民党派过去的，但毕竟在日伪时期也为日本人做了一些事，是泥菩萨过河自身难保，而且也在审查期间，不便多说。石晓晚当时觉得阎表叔说的也是实情，本来就要回了，但想起李夫人的话，就从怀里拿出了那个金如意。谁知阎表叔的脸色立马就变了，阎表叔急赤白脸地问石晓晚他怎么会有这个金如意。石晓晚当时也没多想，就说是李夫人让他转交的。阎表叔再三确认石晓晚不知道金如意的事情后，才说："都是亲戚连着亲戚，这金如意我是不能收的，你回去告诉李夫人，此事到此为止，不要再乱找人了，也不要乱说。言多必失，我会在合适的时候为李老板说情，他们毕竟没有血案，也没有太大的民愤，事情应该还有回旋的余地。另外那些身外之物该捐给国民政府的就捐了吧，毕竟是不义之财，权当花钱买平安吧。"石晓晚回来后，想先去李家，把事情向李夫人通报一下，可在李家门口却碰到了心急火燎的管家。管家说老夫人让他去县邮局寻信，他们托人翻遍了积压的信件，只找到小少爷石晓北半年前的一封来信，老夫人看过后一口气就背过去了。石晓晚转身往家奔，直到大夫给潘圣颐扎了针灸灌了药汤她睡过去后，他才起身再往李家走。但一出门就远远看到李家门前围满了人，他想李殿瑞已经被抓了，还能有什么更大的事呢，也许是李夫人为了救李殿瑞下了血本把资产全捐出去了吧。可想想又觉得不太可能，李家的抠门儿在这条街上是出了名的，从根子里就是舍命不舍财的主儿。他一边想一边加快了步子，但他赶到门口的时候，却被国民党士兵挡住了。

这时李家的一干人等全被五花大绑地押了出来，李夫人冲着他喊："金如意给他了吗？"他连忙说："嫂子放心，我该给的给了，该说的也说了。"李夫人长长地舒了一口气说："那就好，那就好，那李家还有救。"说完也就不再挣扎了，从从容容地就跟着他们走了，仿佛就是去串个亲戚。

石晓晚想第二天再去找找阎表叔，谁知道还没等他动身就传来了李家被押往南城门处决的消息。他跟着人群拥到南城门，看到李殿瑞浑身上下血肉模糊，背后插着"大汉奸"的牌子，耷拉着脑袋跪在地上，李夫人虽然也插着牌子，但头是昂着的，她声嘶力竭地喊着冤枉，她说他们的事阎表叔可以做证。但国民党没有让她喊完就拔出刺刀从她身上挑下一块布，然后往她嘴里塞。她一边转着头一边声嘶力竭地喊："阎德禄，你才是真正的大汉奸……"没等她说完，她的嘴就被封死了。原本那些往她身上投烂菜叶子投土坷垃的人也住了手。石晓晚说李夫人的嘴一直在说着，人们都静下来，跟着她脸部肌肉撕扯的样子猜测着她想说的话。有人说:"这样挣,说不定真有冤情呢。"也有人说:"她是想临死拉个垫背的吧,没听见她说阎德禄是大汉奸嘛。"石晓晚站在人群外面远远望着,他猜不到她说的是什么。

后来石晓晚问过我,李殿瑞是不是给共产党做过事。我实事求是地说了李殿瑞当年帮助李桂芝换联币并送到药王庙的事。我说:"不是因为李殿瑞是你的大舅哥我就说他好话,他不应该见利忘义和日本人合作。但他也不是罪大恶极,最起码不应该全家都被处决,一个活口也不留,其中应该有蹊跷。"石晓晚于是就讲了他去找阎表叔的事情,我们分析事情坏就坏在那个金如意上,那个金如意一定藏着阎表叔,或者是阎表叔和李殿瑞之间的不可告人的秘密。阎表叔是借国民党的刀杀了威胁自己的李家。

3

石晓北合上章十八的回忆录,他知道这么多年他想知道的一切都在那里面,可他忽然就不想看了。他长叹了一口气,来之前他一直为哥哥石晓晚惋惜,觉得老天对石家不公,让父母分离,让哥哥年少时独自扛起家,让哥哥中年丧妻丧女再丧子,刚刚改革开放,日子有了盼头,哥哥又身患绝症早早离开人世。但和荣昌李家相比,他才知道哥哥为什么留言说他是不幸的，但他又是幸运的。

回到平远的那天，当石程锦把石家账本和哥哥的日记本交给他时，他泪眼婆娑，认为哥哥是全天下最不幸的，他为哥哥抱屈。但哥哥的日记上写得很明白："在时代洪流里，会遇到各种各样的急流险滩，会有沟沟岔岔诱惑着你，会有旋涡沦陷着你，有风推着你，也有浪涌着你。回望来路，我为自己的妻子儿女自豪。他们用血肉之躯探访暗礁，疏通水道。石家祖宗求的是汇通天下，他们求的是汇通天下人的幸福……如今我就沐浴在这种幸福中，失去亲人之痛常常让我泪湿衣襟，但我知道我的亲人就在大河奔流的壮美画卷上……"

石晓北翻看日记时的第一感觉就是这是哥哥在最苦的时候写的，他在心里还原着当时的情景，猜想着哥哥是用这些文字唤起同情，提醒他人自己是烈属，是对革命有功的。但在看到日期后他就开始疑惑，日记是哥哥重病之后、去世之前在病床上写下的。人之将死其言也善，他知道病榻上的哥哥没有必要再说违心的话，做违心的事。

几十年间看人看事，石晓北已经习惯了用价值衡量。石晓北在心里掂量着，和章十八比，哥哥太不幸了，但和荣昌李家比，哥哥又是幸运的。但这比较是在心里的，他没有说出口，这也是这么多年他养成的另一个习惯。如果多说一句有益，能换来价值他就说，不然他更倾向于三缄其口，只闷在肚子里，胃说给肠子、肠子说给胃听。夫人梅媛曾问他：

"你这毛病随谁呀？"他笑笑，石达成也笑笑。这点他觉得自己是得到了父亲石达成的真传，但是他和父亲都没有说破。晚年的石达成早已不再缄默，而是像个话痨一样恨不能把看到的、听到的、想到的都一股脑儿说给他听。父亲临死前还紧紧拽着他的手，努着最后的力气表达着。那时父亲已经呼吸微弱，声音也就随着气流夭折在喉咙里。但石晓北还是就口型猜到了父亲的话："回平远，回石家大院。"他知道父亲放不下的是石家大院，是故土平远。父亲半个多世纪的漂泊就是为了重回故乡，为了有颜面地重回故乡。

父亲去世后，石晓北通过生意伙伴辗转打听到了故乡的消息，得知母亲和哥哥都已经离开人世，也知道了侄子的牺牲和侄女的夭折。他不再去想那个没有了亲人的故乡，他不愿意重蹈覆辙，让那个羁绊了父亲一辈子的故乡再扰乱自己的生活。他有意屏蔽故乡的消息，屏蔽故乡的回忆，屏蔽那些魂里梦里的牵挂，但无论他怎样努力，无论企业怎样发展，在关键节点上，晋商的名号就又扣在他的头上。集团成立时，也不知道媒体是怎样挖出了他的底，挖出了父亲的身世，背着包袱从羊肠小道出来闯世界的先祖再次唤起了人们的思乡之情，故乡自此再难忘怀，但他还是不想回故乡。夫人梅嫒说是因为近乡情更怯。梅嫒的话点醒了他，他才发现是心里那根名为故乡的弦绷得太紧了，紧到他不敢去碰，怕一不小心就绷断了。

在他看到 CT 诊断结论里那一行字时，他不是恐惧，不是害怕。那行字像水雾般在他的心里蒸腾，氤氲间他想起了父亲的眼神，想起了半个多世纪前的故乡。心里的痛就这样一点点升腾，遮蔽了身体的痛。他从医院出来的刹那就让秘书给他订了机票，他要独自一人回乡看看母亲和哥哥。细心的秘书联系了当地政府，这时他才知道石家还有一个哥哥的养女石程锦。

对于哥哥的养女，他没有往心里去，如果说有想法，也是觉得要和她好好谈一谈石家大院的事情，虽然程锦姓石，但骨子里流的不是石家的血。来之前他想了又想，还是决定用钱解决他和石程锦的问题，从石程锦的手中把石家大院买回来。至于感情，他觉得他和她之间最多就是停留在礼貌上。感情对于少小离家、商海沉浮大半生的石晓北来说是奢侈的。他不想谈感情，也不会谈感情。让他没有想到的是，回大陆以来，感情就像溃堤的潮水，一浪浪向他袭来。

从在机场见到石程锦的第一眼起，他心中的潮水就开始翻滚，在潮水的裹挟中，他和石程锦几乎是同时认出对方的。当时他在接站的人群里搜寻着，尽管他知道这种搜寻毫无意义，一个从未谋面的养侄女混在乌泱泱的人群中，认出的概率几乎是零。然而当他推着行李车从滚梯走过时，那个一颦一笑像极了姆妈的女子让他怦然心动，还未来得及回头，女子就轻声唤了一声："晓北叔叔。"

路上石程锦说："您和我前程哥哥长得实在太像了，不，是前程哥哥长得太像您了。"等石程锦从石家大院的堂屋里拿出石前程的照片后，石晓北揉了揉眼睛，如果她不说这是石前程，他真以为这就是年轻时的自己呢。照片上的石前程清清瘦瘦，剑眉下的眸子又黑又亮，镶嵌在单眼皮下就多出几分俊秀。尽管照片已经泛黄，但依然能看出脖颈处裸露的肌肤透着美瓷般的细腻。石晓北心中的潮水就是在那一刻决堤的。二十几岁，多好的年华呀，黑亮的头发、帅气的脸庞，哪儿哪儿都洋溢着春天的气息。他不知道上天把他的生命定格在青春是无情还是有情，但他知道哥哥和母亲再次承受了白发人送黑发人的生命之痛。他想不通的是，哥哥那样一个旧派的人，怎么会让自己的儿子再去冒险？

  在平远的日子里，石程锦给他讲了无数遍石前程的事情，他跟着讲述还原当时的情景，但还原总是有些牵强，他不知道是细枝末节不够，还是他不愿相信那就是真相。进京前石程锦跟他说过，跟章十八说谁、问谁、问什么都可以，就是别问石前程。石程锦说："前程哥哥是章爸爸心里一个无法愈合的伤口，提一次，就撕裂一次。"石程锦说这话时，他没有点头也没有摇头，他想毕竟是亲生的，石程锦虽然姓石，但终究是章家的骨血。他想说章十八只是扯一下伤口，姆妈呢？哥哥呢？失去石前程的日子是怎么熬过来的呢？章十八再痛，还能比姆妈痛、比哥哥痛？章十八的四合院比石家大院小了许多，但这怎么比呢？章十八的四合院是在京城，寸土寸金的地方，如果侄子石前程活着，应该也不会差多少吧，可是如今呢？不孝有三无后为大，自己有七个女孩,梅媛却没有为他生出一个男孩儿,当时父亲石达成安慰他说:"我的大孙子、你的大侄子在老家呢,你就放心吧,咱们石家的香火续着呢。"如今自己也要去见父亲了,他不知道见了父亲该怎么说。

为此石晓北就更想听一听亲历者章十八口中的真相,见到章十八后这种想法就更加强烈了。但他没有机会,每每提起来,不是石程锦就是章夫人,总能在第一时间把话给他岔开。章夫人拿着血压计把汞柱往他眼前一亮说:"还总逞强,看看都蹿到一百八了,你以为是十八呢?"石晓北看一眼也不由得吓一跳,他问:"平常就这么高还是……"章夫人说:"平常也高,但高得没有这么离谱,这是见着亲人激动的。"

石晓北多少年没有听到"亲人"这两个字了。他看看章夫人再看看章十八,他知道他们说的是真心话。他想既然从章十八嘴里听不到当年的事情,留在章家也就没有意义了。离开的那天下午,章十八拉着他的手像个孩子似的问:"前程,你的头发怎么也白了?你是不是怪叔叔呀?"

喊声在石晓北心里转了一圈又一圈,再次让心里的那个结紧了一紧。石晓北说:"怎么会怪呢?是叔叔把我引到这条路上的,我感谢还来不及呢!"说完就要往外走,因为在心里有一句话撞得他生疼。从进章家那一刻起,那句话就哽在嗓子眼儿里。他不能原谅章十八,是他断了石家的香火呀。然而就在他迈出大门时,后面传来一声撕心裂肺的哭声:"前程,你不能走呀,你走了我怎么跟晓晚哥哥交代呀。"

那哭声把石晓北定住了,他不由得回头,只听章夫人喊道:"程锦,快,快,快叫120!"

石晓北是两天后在301医院的高干病房里再次见到章十八的。章十八拉着石晓北的手说:"咱哥儿俩见一次不容易,你不能走。你要走也要等我把前程的事情给你交代清楚,尽管这不是三下五去二的事。"石晓北用征询的眼神看看章夫人,章夫人冲他点了点头,在点头的瞬间,一串泪珠雨点儿般滚落下来。石晓北见不得女人流泪,父亲石达成对他说过,女人是用来宠的,只可惜那么宠爱女人的父亲却让母亲孤冷了一生。此时的他实在不忍心揭章十八的伤口了,但那低沉缓慢的声音却似有魔力般攫住了他。

1943年的春天,我去平远中学送纸张。校长邓光是我们的人,也是我的领导。他说目前到了最关键的时刻,我们的力量越壮大,日军对我们的封锁就越严密,再加上国民党表面上与我们合作,但在供给上却对我们卡得更死。自古就是兵马未动粮草先行,如今我们是兵马驰骋千里,粮草却供给不上。为了更好地开展工作,组织上要给我配一名助手。这名助手来后,我才知道是石前程。我对邓校长说这个人我不能收。我讲了石家的情况,石达成叔叔没有音信,你和晓楠都漂泊海外,潘妈妈身边就这么一个大孙子,如果有个好歹,我对石家没法交代。邓校长说:"石前程是个好苗子,脑子灵,有天赋，你再考虑考虑。"我说："我不用考虑，如果把石前程带在身边，我会有压力的，那样我就更无法开展工作了。"我怕邓校长不理解，还把晓晚哥和潘妈妈救我的事情说了一遍。邓校长听完我的意见后也不再坚持，他答应再帮我物色一个人。

后来，在冀南币和联币的斗争中，我们党在山西银行的同志挪用了金库的联币，得知总行要查账的消息后，组织上让我拿两根金条换联币，交给太原分行的同志补上差额。查账前，日本人就下令冻结了周边银行的大额取现。为此组织上就找到了石前程，执行任务过程中，嫂子李桂芝和侄女石前锦被日本人杀害。出完殡的那天晚上，石前程就从家偷偷溜了出来，守候在平远西城门的大槐树下，也就是嫂子李桂芝、侄女石前锦被害的地方。那天晚上我化装成教书先生进城去看晓晚哥和前程侄子，到石家后，我们才发现前程不见了。我和晓晚哥商量好一个往东一个往西地去找，这时就听到西城门方向一阵枪响。我俩心里一惊，撒腿就往西城门方向跑，等跑过陆家牛肉铺时，就看见两个日本兵押着前程迎面走过来，我连忙拉住晓晚哥，就势躲在肉案下面。晓晚哥不服劲，脑袋一蹿就磕在案板上，我赶忙去捂他的嘴，但还是迟了一步，他的哎哟声就飘到日本兵的耳朵里了。日本兵停住脚步，我们听不懂他们叽里咕噜在说什么，却可以真真听到"哗啦、哗啦"的枪栓声。僵持几秒后，听到两个日本兵又说了一句，然后他们继续往前走。当他们走到我们眼前时，趁日本兵的注意力都在石前程身上，我和晓晚哥一个箭步冲出去，一人卡住一个日本兵的脖子，一下子就把日本兵掐死了。我拿着日本兵的刺刀砍断了捆住前程的绳子，让他们爷儿俩先回家，但他们两个非要等我一起，我只好命令前程，让他带着晓晚哥先撤，我说我有经验，把现场清理好就去找他们。他们还是不肯，我只好以组织的名义命令前程，我说他是组织的人，是组织的人就要听从组织安排，前程这才拽着晓晚哥回家了。

我把两个日本兵的手搭在彼此的脖子上，伪造他们互殴的现场，又从西边老马家酒肆门前的酒缸里掏出两大瓢酒，但两个日本兵的嘴闭得死死的，怎么掰也掰不开，我只好把酒泼在两个人的脸上、身上，又拿着刺刀在两人身上各捅了一刀。我之所以伪造现场，一是为了不让日本人怀疑石家，二是怕日本人报复城中的老百姓。所以我手再痒痒也不敢拿他们兜里的联币和他们手中的枪。

说到这里，章十八笑了一下，这一笑竟然呛了自己一口，他剧烈咳嗽起来。随着咳嗽，监护器的血压腾地一下就蹿到了顶端。章夫人一边给章十八拍背一边说："说都让你说了，你还着啥急？"也就几秒的工夫，石程锦已经带着护士进来了,紧跟着医生也进来了。那个年轻的医生对我们说:"病人需要静养,你们这么多人围着,不利于病人休息。"石晓北想,这么大个单间,算起来人并不多,一个媳妇、一个闺女,多就多我一个外人。石晓北抬脚往外走,石程锦也跟了出来。两个人坐在外面的椅子上等候,石程锦说:"叔,这一段我也是第一次听呢。"

石晓北笑笑,他还沉浸在刚才的叙述中,他想那种事也只有章十八能干出来,当年他们几个就数章十八鬼点子多。有一年腊月,他们玩捉迷藏,章十八就带着他钻到老陆家的案板下,刚进去就被陆家媳妇揪了出来,陆家媳妇冤枉他们偷吃牛肉,回家后石晓北被罚了站,章十八被章二掌柜捆了嘴。第二天,章十八在陆家收摊后,带着石晓北再次钻到案子底下,用小刀把封缸划开个口,往一个缸里尿了一泡。二十三年集那天一大早,陆家掌柜又是结彩又是放炮,给酱牛肉开缸。大缸搬出来,那个刀开的口子虽然被冻住了,但封口处的黄渍明显提示有被打开过的痕迹。众人一阵唏嘘,有人说:"陆老板,你这是闹啥稀奇,莫不是价格太贵,财神爷生气吐了一口痰?莫不是灶王爷生气撒了一泡尿?"于是人群里又是一阵大笑。有人摆摆手说:"这样的肉可不敢吃了。"石晓北想到这里又是嘿嘿一笑,与当年和章十八两人笑得前仰后合一样。

当时章十八悄悄和石晓北耳语几句,于是两个人就学着大人们的腔调唱"有痰哩,有尿哩,不敢吃,不敢吃"。后来每次想起来他都想不通,十八学习不灵光,但说怪话却在行,气得陆家掌柜的脸都变成猪肝色了。陆家媳妇不敢跟大人们着急,抄起手边的笼屉就投向他们这群孩子。陆掌柜一把拽住媳妇说:"跟个屁孩子着啥急呀,豆腐被卤水一点就嫩了,咱这牛肉被爷们儿一点就香了。"说完就捞出一块往嘴里放。肉刚入口,陆掌柜就像受了惊吓似的"哎哟"了一声。陆家媳妇嘟囔:"你还嫌事不大不乱?"

陆掌柜说:"这事真是太大了,感谢财神爷,感谢灶王爷!"说完就往地上一跪,砰砰砰接连磕了三个响头。众人和陆家媳妇一样,觉着陆掌柜是急疯了,有心软的就说:"散了吧,散了吧,马上就过年了,再出了人命可不吉利。"于是人群就开始散去。就在这时陆掌柜起身拱拱手道:"诸位乡邻,真是财神爷、灶王爷显灵了!不信你们尝尝这肉,不好吃我免费送大家。"

手起刀落,陆掌柜咔咔咔切了一盘,先给了夫人一块,再把盘子端给众人。有人矜持着在鼻子上闻闻,然后一脸为难地放入嘴中,但那块肉仿佛是一缕春风,瞬间就催开了脸上的百花,哎哟、哎哟地竞相绽放,香气四溢,啧啧声不绝。

章十八和石晓北也有些微醺,但章十八依然不服输,他喊道:"什么财神爷,什么灶王爷,就是我和石晓北撒了泡尿。不信你们找,那个口子是三角形的。"章十八话还没说完,就被赶来的章二掌柜喝住了。章二掌柜揪着章十八的耳朵向陆掌柜道歉，但陆掌柜却说："章掌柜这就不够意思了，你们孩子胡说可以，你不能呀，缸封得死死的，孩子们怎么可能尿尿？是财神爷和灶王爷关照咱老陆家呢……"

想到这里，石晓北的喉结一动，咽了一口口水，然后就像个孩子般偷偷笑了。他起身回病房，想看一眼当年的这个嘎小子，只见章十八却像个孩子似的呜呜哭了起来，一边哭一边说："前程，你别走，你等等我啊。"说完使劲攥了一下石晓北的手又说："你要怪就怪我吧。如果那天我让你回太原找阎表叔，你就不会走了，都怪我，都怪我啊。"

石晓北问："我没有说找阎表叔啊！"

章十八说："你看看，你看看，我就说你老糊涂了，你忘了？那天陈部长告诉咱们一个好消息，那天是 1949 年 2 月 10 日，也是我军发起太原战役的第四个月，陈部长说我们内部的同志有个为阎锡山送中药丸剂的机会，这批名贵药品是阎锡山点名采办的，据可靠消息要直接到山西银行的金库。组织要派你跟着药品混进太原城，配合银行内部的同志保护现有资产。你听到任务后高兴地跳了起来，你说这样你就可以盯着阎表叔，也可以把金算盘找回来了。我不同意陈部长的安排，一是太原战役已经打了四个多月，已处绝境的阎锡山非但拒绝了人民解放军和平解放太原的劝告，还抓壮丁征兵扩充军队，并从榆林空运第 83 师到太原，面对这样复杂的斗争形势，我比你更有经验；二是你年轻冲动，跟阎表叔有家仇，怕你见了阎表叔把持不住；三是当时我们银行内部的同志传出消息，如果城破，他们就带走黄金，炸毁金库。我向你父亲和奶奶保证过，要保护好你的安全，于是我就取代你出任务。你忘了，为了这事，出发前你都没有理我。那天出发时，我跟你说了两件事，一是把晋通商行的关系透露给了你，让你以防万一。那是我们西药的一个采购点，我跟你说那条线是石城驻军司令堂弟倒腾西药的，价格高得出奇，不到万不得已不要用这条线。二是我说我会择机找到阎表叔，拿回金算盘。你听后只是'哼'了一声，我知道你还在生我的气，可是我知道那个阎表叔跟盘踞山西三十八年的土皇帝一样心狠手辣，我不能让你去冒那个险。但是，但是，谁知道事与愿违。"

　　石晓北昨天去了一趟华北烈士陵园，已经清楚了后面的结果，也知道大家为什么不让他提那段往事，但他想起哥哥，想起侄子，心里便针扎般疼。他本来已经原谅章十八了，他劝自己，尽管生命有长有短，但都逃不了一个"死"。怎么过都是一生，怎么叫过得好，还是看个人的意愿，比如哥哥的无怨无悔，比如侄子的视死如归，遂了愿，那就值得。但想到石家票号，想到石家大院，想到那两个金、玉算盘，想到石家这一脉断了嫡亲，要靠"过继"的石程锦延续时，心里终究不是滋味。这种感觉就像尖嘴老鼠在他心里打了个洞，一点点咬噬着他的情感、他的谅解，那咔嚓、咔嚓的声音在他身体里左冲右突，然后流入他的肝脏，与肝脏上的病灶会合，他用手按压着肝脏，把疼痛从另一个出口引流出来，从他的嘴里倾泻而出。

"是呀，我就是在太原解放的前一天牺牲的。那天我带着自家的玉算盘找到晋通商行，用玉算盘换回了急需的药品，本来已经出城了，可没想到一个巡防的排长拦住了我们，他让马车停下来，想从我们这里捞点儿外快，可我哪儿敢让他翻腾呀，我一边支应着一边使了个眼色，按之前说好的，我掩护，让车夫赶着车快跑。我知道擒贼先擒王，刹那间从怀里掏出手枪，在排长还没缓过神来时就把他撂在地上，然后我撒腿就往城门里面跑。我想城门里面人多胡同多，利于藏躲，更重要的是可以给马车争取更多的时间。那群人确实笨，他们居然忘了马车上的物资，居然都骂骂咧咧冲我来了，你说我就是一条命，哪里有那些药品值钱啊。"

说到这里，石晓北哈哈笑了起来，眼里都笑出了泪花。他揉了揉眼睛继续说："我不后悔，虽然我左胳膊中了一枪，右腿中了一枪，但我知道那些药品运出去了。我跑不动了就趴在地上继续向他们射击，我想打死一个够本，打死两个就赚一个。哈哈，你说我神不神，我居然又连续射杀了三个国民党士兵，眼看没子弹了，我就喊我身上绑着炸弹，等着他们过来同归于尽。那些国民党兵真是尿包，他们就那样端着枪来回转圈，却没人敢再过来，最后他们跑到城门上，从上方向我连开数枪才击中我。他们也许是太生气了，竟然在我死后还在我身上浪费了十三颗子弹。"

说到这里石晓北又哈哈笑了两声，那笑声里却透出无比的凄凉。昨天他在陵园的墓碑上看到这些时,眼圈红了几次,人也趔趄了几次,他想问石程锦,姆妈和哥哥知不知道这些详情,但他没问,他怕一旦开口,石程锦的答案会让他崩溃。

章十八突然就呜呜哭了起来,一边哭一边说:"我不该把晋通商行的信息告诉你,而且我也没有找到阎表叔,更没有拿回金算盘。前程侄子,你是替我牺牲的,我对不住你,对不住晓晚大哥,对不住老石家呀!"

石晓北说:"十八哥哥,我真恨过你,怪过你,但此时、以后都不会了。经历了这么多人生风雨,我从心里感谢你为石家做的一切。"

章十八呼出一口气说:"我终于把我要说的话说出来了。"然后对石晓北说,"前程,你放心,我出了院就回咱山西老家,我去给咱找玉算盘去。"

4

石程锦和石前媛一见如故,几天下来便十分相熟了。石前媛的声音和神韵唤起了她心里最温柔的思念,恍惚间她看见了那个春雨般温润的女子,看见了六岁那年在石家大院门前向她招手的那个江南女子。她享受那样的时光,即便什么也不做,只静静地发呆,只会心一笑,她都能感到那温馨的气息。她就像当年见了奶奶一样,恨不能把所有的心事都讲给她听,她像一枚石子在平静的湖面上跳着脚撒娇。石前媛也被这小几个月的妹妹感染了,她给石程锦讲爷爷的故事,讲爷爷对着奶奶的照片流泪,在生命的最后一刻还念叨着要回平远赎回金算盘,讲自己从小就跟着爷爷练习算盘,继承了石家双手打算盘的技能。讲到这里,她缓慢而又平静地再次叹口气说:"儿子钱念宗什么都好,就是不愿练习算盘,可惜这门技能要在她手里失传了。"石程锦听到这里就拿出自己的黄杨木算盘,把奶奶教给她的双手拨珠展示给石前媛,石前媛看后也激动地在算盘上弹奏起来。对,不是拨拉,就是弹奏,那如流水般清脆而又欢快的声响,撞击着她们的心,泛起一朵朵浪花。石前媛的手停下来许久,两个人还沉浸在如烟的往事中。石前媛说:"算盘和算盘的打法虽然承载了我们太多的念想,但终归是要从时代奔驰的列车上下来,留在岁月的站台上。"

石程锦本想劝石晓北再多住些日子,最起码也要带着石前媛到平远老家看一看再回台湾。没想到石前媛摇了摇头,说父亲的肝上长了个肿瘤病灶,她是来接他去看病的。

石程锦埋怨石晓北这么多天为什么要瞒着她,也埋怨石前媛不早点儿跟她说,然后自作主张地为石晓北安排医院。石前媛拦住了石程锦,她说:"你相信精神疗法不?父亲的气色和精神头比之前好多了,你放心,他的病灶是早期,如今医疗技术发达,再加上他的精神状态一好起来,应该能迈过这道坎的。"然后石前媛又说,"来之前,万总说他刚找到一个金算盘，听他描述，那个算盘和我们家的那个金算盘一样。更巧的是，那个算盘的主人也是山西的，而且还姓阎。"

石程锦看了一眼石前媛，疑惑地问她："万总，不会是奶奶嘴里的那个假洋鬼子吧？"

石前媛微微一笑说："你也知道他，小时候我爷爷和万爷爷开玩笑，爷爷说第一眼见到万爷爷时，真把他当成假洋鬼子了。当年爷爷在洋行时，万爷爷确实对爷爷不好。后来万爷爷从上海跑到英国，又从英国来到台湾，找到了爷爷的门下，用他自己的话说，就是想混口饭吃。爷爷也是以德报怨，收留了他。万爷爷想报恩，一直帮着寻找金算盘，就是临终前还叮嘱他儿子万小方，就是大海捞针也要帮石家把金算盘捞回来。"

听到这里石晓北笑了笑说："我知道你们是在安慰我，小万总有这个心我就知足了，只是咱家的那个金算盘已经沉入海底成为历史了，他就是想捞也捞不出来了。"

石程锦眼前一片模糊，她哽咽着点了点头，没有再说出来一句话。直到一天后看着石晓北和石前媛过安检时，她才拉着石晓北的手说："叔叔，我章爸爸明天就要回山西，我也申请调回山西老家，我一定会尽最大努力寻回咱家的玉算盘。"

金生之四：确商

1

"四四方方一座城，城里住着百万兵，只见兵打仗，不见兵出城。"

这是我小学四年级学习珠算时老师出的谜语，当时我们每个人面前都有一个算盘，但没有一个人能猜出来。老师笑着冲我们晃了晃手里的算盘，同学们哗啦一下齐声高喊："算盘！"在诸多古老的计算工具中，算盘能够脱颖而出，可见其中蕴含的智慧。老师说，生活的方方面面都离不开数字计算，只要数字围绕在我们身边挥之不去，那么噼里啪啦打算盘就是每个人必须掌握的本领。从那时起，我就爱上了算盘。如今随着科技时代的到来，算盘已经退出了大众的生活，但它在我心中的地位并没有降低。我习惯一边想问题一边拨拉算盘，事实上它也真能带给我灵感，带给我运筹帷幄的底气。但我却从来没有奢望过金算盘。

那天阎福海带着金算盘来找我，让我帮他算一算德福金融的发展方向。当阎福海把金闪闪的算盘放在我面前时，我轻轻试拨了一组12345，只见算盘珠子一个台阶一个台阶地向上蹿。阎福海没等我说话就叫了一声"好"。我说："好什么好，你还没有说数呢。"阎福海说："无心之算才是最真实的。"

然后阎福海又说："这个算盘押在你这里才有价值。"说完，他把算盘放在我的面前。我知道这是阎福海的传家宝贝，是他们家用来招财进宝的，也可以说是财富的代名词。如果轻易送人，那一定是他要的筹码要大于这把算盘，就如同当年换第一桶金。我笑了笑不置可否地跟他解释，银团贷款是我行牵头，但是协同其他行要经过新德福董事会审批，最后还要经过总行审批，虽然不是过"五关"，但难度比过"五关"还大。阎福海说："其他行的工作我去做，景木的工作我也去做，您只管组团加上德福金融就行。其实德福金融的额度多少无所谓，但有了这笔，以后德福的路就宽了。"

我"哦"了一声说："不是我加不加的问题，是德福金融没有金融从业执照。"

"马上就加项了，昨天我们与金融办领导沟通过了，也请示了有关部门，没有明确禁止就有活口，而且我们的申请加项报告已经在流转过程中了。"

阎福海把话说到这个程度，我知道一来我没有退路，二来如果金融办的批复能下来，倒还真是可以试一试。于是我答应他，只要执照加项成功，可以分出一些份额给德福金融。我还强调，我已经习惯我的木算盘了，如果身边放个金算盘，会吃不香睡不着，就更不用说工作了。阎福海说：

"一把算盘，一方天地，可算天时地利人和，可定乾坤。你是我们德福的贵人，算盘留在这里是它最好的归宿。"

我喜欢算盘不假，但我还没有把它上升到这样一个高度，这样一说，我甚至连摸一下都紧张了。再者，我有我的底线，别说金算盘，就是一盒茶叶我也不拿客户的。这是当年石行长给我们定下的规矩，也是我的底线。我说："如果你把算盘放到这里，我就把它捐给金融博物馆。"

"那就让它先给我压压阵吧，等德福金融上个台阶，我们再一同去捐。"说完阎福海把金算盘装在那个白地蓝花的袋子里，在他装算盘的时候，我看见那个袋子的底部绣着一个"石"字。那个金色的"石"字和白地蓝花的袋子一样透着岁月的幽光。我本想问问为什么有个"石"字，但张了张口还是把疑问压了回去。

我把银团贷款的报告发送给总行的第二天，李伟司长亲自给我打来电话，一是通知我下周要来现场调研，二是给我吃了一颗定心丸，他说总行领导也非常关注这笔贷款，还表扬我们在组团时能引进民间金融资本，他说这个创新为我们行的业务开辟了一条新路径。然后他又强调，在审批过程中，可以暂用金融办同意加项回复函，但真正放贷款时，必须有业务许可证副本。我放下电话就把这个消息告知了阎福海。阎福海在电话那头兴奋地说："感谢呀，蒋行出马一个顶百。我又找到咱们当年的感觉了。"

"你不用谢我，咱们是相互成就，只是你要尽快把业务许可证办下来。"

"那没问题。对了,昨天我们德福印尼董事会一致通过了加大生产的决议。就这半年,国内已经有两家钢铁企业去印尼考察,准备在那边建分厂。我们要在他们去之前让自己的羽翼丰满起来,设备升级和扩大产能的资金就从你们行贷款。"

"那当然好了,我马上让李经理和你们财务对接。"

放下电话,我突然想到一个问题,阎福海是德福印尼的大股东,也就是说他可以省去许多麻烦,让德福金融直接投资,肥水不流外人田,为什么还要多此一举从我行贷款呢?即便是投桃报李也说不过去呀,这不是一笔小数目,阎福海和我关系虽然好,但还不至于用这种方式讨好我,何况银团贷款我已经把德福金融加进去了。我想再打个电话问问他,但想了想还是放下了,唯一的解释是,他不愿把鸡蛋放在一个篮子里。

李伟司长一行现场调研时,对新德福和特种钢厂项目非常肯定。但是景木晚秋和景木子舟只是礼貌性点头,仿佛李伟司长是看一个与他们企业无关的项目。米永岩把我叫到一边说:"景木对我们的银团贷款持怀疑态度,昨天还让他又联系了其他行。"我心里不由得咯噔一下,问米永岩景木的原话是什么。米永岩说,也没说什么,就是让他做两手准备。然后他又安慰我:"也许这就是日本人的风格,如果你们的贷款能尽快到位,那么那些备胎也就只是备胎。"我

"哦"了一声，觉得也可以理解，毕竟这么大一笔贷款，只要没有落地，就有各种可能。又或许这是景木变相催促贷款的一种方法。想到这里我暗自笑了笑，心想必须把这笔贷款盯下来。

晚上新德福安排了晚宴，但景木晚秋和景木子舟却没有参加。我突然想起上午我们在园区调研时珠珠给我转来的那个截屏："因为车厢出现裂缝，英国高铁大规模停运。"当时我没往心里去，这会儿突然想起景木制钢是上游原料供应企业，这事会不会和景木有关？但也是一念闪过，我笑自己太敏感了，怎么会呢？但我还是觉得总行领导来，景木父子缺席总有点儿说不过去。好在调研结束时，景木晚秋对李伟司长说，他已经安排了食宿，如果领导不嫌弃，就住在新德福公寓，也便于再多方位了解一下实际情况。而且为了避嫌，他们就不陪同了。

看样子李伟司长也乐于这样的安排，还提出吃不许超过四菜一汤，住必须是标间，而且必须按出差标准结账。李伟司长这样定调，应该就是基本认可这笔贷款了。

开发区的新德福大厦比市区的更高更气派，一到三楼是产品陈列室和企业发展史展示室，三到十六楼是财务中心、销售中心、采购中心、技术研发中心等。十七到二十三楼是公寓，是留给那些三班倒回不了家的工人和关联客户的。二十四到二十六楼是高管以及各个股东的办公室，虽然好多股东都不驻场办公，但当年阎福海还是给大家留了办公室，比如国资委的办公室就在二十五楼。二十六楼是阎福海和各位老总的办公室,外加一个内部小餐厅。景木入驻新德福后,阎福海就几次要把办公室给景木腾出来,但景木晚秋和景木子舟坚决不同意,他们搬进了小会议室。景木晚秋说:"这样更利于工作。"

当年新德福大厦建成后,阎福海给小餐厅命名为听涛阁,听涛阁在楼层的东头,东面的大落地窗正对着绿道公园,推开窗就可以听到小瀑布在福禄河上激起的千波万浪,民心河河水在福禄河这里完美地蜕变后就会注入绿湖里面,在平静的湖面上随着时光氤氲。刚建成那几年我每次去听涛阁吃饭,都会推开窗听那"涛声",看那晶莹如珠玑的水流。后来虽然涛声依旧,但珠玑长了锈斑,像个花容失色的妇人被关在了窗外。

晚宴就设在听涛阁。菜品很简单,两荤两素一汤。但菜品的内容却很丰厚,一个素菜是由十种蔬菜组成的什锦大拌菜,一个是新鲜菌类的清炒;一个荤菜是神户肥牛,一个是蒸海鲜;汤是乌鸡鸽蛋汤。阎福海抱歉地说:"简单了,简单了。"李伟司长说:"这可不简单,若较起真来可不止四个菜。比方说这个蒸海鲜,一个菜却三层笼屉,鱼、虾、贝,真是'一生二,二生三,三生万物'啊。"李伟司长话音未落,阎福海就竖起了大拇指,他说:"领导就是领导,这虽然是家常便饭,却吃出了文化的味道。"

晚餐的气氛一下子轻松起来。饭后,大家移步到临窗的茶座前喝茶，阎福海推开窗户，窗外的水花又如珠玑般跳跃飞舞。这时我才想起那天新闻里说过的，技术改造后的新德福成了工业旅游打卡地，也还了绿道公园清新模样。只是为了这一切，德福付出得太多了，如果不是技术改造，也许就不会引进景木，也许……这时，只听李伟司长和阎福海谈德福印尼的情况，李伟司长说："到印尼建厂是明智之举，有资源，有市场。如果抓住时机，假以时日，一定会再上个台阶。"

虽然没有喝酒，但阎福海却有些动容，他像个小学生一样频频点头。那一瞬间我突然想起了当年阎福海来申请轧钢厂贷款的情景，也是这般模样，也是这个表情，不同的是当年的石行长换成了李伟司长，当年的轧钢厂换成了德福印尼。这些年阎福海开疆拓土，在一片赞同声中，即便他再低调谦虚，也掩饰不住骨子里的志得意满。看到此时的情景，我心里突然有些酸楚，无论是遇到了难处，还是再次创业，有一点是显而易见的，那就是阎福海后悔让出了德福大股东的地位。想到这里，我的心情又低落起来，在这个问题上，我是有责任的，如果当时技术改造贷款能批下来，德福就不会出让股份。

"蒋行长，你们尽快到德福印尼做个现场调研，像这样的发展机会不是经常能遇到的。"李伟司长把我拉了回来，我点点头说了声"好"。

有了总行领导的支持，我们对新德福的银团贷款和德福印尼的贷款信心倍增。为了确保两个贷款项目顺利推进,我们行成立了两个项目组,王副行长主动请缨负责银团贷款,李经理负责德福印尼。新德福的银团贷款因为民间资本德福金融的介入一时间成为热点。行内连推几篇网讯,王副行长更是把它上升到改革与创新的层面。我委婉地提醒王副行长,贷款还没落地,是经验还是教训,都要等时间来检验。其实我知道说也白说,依王副行长的性格,这已经是低调了,而且他还会为自己的做法百般辩解。但他竟然没有急着唇枪舌剑,而是诡秘地一笑,然后伸手拨弄我桌上的算盘说:"这就像打仗,咱们先声夺人,大造声势,跟业务创新连在一起,你说这样的项目还有谁会跳出来发不同声音。"

看到王副行长志得意满的样子,我"哦"了一声,但还是忍不住说了句:"我们靠项目争取贷款。"其实我是想说不能靠耍小聪明,但话到嘴边又咽了回去。

"当然要靠项目了,但有时内部营销比外部营销更难,上次咱们就吃亏在这方面,不然也不会有景木家族的介入。"

我一时无语,虽然如今新德福的管理、产能和技术改造都给了企业更大的发展空间,但那笔贷款始终是我心里的一个结,我把它看成是职业生涯的滑铁卢。那一瞬间我几乎就要认同王副行长的话了,一旦造了声势,名声在外,那么在贷款审批过程中,大家就要对"否"字加十二分的小心。我点了点头说:"也对,不管黑猫白猫,确保贷款平稳落地就是好猫。"

从贷款项目上说，德福印尼更有优势，而且有阎福海这个大股东主导，应该就是顺理成章的事情。我把这个项目交给小李经理，一来贷款难度小，二来也好给他个独立操刀的机会。小李经理是我一手带出来的，业务能力和职业素养都没的说，但就像省行李行长说的那样，再优秀，也只是翅膀下的雏鹰，应该给年轻人更多的机会历练。但他到印尼的第一天就来找我这个拐棍儿，他说："那个万总，也就是美浮集团派驻德福的万小方，似乎不同意这笔贷款。"我说："这不可能啊，于公于私万小方都会站在阎福海那一边，说是铁哥们儿也好，军师也罢，万小方一直以来都是不可忽视的。远的不说，就说德福并购，如果没有万小方在那里举牌，德福就卖不了几倍的好价钱，尽管对德福来说卖掉股份也许是个错误。"

小李经理说："晚餐后万小方请我喝咖啡，聊了聊德福印尼的发展规划。"我一听规划心里就一紧，迫不及待地问了一句："是不是他觉得未来的发展空间有问题？"

"那倒没有，他对德福印尼的未来充满信心，只是他强调小阎总的德福金融发展势头也特别好，而且他还有意无意地说，小阎总找过他几次，希望肥水不流外人田，注资德福印尼。"

我"哦"了一声，心想是这么个道理，其实之前在阎福海提出贷款时，我也有过类似的疑问。小李经理在那边继续说："万小方直接表达了希望我们退出的意思，他说阎福海义气，总想着回报、感恩。当然了，大主意还是我们拿，而且如果我们想放这笔贷款，速度就要快。他还说美浮要收缩海外业务，也就是说近期要卖出10%的德福印尼股份。"

听到这里，我知道了事情的严重性。一是我们的贷款面临着更多的不确定性，尽职调查里写了股份变更会影响贷款，不写就会埋下更多隐患。二是小阎总要注资德福印尼，即便我们贷款成功，也是从人家手里抢了一杯羹。我忽然有种不好的预感，万小方确实总在为德福着想，也总给德福找最佳路径，但总让我们顺理成章的贷款变得复杂曲折，甚至夭折，如果不是他插一杠子，沪钢收购德福早就完成了，也就不会演绎出这么多事情。想到这里，我让办公室给我订了最近一班飞印尼的航班，我想亲自去盯一盯这笔贷款，也会一会这个万小方。

2

印尼工业园区在苏拉威西岛上，近些年来这个安静的岛屿因为钢铁企业的入驻，一下就热闹起来。德福印尼是三年前由德福集团、美浮集团、印尼经贸合作区摩洛开发有限公司合资成立的，总投资十六点五亿美元，设计产能三百九十万吨，是集焦化、烧结、炼铁、炼钢、轧钢于一体的大型钢铁企业。其中德福占51%的股权，美浮占40%，摩洛开发有限公司以土地入股持有9%的股权。企业开疆拓土是应该的,当时阎福海就是受了万小方的影响动了在印尼建厂的念头。在大基建背景下,钢材供不应求,在海外快速复制德福集团应该是个不错的选择。虽然两年的建设周期并不算长,可在它第一炉钢水冶炼成功时,还是遇到了钢材价格下滑的状况,一时间德福陷入资金危机。为了自救也为了德福,在万小方的主导下,美浮集团开启了对德福的并购。说实话,在并购谈判中,万小方每每出手都在预料之外常理之中,比如美浮可以增资收购部分印尼股份,甚至德福股份,当时他没有;又比如沪钢并购刚达成一致,美浮又举了价格翻倍的牌,只是他没有想到沪钢没有再举牌。其实那几天我明显感受到万小方的焦虑,我甚至还跟阎福海说:"美浮这是何必呢,若要收购德福,它最有优势,何必等沪钢把价格抬上来?"阎福海给我的解释是:"美浮是为了让德福卖个好价钱。"说完阎福海可能觉得不妥,又补充了一句,"他也是真看好德福。"当时我对并购并不太上心,我的精力都放在为德福争取贷款上,只要贷款下来,阎福海就不会减持手中的股份,那么他们在那里的举牌也就是一场闹剧。我记得跟陈新阁还就这件事讨论过,我问陈新阁:"万小方举牌是真想收购,还是当阎福海的托?"陈新阁说:"如果是托还好理解,但也不像呀,万一砸手里怎么办?美浮也不是他一个人说了算,应该还是看好德福的。"如今想来万小方又提出美浮减持股份,那么当年的收购就是虚晃一枪,就是为德福抬价码的。

我对万小方说不上有什么坏印象，但我和他之间真就是隔着千山万水，尽管他是阎福海的挚友，但到我们这里好像就衰减了一样，总也热乎不起来。在美浮并购谈判失利、景木入驻之前的晚宴上，万小方、阎福海和我都喝高了。阎福海虽然将德福卖了个好价钱，但谁都知道，那是他身上割下的肉。万小方一个劲儿耸肩，他劝阎福海"海外有德福印尼，国内可以进军资本市场"。他说他看好大陆的资本市场，那才是真正的蓝海。那天我才知道当年阎福海的第一桶金是从万小方手里换回来的。当时阎福海大着舌头说："金算盘在哥手里，哥说行就行。"谁知他话音未落，小阎总就腾地一下站起来，举着酒杯敬万小方。万小方拍了一下阎福海的肩膀，然后竖起了大拇指："小阎总不愧是阎家子孙，传承祖宗的家业就靠你了。"

当时我冷眼看他们酒后互诉衷肠。说到动情处，阎福海让小阎总去拿算盘，让我给德福的未来算一算。小阎总问："拿哪个？"他话还没说完，阎福海就打断他说："当然拿我博古架上供着的那个真身了。"

小阎总愉快地应了一声走了出去，万小方晃了晃手里的酒杯问："看来阎总还真有压箱底的硬货？"

阎福海打了个寒战，坐直了身子说："不值一提，不值一提，如果万总喜欢，您随时带走啊。"

"哈哈，规矩我懂，我不能夺人所爱。"说完万小方喊上我和阎福海一起碰了个杯。然后他绅士地给我倒上酒，说：

"蒋行有所不知，我受家父影响也对算盘情有独钟。"他晃了晃手中的红酒杯，抿了一口继续说："家父是老上海洋行里的，当年离开上海时身上带的唯一物件就是算盘，可惜竟然在路途中散架了。为了父亲这个执念，我就想帮他寻一个好算盘，然后就遇到了阎……"

"是呀，是呀，咱们老祖宗的算盘还真是显灵呀，我一直说没有那个算盘就没有我们的今天。"阎福海大着舌头截住了万小方的话。

我笑着看这两人说着酒话，心里却怎么也想不通，总觉得两人都没有说真话。也是，商场上有永远的利益，没有永远的友谊，何况是带着引号的算盘友谊呢？

万小方陪我在园区实地考察了一番后，把我带入他的办公室。他先是给我倒了一杯柠檬水，然后就坐在我对面的沙发上研磨咖啡，那是一个巴掌大的小型咖啡研磨机，一次只能放进去一人量的咖啡豆，从那光亮的木质手柄上可以看出有些年头了。他一边磨一边说："我这个咖啡研磨机是我母亲留给我的。我父亲爱喝茶，母亲爱喝咖啡，从英国跟着父亲去台湾时，就带了这一件物品。那时我父亲在我外公的银行工作，我外公把我父亲赶出来后，没想到他的小女儿也被拐跑了。人生真的很奇妙，当年我外公不喜欢我父亲的原因就是我父亲比我母亲大二十多岁，他怕他的女儿成为寡母，可是我母亲却走在了父亲的前面。"

我"哦"了一声，心想我和他还没有熟悉到聊这些，那么他是想说什么呢？我看了看眼前这个全神贯注磨咖啡的万小方，瘦高身材，白净的面孔，如果不是那双眼睛深处闪着蓝光，他和我熟悉的上海人没什么两样。他一边精细地装着一颗颗咖啡豆，一边不失时机地耸了耸肩说："蒋，你是银行家，依你看，德福金融要如何定位？"

哈哈，我一下就明白了，就像小李经理说的一样，万小方在婉拒我们贷款。这时万小方把冲好的第一杯咖啡放在我面前，然后继续研磨。我轻轻啜饮了一口咖啡，借着弥漫的香气说："如果说银行是茶，德福金融这样的机构就像咖啡，怎么说呢，都有提神解渴功能，但本质上还是分属不同的物种。当然这只是借着咖啡打个比方，如果德福金融要在资本市场大展拳脚，要么参股地方银行，要么转型基金市场。"

"现在都是金融创新的声音，而且德福金融资金流动速率高，不良率比你们银行还低呢。"万小方停下了研磨，像个小学生期待着我的回答，但话里显然透着志在必得的肯定。

我笑了笑说："目前这种模式尽管运作得很好，但内循环有一个致命的风险，就是一个环节出问题，就会导致系统性风险。我想这不是我们愿意看到的。"

万小方忽然睁大了眼睛问："您跟阎总提示过吗？"

"没有，因为实际上我们与德福金融是竞争对手，但是我想阎总也许是看到了这点，才放弃自融，让我们来做这笔贷款。"

"你们国内的银团贷款不是把德福金融加进去了吗？"

"哦。"我想了想说,"银团之所以加德福金融,一来是金融创新的尝试,二来是为了德福转型。而且为了控制风险,德福金融的份额很低。"

万小方有些吃惊地眨着他那双蓝色的大眼睛。然后他对我笑了笑说:"不瞒您说,我还以为阎总是举贤避亲呢,所以我想替他推掉你们的贷款。"他又给我续了一杯咖啡说,"合作愉快!"

3

德福印尼的贷款和新德福的银团贷款都非常顺利,王副行长拍着胸脯说:"你就赚好吧。"他说李伟司长说下周就开审贷会,而且他已经跟各个委员沟通过情况了,就等会议一过就放款了。小李经理也说我出马后,德福印尼全力配合,而且贷款报告正在各委员间流转,从反馈信息看,大家都看好这笔贷款。我说好就好,争取元旦前把这两笔贷款都放到位,为明年打个好基础。

都说"福无双至,祸不单行",我们的喜讯却是成双成对地来,而且还花插着来。牛氏广场的A区住宅即将开盘,这样一来,我们的个人按揭贷款也要上个规模。说实在的,这些年我的精力都在公司业务上,确实忽略了个贷工作。德福集团并购后,公司业务这"一白"没了,个贷业务的"丑"就光秃秃露出来。有了牛氏广场项目的装扮,我想以后就是再有什么风吹草动，也能抵挡一二。更高兴的是，陈连珠要回国述职。她在地球那端说让我有个思想准备，她要给我个惊喜。珠珠挂断电话后，我问陈新阁："她会给我什么惊喜？"

陈新阁说："你这个当妈的，你的女儿你还不知道，珠珠说有就是有，你看她的精神状态多好呀，这是典型恋爱中的女孩儿。对了，你看到她脖子上系着一块玉了没有？"

我问："真的？你说她脖子上戴了块玉，该不是和钱教授？"没等陈新阁回话，我就拿出了手机，刚划拉开珠珠的头像，就被陈新阁制止了。

"珠珠大了，自己的事情自己做主，我们干涉过多会适得其反。"然后他又问了一句，"你们的贷款还没放呢吧？"

"快了，这周四总行审贷会，下周就可以到位了。"

"有个情况我得跟你说一声，今天上午，我们收到了举报信，还是关于当年德福并购的。"

"又是老生常谈，再说如今都是景木控股了，也不着边际呀。"

"这次不一样，是实名举报。我的意思是你们的贷款谨慎些。"

我想问问陈新阁是谁举报的，但是我知道问也没用，他能跟我讲的只有这些了。我也知道市里对新德福特种钢厂项目非常重视，当然不希望在这个节骨眼儿上节外生枝。但我还是一到单位就把王副行长和小李经理叫了过来，问他们贷款的落实情况。王副行长大大咧咧地说:"你放心吧,煮熟的鸭子飞不了,再说我比你还着急,昨天小阎总就问了好几次。"

"数他份额少,数他最着急。"

"是啊,大行长明察秋毫,人家只要这笔贷款一放,就是一次华丽的业务转型,有这个活广告对信誉和声誉的加持,在快速发展的路上想停也停不下来啊。"

我知道王副行长口风不严,就没敢跟他说举报的事情。我只是提醒他别大意失荆州。

王副行长走后,我又跟总行李伟司长沟通了一下情况,问他我们还有没有需要补充的材料,其实我是在探他的口风。李伟司长说目前没有,但他再三提醒我们做好放款准备,只有落袋才能为安。在这一点上我们的想法是一致的,我还想是不是李伟司长也听到什么风吹草动了。周四一上班,我看到关于石晓章首席风险官回总部复职的通知后,一下就明白了,我和李伟司长担心的并不是一件事。

看着通知,我本能地拿起电话想再叮嘱一下王副行长,但还是没有按下拨通键。我看了看时间,现在会议已经开始了。我又安慰自己,别慌,一来这个项目前期是李伟司长现场调研过的,二来石晓章历练了一年应该也接地气了,再者未必今天他就参会,即便参会,凭借王副行长的三寸不烂之舌也不会有什么闪失。让我担心的是德福印尼的贷款,目前贷款还在上报环节,审计报告由于时间差晚出了一周,也就是说只能等到下期审贷会了。虽然仅仅间隔半个月，但如果石晓章要挑毛病，别说半个月，就是一周也足够了。

我想这次让王副行长去算是对了。我几次都调出了王副行长的号码，但终究没有拨出去。我下意识地拨拉着算盘，平复自己紧张的情绪，心里默念一个数，然后就加减乘除，结果神奇地归一。我笑自己一朝被蛇咬，十年怕井绳。为了分散注意力，我把其他几家企业的报表调出来一个个审阅，发现这个季度牛氏地产的资产负债率比贷款发放期提高了十个百分点，资金速动比率也明显下降。再仔细看，是因为存货多，也就是说它的期房销售并没有预期的理想。这个发现让我心里一惊，我想明天要到牛氏做个现场调研了。想到这里我习惯性地拨通了王副行长的电话，居然忘了他在参加总行审批会，只听电话那头王副行长激动地说："我们基层行就是跟其他行抢市场，没考虑那么多，但企业的好坏是有目共睹的，如果当初那笔贷款没有被否，也不至于被日本人捡了便宜。今天又拿德福金融说事，拿着子虚乌有的传言说事，就不能不让人觉得是对人不对事了。领导对我们有成见，那这笔贷款就是再完美，也能挑出瑕疵来。"

我第一次听到王副行长这样讲话，而且是在总行审贷会上，这就等于把彼此的脸皮都撕破了。不应该啊，他拿着鸡蛋碰石头，别说没法收场，而且还会连累德福印尼的贷款。想到这里，我连忙叫上小李经理开车上了高速公路。我们下午三点赶到总行，李伟司长让我列席了会议。

我进去时，石晓章面无表情地向我点点头，然后继续他的发言："新德福集团贷款表面上没有什么问题，可这个项目隐藏着巨大风险，一是关联企业日本景木制钢数据造假有待核实，而且对特种钢厂项目有没有影响，都要再核实。当然石城行考虑到风险问题，提交了银团贷款方案，也是可行的，问题是组团方的德福金融不具备参团资格。我还是坚持这笔贷款还要再落实。"

他说完后，大家都低着头。我看了一眼李伟司长，李伟司长眼睛盯着天花板，仿佛在思考什么，然后他说："石城行的蒋行长赶过来了，她对这个项目熟悉，对德福金融也了解，我们是不是听一听她的意见？"

大家依然低着头不吭声，只有石晓章说了声："请讲。"

我站起来看了看王副行长，他像个受了委屈的孩子看着我。我又看了看石晓章，他像个法官一样面无表情地看着手里的报告，而且还煞有介事地在上面圈点着什么，一瞬间，我恍惚看到了那个"否"字签。我突然开口说："我们把情况都尽可能详尽地写进报告了，新德福特种钢厂是市里的重点项目，科技含量高，市场前景好，这些都有数据支撑，至于关联企业景木制钢数据造假，还没有官方信息，而且和我们关联度不深。至于德福金融，也不是大问题，所以我认为不能因为德福金融就否定了这个项目。"

"当然不会否掉这个项目，你们要补充特种钢的国内市场需求，从景气指数看，国内高铁订单会越来越多。但是德福金融必须从团员中退出，份额可以按比例分摊各行。德福金融不具备参团资格，更不是创新。我们金融行业有金融行业的准入条件，虽然它叫德福金融，但实际上它只是一个 P2P。"

石晓章说完，大家都不再发言，会议室的空气好像一下就凝固了，我看到李伟司长的脸拉到了地上，王副行长更是赌气似的翻着白眼看天花板。我想拿到贷款才是我们的目的，这样僵持下去，万一因小失大就更不合适了。我说："我同意石风险官的意见。"

从总行出来后，王副行长拉着脸问："怎么和阎福海交代？德福印尼的贷款估计要泡汤了。"

我说："管不了那么多了，还是先做好这笔贷款吧，先摁下葫芦吧。"

我们补充了高铁车厢的特种钢市场前景预测和特种钢厂技术参数，还特别标注，在项目立项报告上景木提出国内新产品技术指标要优于景木制钢产品千分之三。但是在放贷款的前一天，总行接到了实名举报信，信的内容和陈新阁他们收到的是一个版本。举报人在信上提及了当年高价买铁粉是人祸，因此造成了国有资产的流失。也就是说在事实没有查明前，这笔贷款要缓放，这就等于为德福关联的企业贷款摁下了暂停键。别说王副行长了，就是我脑袋也轰地一下大了，几个月的努力眼看着就化为乌有。王副行长提出了辞呈，他说从德福金融成立以来，小阎总就一直向他敞开大门,但凡还有半点儿希望,他也不会跳槽。"咱们把总行的风险官得罪了,以后业务还能好到哪儿去?"他劝我一起跳过去。

我点了点头,又摇了摇头说:"我们都没有给私人老板打过工,其实有些东西是一样的,甚至有时候私人老板更固执。再说,我……"我想说什么呢?我自己也说不下去了,是唱个高调爱行如家、责任担当,还是我没有离开的勇气?我不自觉地咧了咧嘴:"总要有人收拾这个烂摊子吧。"

王副行长说:"阎总和小阎总说得不错,虽然银企一家,但在你心里绝对是内外有别,你不会过来的。"顿了顿他又说,"其实我也舍不得,我比你还早一年入行,大半辈子都在银行,但凡业务还能维持,我也不会走。"

我看着踌躇满志的王副行长挥了挥手说:"不说了。人各有志,既然你加入德福金融,就祝福你带着德福金融早日转型,有更大的发展。"

原本以为王副行长的出走会在石城行引起更大的波动,事实上王副行长的出走没有引起任何波澜,还真是地球离了谁都要转,这个时代最不缺的就是人才。总行很快就空投来了李博士挂职副行长锻炼。为此我还找了省行领导,我不是对李博士有什么意见,我就是觉得应该给小李经理一个机会,领导的答复是还是用业绩说话吧,并且嘱咐我带好李博士,争取早日遏制住下滑的势头。我没有像以往那样拍着胸脯让领导放心,只是点了点头。其实不用我说领导也知道今年的业务指标打不上我们这张牌了。

　　景木启动了从其他行贷款的第二套方案,我闭着眼睛都能想象出那些行撸起袖子大干一场的样子,但我除了想,什么也做不了。等待是煎熬,没有希望的等待让煎熬又加重一层。我的嘴边起了燎泡,那天在我顶着燎泡和牛氏集团签完按揭贷款合同后,牛董问我:"赵树林这个人怎么样?"我当时愣了一下,心想赵树林是德福的董事,和牛氏集团八竿子也打不着呀。牛董真是个聪明人,他笑了笑解释道:"也不知阎福海和赵树林有啥交情,非让我把步行街路西的商铺给赵树林留出六间来,而且还让我打八折。"我当然明白步行街的商铺买到就是赚到,如果不是贷款项目出了问题,我们也要在那里新建个网点呢。前些天我们的报告都打上去了,但是总行没有批下来,不用问我也知道是因为业绩下滑拖了后腿。赵树林买商铺不奇怪,毕竟房地产投资还是目前资产增值保值的主要方式,奇怪的是阎福海为什么要卖这么大个人情。

　　我说:"赵树林是德福的元老,也是如今的合伙人。"说完我自己都觉得这个回答有点儿敷衍,既然阎福海来求这个情,那么就会介绍这层关系。果然牛董笑了笑说:"嗯,明白,可是……"牛董没有再说下去,他忽然转了话题,问我,"怎么看德福金融的前景?"

　　说心里话,我当时真觉得德福金融的前途一片光明,这些天对着一天天下滑的业务,我也常常冒出跑到德福金融去的念头。于是我说:"金融创新是大势所趋,德福金融资金雄厚,赶上了好时候,做得好变成下一个金融大鳄也说不定呢。"

牛董好像对我这个回答也不满意,他淡淡地说了一句:"还是蒋行长会说话,但愿吧。"

这么多年,我对陈新阁甚至对陈连珠的表情都不太在意,却特别在意客户的话,总怕哪句话不对影响了银企关系。从牛氏集团出来后,我一直觉得哪里不对劲。我知道牛董不是和我拉家常,可是我也不能再说其他的呀,比如赵树林和阎福海之间并不是特别和谐,又比如赵树林对钱特别敏感,等等。不过说心里话,我当时还挺为阎福海不值的,自己都火烧眉毛了,还管他。想到这层,我又觉得阎福海该帮,如今旧事重提,赵树林是关键。按赵树林的性格,拿捏一把也是正常。若不是当年的事情时断时续地往外冒,依着阎福海的性格,估计早就让赵树林靠边站了。一瞬间,我的心里倒是释然了,我想八折就八折吧,阎福海这个人情值,只要问题说清了,贷款也就有希望了。想清楚这些,我仿佛有了一种拨云见日的舒爽。

晚上,我问陈新阁关于德福的问题。陈新阁还是那副腔调,他说一切要等调查组核实后才能下定论。我说:"等你们出了结论,黄花菜都凉了。"他没再跟我谈论德福的问题,而是问:"你们行和德福金融有没有瓜葛?"我说:"唯一的瓜葛就是当时银团贷款不该让德福金融参加,若不是德福金融,这笔款早就放了。"

陈新阁说:"今天网上有一个关于德福金融不能正常兑现的帖子,据说几个小时后帖子就删了,而且还说德福金融有银行背书,有德福大厦担保,等等。当时我就想给你提个醒,后来一忙就忘了。"

听陈新阁这样一说,我心里一热,陈新阁讲政策,在不影响政策的情况下还是关心我的。我对他说:"银企关系再好,我也不会放弃自己的原则,这点你就把心放在肚子里吧。"但说归说,我心里还是不踏实,我去书房拨通了小李经理的电话,让他了解一下德福金融的情况。

当我洗漱完要休息时,小李经理打来电话。他说他先是跟王副行长问情况,王副行长嘻嘻哈哈地说白天网上的帖子就是个乌龙,是一个投资人取钱时赶上网络维护,其实在两天前就发过网络维护的通知了。我听完"哦"了一声,但那口气刚松下来就听小李经理在电话那头说:"其实还真是有点儿问题。"我急忙问:"什么问题?"小李经理说:"我奇怪为什么维护不放到周六、日呢,于是就找了德福投资部经理王凡。"我知道王凡是小李经理的老乡,平日里两个人关系不错。于是我就说了句"你早就该直接问王凡",我本来想说王副行长的水分大,但想了想还是咽了回去。小李经理也不接我的话,就自顾自地说:"王凡再三叮嘱我要保密。前些天,赵树林的堂弟赵树彪的铁粉因为质量问题被德福印尼那边拒收了,于是赵树彪就没有还德福金融的贷款,而且还和德福金融催收小组的人闹得很不愉快,就在催收小组要冻结赵树彪的相应货款时,阎福海出面收了那批铁粉,而且用货款补上了贷款。可是这样一来,赵树彪的那几个哥们儿也开始闹着不还贷款,他们强调自己的铁粉和赵树彪的一样,到后来和这批铁粉有关联的贷款人的贷款都违约了,于是就有了网上的帖子。不过王凡又说德福金融的流动性没有问题,只是这周要系统更新。"

放下小李经理的电话,我却怎么也淡定不下来了,一直在想阎福海为什么要一而再、再而三地帮赵树林,莫不是当年真有什么把柄被人捏在手里?我推了推陈新阁,想和他聊聊德福的事,不知陈新阁是不愿谈还是真困了,他拍了拍我没吭声,然后一翻身就睡了。

周一的办公例会刚散,办公室丁主任就急匆匆过来,说:"去年那个现金被调包的老太太又来了,她这次倒是没闹,而是换了战术,哭哭啼啼地要见行长。"我说:"躲也躲不过去,那就让她进来吧。"老太太一进门就抽抽噎噎哭了起来,看着她的一头白发凌乱地颤抖着,我赶忙给她递了张纸巾,又让丁主任给她倒了杯水。遇到这种情况,我本来都是等着客户先开口,但这次我却忍不住了,看着她伤心的样子我不禁主动开口问:"大姐,您这是怎么了?"

老太太哽咽着说:"行长,你行行好,帮帮我吧。"

我想真是莫名其妙,当时你昧着良心讹我们,找谁帮忙也不该找我们呀。我没有吭声,看了一眼丁主任,丁主任嫌弃地看着老太太说:"我们能帮你什么?我们又没有高息存款。"

没想到他这一说老太太的哭声更大了,她呜呜哭了几声后才说:"我前几天体检查出肺癌,我就想把存在德福金融的钱取出来,可他们却说系统升级,一周后才能取。"

丁主任说:"那你就等等吧,也不差这几天。"

老太太说:"我等了一周,但今天还是取不出来,我就跑到德福金融去问当时给我办投资的亲戚,他说这一阵资金紧张,要再等几天,可我不能再等了呀。我就想当时他们能替你们行垫付资金,如今也能先把我这笔钱给取出来。我是真等着这钱救命呢。"

难道德福金融真的出现危机了?就在我愣神时,老太太拿出了体检报告,还拿出了省肿瘤医院的住院通知单,颤巍巍地放到我办公桌上说:"我真是没辙了。"

老太太是有点儿刁,就冲她之前的行为我也不该管她,但是报告是真的,她得了病需要这笔钱也是真的。于是我就拨通了王副行长的电话,想着成不成也有个交代,没想到刚提到老太太的名字,王副行长就在电话那头嚷:"你不要做东郭先生,她还没有把你害透呀。上周我们系统升级,她就到处嚷嚷还找人发帖子。你也知道,咱们银行最怕信用风险。她这一嚷嚷,那些用钱不用钱的都开始挤兑,一天资金就净流出两个多亿,每天取钱的都快把平台挤爆了,我们只好关闭系统。"

我虽然没有开着免提，但王副行长的声音就像子弹出膛般噼里啪啦地在房间里窜个不停。我看看老太太，心想，我也无能为力了。没想到老太太果然厉害，她猛然抹掉眼泪大声说："我不管，我就知道你们是通着气的，不然当初他们咋会为你们垫付？我也是看中你们和他们的关系才存钱的。我的要求也不框外，就是把我的本金先拿出来看病，不然我就把你们和他们的关系发到网上。"

后来我一直后悔那天自己不该多事，我做梦也没想到她把我们的谈话录了音，而且拿着那个录音跑到省行投诉我。老太太的事情再次发酵，那些铁粉质量不合格的供货商也开始耍赖，除非按订货合同收下货，不然就不还贷款，而且他们还强调这批货和赵树彪的一样，言外之意就是一碗水要端平。老太太和这些供货商的"自融"资金成了德福金融危机的导火索。为了避免挤兑，德福金融彻底关掉了资金提现，阎福海亲自为德福金融站台，在平台上公布德福金融的资产负债数据，而且还每天发一些利好，承诺投资人的资金一分都不会少。但是他越是这样说，大家就越恐慌，三天后省市金融办联合调查组还是入驻德福金融了。

4

又到了年终决算时刻，但我们行却没了往日的热闹景象。我第一次向工作缴械投降，把决策权交给了李博士，把营销权交给了小李经理。我跟李博士和小李经理说："业务的事你们就看着办吧，我呢，能拉点儿业务就拉点儿，不能呢，你们也别埋怨。"我当时想说落了架的凤凰不如鸡，但想想自己之前也不是凤凰。我苦笑道："还有一年我也就退休了，石城行的未来是你们的。"

不然还能怎么办呢？老太太的事情一发酵，总行、省行检查组走马灯似的来来回回折腾了我近两个月，虽然最后只给了我一个警告处分，但是舆情已经让我精疲力竭了。如今回想当时对这个事件的处理，确实是自己模糊了银企界限，尽管事后公安为老太太挽回了损失，资金也如数给德福补上了，但当初的无意妥协却如同豆腐掉到灰堆里，是怎么洗也洗不白了。更糟糕的是，德福金融危机没有一点儿缓和的迹象。看着德福金融的危机，我就有些自责，总觉得自己起了推波助澜的作用。如今德福金融大楼前天天堵着一堆投资人，而且这些投资人还自发成立了德福投资一群、二群、三群等，大家在群里发布各种杀鸡取卵的信息，但凡有个理智的人出来说一句，就被认为是德福金融派来的卧底，人肉攻击后就又新建一个纯投资者群。阎福海天天在投资平台、微博、微信上洗白："目前德福金融有足够的资金，有德福金融大楼和德福钢铁股份抵押。大家不要为谣言所惑，从而引起真正的危机。平台关闭是为了防止挤兑，希望广大投资人给我点儿时间梳理债权债务，我保证一分钱也少不了大家的。"但他的话已经没有公信力了。大家都是玩命地追讨，现场拉条幅，网上留言，他只要一发声，就会引来铺天盖地的质询："你说得多天花乱坠也没用，直接还钱，还钱是硬道理。"

阎福海确实有上百亿的身家，可手里并没有活钱，他也想到过把德福大厦卖出去，可在这个时候一是接盘的人会压价，二是上完税还不够还债权人的，而且那就等于向别人宣告他们真的要破产了。他想过再出让一部分德福钢铁的股份，可德福钢铁目前受景木制钢质检数据造假拖累，也深陷危机之中，在情况未明朗前没人敢接阎福海手中的股份。阎福海想来想去，决定飞到印尼向万小方求援，可到了机场却被拦下了，这时他才知道自己已经被那些债权人起诉而被限制出境。从机场回来后阎福海找我吃饭，我说："调查组前脚走，我后脚就赴宴，容易给别有用心的人留下把柄，还是算了吧。"说完我自己也觉得有些不近人情，于是我给他出主意，我说，"你过不去，可以让万小方过来呀。""对呀！"阎福海的声音明显高了起来，情绪好像也缓和了很多。

如今每次想到给阎福海的这个建议，我心里就一紧，尽管后来阎福海跟我解释过好多回，他说一切都是意外，都是天意，跟我没有关系。但是我只要一闭上眼就觉得同样的错误自己怎么可以犯两次呢，一而再地"看山是山"。我总希望那一周后的事情是一场梦。

阎福海从机场被劝返回来的一周后，万小方还真来了。其间阎福海约了我两次，但我都没有过去，我说："你们哥儿俩有啥话好说,我毕竟是个外人。"万小方在石城待了三天,临走前的晚上,阎福海告诉我一切都谈妥了,他要在德福金融给万小方送行,希望我能作陪。我想既然谈妥了,而且印尼贷款有枣没枣都要打两竿子,于是就过去了。

那天晚宴就我们三个人,我一进门就看到餐边柜上的兰花布袋。嗯,没错,就是装金算盘的那个袋子,看形状,金算盘也应该在里面,我不觉就有些分神,越是不想看,眼神就越不由自主地往那边飞。餐边柜在我的右前方,在阎福海的背后,在万小方的对面,那个兰花布袋就像它旁边的塑料花一样静静地待在那里。但我想我们三个人应当心里都在惦记着它,至少我是,因为它,我几乎都没听清楚阎福海和万小方聊了些什么,只是隐隐约约听见阎福海说:"解铃还须系铃人,真正的危机源头是那些个人供货商。收了他们的货,直接把他们的货款打到德福金融账上……"万小方说:"不是不肯通融,是规矩破了,以后再有类似情况怎么办?再说这样做,一是会给公司发展带来隐患,二是没法跟其他股东交代,实在是下不了决心呀。"阎福海说:"我会跟小供货商说好,下不为例,您和公司先担待着,等年底分红,这些钱从我的分红里出,不影响其他股东的利益。"

万小方看了看那个兰花布袋说:"我再想想。"

这时,阎福海站起来转身从餐边柜上拿起了兰花布袋,刹那间我们的眼前呈现出一片金光。那片金光随着阎福海的手指在房间里跳跃,如同德福大厦楼顶的射灯。我第一次发现阎福海的算盘打得如此好，他那肉嘟嘟白胖胖的手指在算盘间行云流水般划动着，如同湖中的白天鹅。我和万小方不约而同地竖起大拇指。

那声"真棒!"如雷电让阎福海打了个激灵，他停下来，然后把算盘放到了万小方的面前，说："蒋行，万总的算盘打得那才叫真好，万总是珠算和心算混合打法，看着雷声不大，实际上是大雨倾盆，那才叫一个绝。"

我"哦"了一声，看了一眼万小方说："万总您藏得够深的。"

"我之前跟蒋行说过的，我父亲是老上海洋行里的经理，老一辈中国人哪一个不是对算盘一往情深，我还没学会说话时，他老人家就教我摸算盘。后来我父亲患了老年痴呆症，啥也不记得，就记得算盘，只要我回家，就让我和他比赛打算盘，其实我那个手法和你们不能比。"他顿了顿又说，"久闻蒋行长的手法，今天就让我饱饱眼福。"我说："我的那些就是熟练工，还是您给露一手吧。"谁知万小方却执意不肯，他说："我那就是和计算器一样算数，但比计算器慢多了，可您不一样呀，您就给我们德福算一算可好?"阎福海也说："在科学无法决策时，不妨来个唯心的，权且当个安慰吧。"

我说："有啥算的，最难熬的日子挺过去，一切就会好起来。"但是万小方还是执意要让我算一算，他说："蒋行，美浮要收缩海外投资，而德福在这时又遇到了危机，你说我该不该给那些小供货商通融呢?"

我看了一眼阎福海，那意思是，你不是说搞定了吗？阎福海果然明白我的意思，他咧了咧嘴，脸部的肉也跟着向下拉了拉，眼睛就越发细长，似乎是在笑，也似乎是在哭。他眼睛的缝隙里没有情绪，只有带着雾气的亮光："这是传家的宝贝，有灵气。今天就借两位贵人的手找条出路吧。"他的话一出口，我的眼里也升腾起一丝雾气。我想都没想就说："那万总给报个数吧。"

"好事成双，就222吧。"

我架着胳膊让手在那滑溜溜、凉丝丝的珠子间翻飞，在完成的一瞬间，盘面上留下了两个子，我想起了那日跟牛氏集团谈贷款时，王副行长批评我的话："人家咋也是图吉利，你就不会抬抬手呀。"于是我三下五去二旋风般把那两个子归一了。

万小方鼓起了掌，阎福海随后也鼓起了掌。我那天也不知犯了什么毛病竟然对着金算盘拜了拜，还莫名地冒出一句："祖宗保佑。"当时我想我也只能为德福金融出这点儿力了，即便阎福海把金算盘再次给了万小方，如果能解除危机，那也是值得的。

两天后，当王副行长把万小方飞机失事的消息告诉我时，我第一反应就是我那一拜出了问题。我说："怎么可能，再说也没听说飞往印尼的航班有问题呀。"王副行长没有回答我的问题，而是长叹了一声说德福金融没救了，这是老天要灭掉德福金融呀！他告诉我说："万小方并没有回印尼，而是飞了美国，然后乘坐私人飞机去给父亲上坟，然后在美国西海岸坠机身亡。"我说："他拿了人家的，手不短啊？还不赶紧处理危机，而是去忙着找死。"王副行长说："他就是去找死，而且还拉上了德福金融做垫背的。"我说："也不对，万小方走了，那阎总不就可以自己做主了？"王副行长说："哪儿呀，飞机失事不到两个小时，美浮就派了新的财务总监。"我"哦"了一声，心想确实不好办了。之后王副行长说他准备去普惠典当行了，他抱怨之前好多银行挖他，他都没去，如今别说那些大银行，就是民营股份制银行也躲着他，早知道这样，还不如在石城行熬着呢。之后他又说，他跟省行和总行都发函了，看看还有没有希望回去，没功劳也有苦劳，实在不行，就只要待遇，不要职务。我听明白他是想回来了，我说："我尽力而为吧。"说归说，我心想别说领导，就是我也不能让你回来呀，银行又不是旅馆，而且在外头转了一圈还惹了一身的臊。

"成也算盘，败也算盘。"想到这里，我就为阎福海难过，不过说心里话，我心里更多的是怪阎福海。怪他不该听万小方的话，卖掉德福钢铁的股份，怪他不该拿着那些钱做德福金融。人还是挣不了认知以外的钱，而且千万不能贪。即便当时德福钢铁也有困难，但可以和沪钢并购呀。可是无端让美浮和景木一搅和，他就飘飘然了，当时看似卖了个好价钱，可后来呢？如果当时跟沪钢合作，归到沪钢麾下，我们的贷款正常承接，德福钢铁也正常运转，长期效益还是不错的。那天看到刘晓璇在朋友圈发了几幅图，说自己家的猫生了五只小猫，免费领养，唯一的要求是对猫咪好，还要每月发一次小猫咪的视频。我真想留言你是吃饱了闲得慌，但想想也对，如果阎福海当时对德福是这个心态，就不会平白生出这么多事端。不过谁能料到日本企业数据造假呢？

大家都觉得我委屈，我自己也觉得委屈。我除了等待好像也没有什么能做的了。陈新阁有意无意劝我，给我讲大道理，他说我之前对"银企一家"的解读太狭隘了，说我是钻到"银企一家"的牛角尖里去了。

他说："银企一家就如同看山是山，看山不是山。银企是一家，银企不是一家，银企还是一家。银企是一家没有错，但在具体业务往来中，职能和对政策的把握又各不相同，当全面了解了企业生产经营和发展后，再闭环到具体的业务中，站在银企相互支持、共同发展、同心共赢的角度又是一家。"

我心里点头，但嘴上还是不服，我说了他一句："你们政府呢？你们总以家长的姿态指手画脚，出了问题就批评指责。"没想到我的激将法还真管用，陈新阁说没有调查研究就没有发言权，问我是不是很久不去德福了。

我本以为自己已经躺平了，但他一张嘴，我就知道他要吐象牙。于是我就顺势把他的嘴再敲一敲："德福能不能生存都是未知数，就更不用说贷款了，没贷款我去干啥？"

陈新阁说："你当年为企业牵线搭桥的劲头呢？德福是

什么样的企业你不清楚？不管是技术改造还是产品升级换代，不管是混合所有制还是外资主导，它自身还是没有什么大问题的，不能因为景木数据造假就一棍子打死。"

"那怎么活？别说我们行，就是那些小银行也早鞋底抹油溜了，产品滞销库存积压，新厂不烂尾也要烂尾，还好我们的贷款没放出去，不然罪过更大了。"

"那如果沪钢重启并购德福计划呢？"

当时两条腿正伸到茶几上跟他饶舌的我听到这句话，噌地一下就站起来了。"真的？真的？"

"当然是真的了。"

"太好了，那我们行和德福都有救了。"

"也没那么简单，重组工作刚刚开始，政策导向、企业发展定位、银行资金、股东利益等各种棘手的事情还有很多，比方说半拉子特种钢厂项目技术转让，还有就是景木坚持不低于他们当年的收购价格，等等。"

"是啊，当年沪钢就是因为价格放弃了，如今怎么会原价接盘呢。"

"嗯，还有就是那个历史遗留问题，如果警报不解除，沪钢也不会蹚这个浑水。所以，你们银行要多往企业跑跑，借用数据支持给企业一些可行性建议。"

我笑了笑说："你不是公私分明在家不说工作吗？原来是……哈哈，哈哈。"说完我也严肃起来，心想做这个工作，肯定绕不过阎福海，于是我问他，"到底当年德福钢铁有没有国有资产流失问题,这总能跟我交个底吧。"

陈新阁说:"最后结论还没有出来,因为当事人之一万小方已经去世了,不过调查组已经前往澳大利亚美浮矿业了,估计很快就有答案。"

"那你们这么多年为什么不早点儿去?"

"之前就去过,从当时拿回的数据看,是美浮矿业为了完成年度销售指标,让钢厂压的库存。可是举报人却说,是阎福海拿着澳方要限制开采、原材料要涨价的假消息故意放给他们的。但都没有直接证据。万小方去世后,阎福海说他确实知道压货的事,也知道赵树林上当了,只是他也存有私心,心想一旦压货,影响企业资金周转,对自己收购有益,就没有提醒。但当时碍于万小方的面子,就没有说破这事,既然万小方和赵树林反咬一口,他也就提供了当时美浮矿业销售经理的信息。"

说完陈新阁问我:"我一直以为阎福海和万小方关系非同一般,但从阎福海的谈话来看,他们之间还有很多恩怨。"

我点点头说:"之前我也是这样认为,比方说阎福海的第一桶金是用金算盘从万小方那里淘换来的,这次为了解决德福金融危机,阎福海又把家传的金算盘给了万小方。只是可惜了那个金算盘跟着万小方沉到美国西海岸了。也许阎福海是因为金算盘对万小方有了怨恨吧。"

陈新阁说:"不说他们了,当务之急是促成沪钢的并购。沪钢是我们自己的民族企业,也是钢铁企业的领头羊,德福归到沪钢麾下应该是最好的选择。市政府很支持也很关心这次并购，在政策范围内给了最大的优惠，明天我就陪李市长去沪钢谈合作。"

"加油！"我学着陈连珠的语气挥了挥拳头。谁知刚说完，陈连珠的视频就过来了，她在视频那头说："妈咪，你猜我在哪里？"

她的脚下是绿茵茵的草坪，草坪上零散地放着几把长椅，我的眼神跟着镜头在草坪上一寸寸移动，没有任何新奇呀，我不由得冲她喊："你作啥妖呢？"

"哈哈哈。"她把镜头往后一移，让我意想不到的是后面竟然是马萨银行的大楼。我心里一惊，刚想问她怎么跑那儿去了，就听她笑嘻嘻地说："哦，我被行里派来和马萨银行商谈通兑业务事宜，妈咪，这可是我多年前的梦想呀，没想到这么快就实现了。"

"那要恭喜你了，你会留在马萨银行吗？"

"哦，不会，等业务理顺了，我就回国内复职了，这回你没意见了吧？"

"举双手欢迎！只是，只是你也该考虑一下自己的终身大事了。"我说完就等着她批评，等着她挂我视频，没想到她竟然说了句：'OK！"

挂了视频后我对陈新阁说："珠珠是什么情况？莫不是和钱教授……"

陈新阁说："还是那句话，她长大了，自己的路让她自己选吧。"说完陈新阁像突然想起什么一样问我,"你注意到没?"

我说:"注意到了,她满面春风,应该是和钱教授,唉,就像你说的那样,她高兴就好。"

没想到陈新阁却说:"她的脖子上挂着一个玉珠。"

我心里再次一惊,不由得"啊"了一声,连忙问:"真的吗?我的注意力都被她引偏了,你快跟我说说是个啥样的。"

"就是一条红绳系着一个普通的白玉珠子,哦,那个珠子的形状有点儿像算盘珠子。"

尾声：商珠伏影

两年后，中秋节这一天，由陈连珠和石晓章倡议，平远县政府、金融博物馆主导的数字化金融影像馆在山西平远石家大院开馆。影像馆里展出的影像资料有的是从北京、上海等地的金融博物馆拷贝来的，也有的来自美国金融博物馆。时间跨度从 1823 年石达行票号创立到沪钢德福钢铁集团在上海证券交易所敲钟。

影像馆里的影像资料确实很多，但实物很少，仅存的是两个汉字密押，也就是用汉字代表数字来验证票证真伪的密码法，看着平平常常的几句诗歌，却护佑着万千银两的安全。这两个汉字密押，一个是从石家票号旧址西侧柜房墙上拓下来的开号时用的五言诗文汉字密押，它是密押最早的雏形；一个是景木晚秋送来的李家荣昌票号当年与日本分号用过的最后一个七言诗文密押。景木晚秋说："这个密押是爷爷李二小去日本时太爷爷交给他的，今天能回归平远，爷爷可以瞑目了……"

其实在建这个影像馆时，我就给陈连珠和石晓章泼过冷水，我说："要么你们把捐赠的东西包括之前平远其他票号从石家大院拿走的那些物品借出来，实在不行，你们弄些仿制品也行。"我当时还拨拉了我的木算盘几下，说："最不济把我这个拿走充数吧，我这个也是当年陈老板留下的可以进博物馆的革命文物呢。"没想到石晓章和陈连珠异口同声地说："不用，我们就是想建一个现代化的数字化金融影像馆，大家在手机上扫码就可以随时观看。"

在商定开馆事宜时，石晓章的大舅也就是人民银行货币发行司原来的章司长提出要一并把陈连珠和石晓章的婚礼办了。他的提议得到了大家的认同，阎福海和景木晚秋主动请缨要当主婚人、证婚人。陈新阁开始是不同意的，他说："有没有八项规定，婚事都要从简。"章司长说："那天难得家里人凑到一起，让大家少跑一趟就是最大的简化，在石家老宅办添丁进口的喜事也是对老一辈最好的告慰。"

在我看来，那场婚礼与其说是婚礼，不如说是一场别开生面的捐赠。婚礼上，石晓章把陈连珠脖子上戴的那个玉算盘珠子取下来，在众人的簇拥下把玉珠还原到石家北屋的土炕上。然后证婚人景木晚秋把政府归还的当年章十八从荣昌行贷走的一万银圆——如今折合人民币两百万元——当作贺礼赠送给了一对新人，石晓章和陈连珠把这笔钱捐给了金融影像馆。在众人的掌声中，阎福海爆出了又一个惊喜。顺着他的声音大家不约而同地向门口望去，只见钱念宗教授带着一个兰花布袋出现在门口，他一改往日的斯文，急匆匆走上前，对着家谱牌位磕了三个响头，然后打开兰花布袋，刹那间，人们的眼前闪出一道金光。

钱念宗教授把金算盘交到一对新人手中,说了一句:"石家的金算盘认祖归宗了。"

那天晚上,我们入乡随俗,跟着章司长、阎福海、钱念宗、景木晚秋他们在石家大院拜月。

阎福海以茶代酒打起了圈,他先敬钱念宗:"谢谢,谢谢你保住了石家的金算盘。"

钱念宗说:'若不是你在网上发寻物启事,我还真把它当成石家金算盘的仿品呢。"

景木晚秋问:"这里面也有故事?"

钱念宗说:"说来话长。还记得那个万小方不?当年他父亲万经理在洋行坑了我的太姥爷,可是多年后我太姥爷却收留了他的父亲,为了报恩,也为了弥补当年的过错,他父亲发誓要帮我们找回金算盘。"

"这么说,这个万小方也还算是个君子。"景木说了一句。

阎福海摇摇头说:"还是看走眼了。他从我这儿拿走金算盘不假,但是并没有给钱教授。之前有一次我们喝茶时,他突然问我:'石家的金算盘是不是随着阎表叔沉海里了,现在的金算盘是仿品吧?'我怔了一下点点头,说:'那确实是阎家的仿品,但绝对是金的。'他问我:'那石家的算盘真的掉海里了?'这时,我家小阎跑出来说:'在关公面前供着呢。'虽说小孩子的话不算数,但从那以后,只要有机会,万小方就给我挖坑。"

钱念宗笑了笑说:"他知道阎家的算盘是仿石家的算盘,对于一个仿制品,他不如送我们落个人情。也是因为那个算盘,我母亲投了关键的一票,石德集团才打破了我太姥爷不投矿产的规矩,投资参股了美浮钢铁。"

"那今天这个算盘是阎家的仿制品?"

"这个是石家的真品。当年我爷爷并没有带走金算盘,而是把他们藏在炕洞里,临走前他怕万一石家或章家人来找,就把算盘底部'石'字磨平,重新在上面刻了'阎'字。"阎福海说。

"噢,偷梁换柱,是阎表叔的风格。"景木说了一句。一时间气氛有些尴尬。

"得亏阎表叔偷梁换柱,不然沉入西海岸的就是石家的金算盘了。"章司长笑了笑说,"我们以茶代酒,喝一杯吧。"

"一杯不行,我提议三杯。第一杯,祝贺见证了风风雨雨的金算盘回归石家;第二杯,祝愿阎董、景木会长能捐弃前嫌,配合沪钢把德福钢铁打造成真正的钢铁王国;第三杯,祝福晓章和连珠,用时髦的话说就是赓续百年薪火,履践致远征程。"

"等一等。"这时钱念宗教授把金算盘摆在我面前,他笑着说,"我们每个人说一个数,让金算盘给我们算一算。我太姥爷说过,当年在月光下,如果有金算盘能算一算,他就不会走了。"

众人也说，这么好的月光，"铁算盘"就拨拉着金算盘助助兴吧。明天过后，金算盘进了陈列室，就不是想拨拉就能拨拉的啦。

我活动了一下手指，却不忍心拨弄那些珠子。那一瞬间，我眼前的不是算盘，而是一条金色的河流，我甚至听到了一浪高过一浪的涛声。